古橋信孝 Furuhashi Nobuyoshi

文学はなぜ必要か

日本文学＆ミステリー案内

笠間書院

石切神社

近鉄奈良線「石切」駅を降りて角を曲がると、賑やかな参道が見渡せた。すり鉢の底に降りていく感じで、両側にさまざまな店が並んでいる参道を歩いて行く。占いの店が多い。コンピューターによる最新の占いまである。参拝の人々とぶつかりながら石切神社の鳥居をくぐる。

緊張した顔つきで急ぎ足で列をなして小走りしている人たちがいる。みな裸足だ。この老若男女の一団は周囲とは異なる雰囲気を醸し出している。かれらは低い石の柱を廻って戻り、十メートル位先の柱を廻ってまた戻る。何回も繰り返して廻っている。お百度参りだ。拝殿に続く石畳の道の真ん中の二本の柱が願いを抱いて廻る標になっている。参拝する人々はかれらを避けて石畳から外れて拝殿に向かう。お百度参りがこの神社の信仰の中心にあるかのようだ。

中心は渦を巻いている。人々はそれぞれの願いを抱いて深刻に渦を作り出している。その周囲を参拝する人々が通っていく。彼らはいつか渦に入ることもある者たちである。

そしてその外側に、私はいる。それは私の定位置かもしれない。中心に行きたいと思ったことも何回かあった。でも結局は外にいることになった。渦を巻く人々、それを取り巻く人々、そしてその外側にいる自分をも見る位置だ。

私は内部に実現を願うさまざまなものの渦を感じている。その周囲を通る自分も、さらに外で見ている自分も。つまり目の前の光景は私の内部そのものなのだ。

それらの私すべては文学に引き寄せられていく。

文学はなぜ必要か
——日本文学&ミステリー案内

目次

文学はなぜ必要か

序

ずいぶん前から本が読まれなくなっているといわれる。確かに本屋は減った。私の住む石神井公園駅の街でも、四軒あった本屋が一軒になった。開店したり閉店したりだが古本屋も一軒となった。しかしどの本屋も相変わらず客はいる。その意味では本を読む人の数の減ったことは目立たない。

本を読む人が減ったことを意識させられるのは、電車に乗っている時である。特に夜は、ドアとドアの間の両側の座席、だいたい十四人くらいのうち本を読んでいる人は一人いるかいないかである。そしてほとんどが携帯電話を見ている。昼間は年のいった人そして学生と、最大で三人くらい本を読んでいることもある。もちろん私も本を読んでいるから多くて四人となる。

もちろんといったのは、こんなことを思うのは本を読む人だからである。つい先日、二十年以上続けているカルチャーセンターで、こういうことが話題になった。ここ数年「詩歌の流れ＊1」を話しているので、聴きにきてくれている人たちは本を読んでいる。たぶん携帯電話を見る人は気づいていない。カルチャーセンターでは、全体的に本を読まない人が多くなったという嘆きの雰囲気だったが、なかに、電子ブックを読んでいる

（1）日本語の詩を古代歌謡から現代詩まで、何をどのように表現していったか講義している（二〇一五年度からは「古代文学から考える」）。

こともあるという人がいた。すると、即座に電子ブックは線を引いたり、気づいたことを書きこんだりできないという意見が出た。本を読む人は鉛筆を持っているということである。確かに私も鉛筆がポケットに入っている。

まとめにはならないが、私は本を読む人は減っているが、電子ブックがいかに普及しても絶対に本がなくなることはないという話をしてその話題を打ち切った。それに私は本の装丁も気になるほうである。本は中身だけではない。

最近こういうこともあった。本屋で本を見ていると、茶髪にミニスカートではでな服装の十代半ば過ぎの女の子が入ってきて、書棚を眺めながら、大声で「あたしッテェ、こういうのに憧れるのよネェ」と連れの女の子に話しているのに出会った。「本を読んでいるってェ、なんかすてきじゃない、頭良さそうに見えるよネ」といっている。その格好で本を読んでいるのってとてもすてきだよ、といってあげたくなったが、女の子は本を手に取りもしないで、しばらくうろうろして出て行ってしまった。たぶん本を読むことなどない子なのだろう。でも本屋に入ってきたのだから、憧れはほんとうなのに違いない。

この女の子は本を読んでいると知的に見えるといっているのであり、知に憧れているといっていいだろう。なぜ知に憧れるのだろうか。人は言葉をもった途端、記憶し、考えることをするようになった。それが他の動物たちとの決定的な違いである。だから知への憧れをもつ人もいるのは当然なのだ。

人間的

「人間的」という言い方がある。他の動物たちと異なることが人間らしいと考えれば、たとえば、母が子を殺すと「人間ではない」などといわれるのはおかしいと気づくはずだ。他の動物たちが子を命がけで守ったりしている姿がテレビなどでしばしば見られる。自分の子を殺すのは人間だけらしい。ならば子を殺すのは「人間的」ということになるではないか。にもかかわらずそうはいわずに、むしろ逆にいうのは、人間は母と子の結びつきが人間社会の根元にあるという観念によっている。人間は感情をもっているおかげで、恨みや嫉妬、憎悪など負の感情を抱くことがある。動物たちも子をたいせつにするから、それを正の感情とすれば、負の感情こそが「人間的」なのである。

負の感情

「チクショウ」という侮蔑語がある。この「チクショウ」は畜生つまり人間以外の動物、それもほぼ同義の侮蔑語として「よつあし（四つ足）」があるように四本の足を持つ地上の動物のことである。人間は他の動物たちに対して優位に位置づける観念がある。

そうしなくてはならないのは、人間と動物には共通性があるからである。ではその共通点は何だろうか。もっとも単純にいえば、生まれ成長して大人となり、老いて死ぬということだろう。これを身体をもつというように言い換えてみる。すると、身体にかかわることは動物的だということができる。

身体は動物的

このように考えてくると、知にかかわることのほうが人間的なのだと分かる。私が本屋で出会った女の子は人間らしい知への憧れを語ったのだ。しかし、もちろん知にかかわることは書物だけでない。携帯から知られるさまざまな情報も知にかかわる。その知を自分の関心から選択し、結びつけて理解する。それは知的なことだ。

女の子は読書に憧れたのだった。読書は、小説の場合はその世界に入り込み、筋を追う。それだけでは「頭良さそう」にならない。「頭良さそう」に憧れるのは、本を読んで考えている姿であるに違いない。女の子の感じていることは、たぶん読書が思索する姿とイメージされているのだろう。

では、なぜ読書が思索と結びつけられるのだろうか。文字は記号で具体性がなく、自分で像を作らなければならないから、かならず頭を働かせていることがある。言葉と言葉の結びつきを考え、具体的な像を浮かべたりするのもそうだ。社会とか真実など、像ができない、いわば抽象的な言葉もある。そういう場合はまさに抽象的な思考をしなければならないわけだ。

文庫本は大人の香り

本にはいろいろある。私は電車のなかでは、新書本か文庫本を読む。新書本は知的な好奇心といったところである。文庫本のほうが多い。それは推理小説が圧倒的に多いからだ。時代小説も冒険小説も読む。要するに、読み物といった感じである。

小学校の頃、**コナン・ドイル**＊2の「シャーロック・ホームズ物」を読んで以来、文庫本が大好きになり＊3、日本のものも外国のものも小説や詩を買って読んだ。小さな活字のびっしり詰まった文庫本は大人の香りがした。書棚に文庫本が並んでいくのも楽しみだった。

以降、断続的に読んでいたが、趣味的にほとんど継続的に推理小説を読むようになったのは、むしろ大学院に進学してからである。近代文学の研究者になった、同い年の友

（2）**コナン・ドイル**（一八五九〜一九三〇）。イギリスの小説家。開業医のかたわら、探偵小説を発表して知られる。

（3）始めて読んだ文庫本は**坪田譲治**（一八九〇〜一九八二）『**子供の四季**』で、雨が降る日の体操の時間先生が読んでくれ、先が知りたくて自分で買って読んだ。今も書棚にある。数年前に読んでみた

人の山田有策と競い合うようにして読んだ。新しい作家をみつけることが自慢になった＊4。二十年くらい後、その山田さんと久しぶりに会う機会があり、今も読んでいるかと訊くと、当然という顔をして、読み続けていることが結局物語のおもしろさを感じる感性を養っているというような話になった。文学研究者、特に古典研究者には、文学のおもしろさを知っているのかと思える人が多くいる。

物語のおもしろさ

物語のおもしろさである。展開、人物の描き方、言い回しなど、さまざまある。そういうものに触れているということが感受性を豊かにしていく。心の動き方の多様さを知ることにもなる。そして、物語に引き込まれると、登場人物に自己移入し、自分が感じ、行動しているかのような気分になっていく。それは現実そのものではない、仮構された世界がリアリティを持っていることを知るのである。

詩のおもしろさ

詩のおもしろさは、調子のよさや言葉の使い方、言葉の意外な結びつきだった。今はなくなっている気もするが、「りんごのほっぺ」という言い方は霜焼けで赤くなった頬のふっくらした感じがとてもよく表現されていて、とてもリアルだった。

おもしろさだけではない。たとえば、十九世紀の推理小説ウィルキー・コリンズ『月長石』＊5の語り手の一人である執事は、

> 私はここ幾年か――たいていはパイプをふかしながら――この本を読んでいる。そして、わかったことは、この本がこの人生で窮境にたったときの頼りになる伴侶だったということだった。気がめいったときにも――『ロビンソン・クルーソー』、な

がやはりおもしろかった。

（４）その頃、一日百ページ、一年で四万ページの読書を科していた。そのページ数に推理小説も入っているから可能だった。しかし山田にそのことをいうと、近代をやっている者は年間五万ページは読むといっていた。負けたと思ったが、考えてみれば、古典と近代小説では読書にかかる時間が違う。

ついでに山田有策のこと。院生時代『文学史研究』（一九七三〜七年）という同人誌をやっていたが、そこに山田が連載していたものがまとめられた『幻想の近代』（二〇〇一年）を読んで、あらためて山田の仕事の凄さがわかった。

（５）ウィルキー・コリンズ（一八二四〜八九）。イギリスの小説家。『月長石』は「英語で書かれた最初の探偵小説」と言われる」（『イギリス文学辞典』〈研究社、二〇〇四年〉）。

にか忠告がほしいときにも――『ロビンソン・クルーソー』*6、かつて女房に悩まされたときにも、いままでに私が酒をやりすぎたときにも――やはり『ロビンソン・クルーソー』、あまり熱心に読んだので、堅牢な『ロビンソン・クルーソー』を六冊も駄目にしてしまった*7。

と語る。この執事にとって『ロビンソン・クルーソー』は苦しいときも、アドバイスが欲しいときも、落ち込んだときも、妻に違和感を感じたときも手にする人生の伴侶だったという。小説は人生を学び、気持ちを奮い立たせる働きをしていたのである。

　平安期の物語文学も、少女たちは人生を学ぶものとしても読んでいた。もちろん物語はおもしろいから自然に学んでいくことができた。そして繰り返し読んだ。

　現代は経済優先の時代だが、人は食べられればいいわけではない。何かあると癒やしがいわれるが、癒やしという言葉に示されているように、何かあることが病として考えられている。個人個人が異なるのなら、人との関係は心に軋《きし》みをもたらすのが当り前なのである。したがってそれは誰でもに起こることで、病ではない。軋みと感じないようにするには、とことん相手に合わせるか、逆にとことん平気でいるかだが、そんなことしていたら、それこそ病になってしまう。人は悩むものだということは生きている基本なのである。

　私はこの執事のように決まった本を読むわけではない。私はけっこう本を読んできているから、その蓄積のなかでそれなりの対処の仕方をつくっている。滅入ったときには

（6）『**ロビンソン・クルーソー**』（一七一九）。**ダニエル・デフォー**（一六六〇?～一七三一）イギリス人。『**ガリバー旅行記**』（一七二六）を書いた**ジョナサン・スウィフト**（一六六七～一七四五）と並んで、イギリス十八世紀小説の先駆者。『ロビンソン・クルーソー』は、悪天候で無人島に漂着した主人公が、三十年近くその島で生活し、イギリスに帰還した話。

　難破船から運んだ大工道具、麦の種などがあったにしろ、生活を成り立たせるための工夫をしていくところが、新しい社会の始まりといえば、神話的である。

　結局その島は自分の植民地となる。十八世紀ヨーロッパの海外進出の物語である。

（7）同様の役割として、**イーデン・フィルポッツ**（一八六二～一九六〇）『**赤毛のレドメイン家**』（一九二二）のなかで、元貨物船の船長だった男が**ハーマン・メルヴィル**（一八一九～一八九一）『**白鯨**』（一八五一）を聖書にしている例

おもしろい本を読んで、気を紛らわせる。だいたい人は一遍にたくさんのことを考えている。そして意識はいつも開かれており、目にうつるもの、耳に聞こえるものに対応して、あれは何だと別のことを考えたりする。たとえば失恋して悔しくて、悲しくて、苦しくてしかたない場合でも、意識が他にも向かうことがあるから、一瞬でも気分が離れる。でなければ生き辛くてもっと自殺する人が多いはずだ。

もあげられる。一九世紀アメリカは、『緋文字』（一八五〇）のナサニエル・ホーソン（一八〇四〜六四）、そしてエドガー・アラン・ポーと、世界の文学の先端にあった。

このようにして、文学がなぜ必要なのかを考えていきたい。

方法としては、言葉とはどういうものかという問いに向きあうことから文学を導き、各時代の名のある作品、作家を取り上げ、最初にその時代がどういうものかを述べ、時代によって文学が異なることを具体的にみて、そのおもしろさを述べながら、その時代にはどういうことが問題になっていたか、それぞれがなぜ書かれたか、なぜ要求されたかなどを考えていくことにしたい。そのように考えていくことで、日本語の文学の流れもわかるようにしたいと思っている。

そして、本屋で会った女の子のように、知への憧れも抱くようになってもらえればと願っている。それゆえ、少し難しい文章かもしれないが、それは考え方になれていないからで、少し考えれば分かってもらえると思う。その補いにもなるように、「注」をつけてある。

また上の段にゴシックで示したのは、基本的にはいわゆるキーワードだが、主題にかかわらないものもあり、その部分に関連づけて、一般的なことなどの考え方を示したり、私の意見を語ったりしている項目である場合が多々ある。何か考えたりする際の手がかりになればと思う。

一　言葉の表現とはどういうものか

1　言葉とはどういうものか

言葉の意味

言葉は音によって作られている。イという音とヌという音が重ねられてイヌとなれば犬という一つの言葉となる。なぜイとヌで犬になるかはわからない。それは、英語では同じ犬でもドッグというように、地域によって異なっているのと通じていて、絶対こうだという説明ができない。つまり音と意味との結びつきは恣意的[1]だということである。言葉がその程度だということは言葉は不安定だということであり、変化していく原因にもなっている。その恣意性は、言葉の意味はその言葉をもつ社会の共通の了解によってかろうじて成り立っていることを意味している。それを確かなものにしていくのは、その社会がその言葉を使い続けてきた蓄積である。

古代では、言葉の恣意性を神に授けられたという説明をして乗りこえている場合がある。たとえば、「初めに言葉ありき」[2]という『新約聖書』の句はそれである。神に授けられたとすることで、言葉の意味を絶対化しているのである。ただし、ユダヤ教、キ

（1）かって。気まま。この場合は絶対的な根拠がないということ。

（2）『新約聖書』ヨハネ福音書第一章第一節。

リスト教の場合は一神教で、神は唯一絶対神だから、言葉の意味は揺れてはならないのに対し、多神教では、神が言葉を授けたとすれば、神はいくらでもいるから、別の神は別の意味を授けるかもしれず、意味の揺れは当然となる。

欧米は基本的にキリスト教社会だから、日本だけでなく、中国やインドなど多神教の社会と異なる言葉に対する考え方、感じ方をもっているはずだ。近代になって、学者も欧米の考え方で言葉をみることが行われているが、それでは日本語の文学が読めないこともある。

言葉は音の組み合わせで意味をなすが、音と意味との関係は絶対的なものではないことは言葉を不安定にしている。この不安定さは、日本語の場合、心と言葉の関係の不安定さとして意識されている。かんたんにいえば、心のなかのことがうまくいえないということである。どの言語の社会でもそういうことは意識されるが、日本語の場合、それが和歌定型を絶対化させていったといってもいいほどだと思う。五七五七七の形におさめれば心は表現できると考えていたのである。

言葉は人に意志を伝えるために作られたという通俗的な言語観がある。これは間違ってはいないが、文学の言葉がなぜ生まれたという問には答えてくれない。この問に応えてくれる道筋は時枝誠記にある。

言語過程説

時枝誠記《もとき》＊3は、「言語過程説」を立て、言語を話し手の発話から始まり、聞き手に理解されるまでの過程として捉えようとした。言葉をそれ自体で独立しているものとしてでなく、話し手から聞き手に届くことで生きた言葉があると考えたのである。使わなけ

（3）時枝誠記（一九〇〇～六七）。『国語学原論』（一九四一年）。本郷の文学部国語国文学科に進学した春にこの本を読んで、言葉そのものを捉えることを学んだ。

れば言葉はないわけだ。

さらに時枝は、たとえば、「空が真っ青だなあ」という場合、

と、「空」という話題が「が」によってどういうものかという後の説明に対する主格になっていることを示し、「真っ青だ」によってその内容が示され、「なあ」によって、話し手の感動が表現されるという構造になっているという。「空」「真っ青だ」は自立語、「が」「なあ」は付属語と呼ばれているが、時枝は付属語にはいわば話し手の対象への関わり方があらわれていると考えている。「空」「真っ青だ」を詞、「が」「なあ」を辞と呼んで、辞にこそ話し手の立場や意志があらわれていると考えているのである。

詞と辞

指示表出性と自己表出性

この「言語過程説」が言語表現である文学の言葉へ導いてくれる。「言語過程説」は話し手から聞き手までの過程を言語とした。文学の言葉は、日本語の場合、心が言葉によって相手に伝わるかという不安を抱えていることが和歌形式を絶対化させたと先に述べた。その問題を踏まえて「言語過程説」を読み替えてみるのがいい。つまり言葉は必ず発した者の心がつきまとうものなのだ。そこに文学が生まれてくる一つの根拠がある。

吉本隆明《たかあき》は*4**『言語にとって美とは何か』**（一九六五年）で、言語の発生を次のように述べている。

（4）**吉本隆明**（一九二四～二〇一二）。日本の思想や批評は外国語への翻訳があまりないため世界には知られていないが、二十世紀世界最高の思想家の一人としていいと思う。

文学を抒情、情緒というようなあいまいな語による鑑賞的な方向ではなく、客観的、普遍的に分析する方法を求めた初めての書物。私も批判はあるが、以降の文学批評はこの吉本の論をどうふまえるかが問われている。

たとえば、狩猟人が、ある日はじめて海岸に迷いでて、ひろびろと青い海をみたとする。人間の意識が現実的反射の段階にあったとしたら、海が視覚に反映したときある叫びを〈う〉なら〈う〉と発するはずである。また、さわりの段階にあるとすれば、海が視覚に映ったとき意識はあるさわりをおぼえ〈う〉なら〈う〉という有節音を発するだろう。このとき〈う〉という有節音は海を器官が視覚的に反映したことにたいする反映的な指示音声のなかに意識のさわりがこめられていることになる。また狩猟人が自己表出のできる意識を獲得しているとすれば〈海〉という有節音は自己表出として発せられて、眼前の海を直接的にではなく象徴的（記号的）に指示することとなる。このとき、〈海〉という有節音は言語としての条件を完全にそなえることになる。

難しそうにみえるかもしれないが、山で暮らす狩猟人が初めて海を見て、これは何だと驚き、ウと声を出したとき、そのウが海を指しているとしたら、このウには海という意味と、驚きの気持ち（意識のさわり）の両方が表現されており、これはすでに言語の条件を備えているといっている。**吉本**は、あらゆる言語には普通意味といっている「指示表出性」と、発話者の心の表現である「自己表出性」の両方が表現されていると考えている。「表出」といっているのは表現する者の行為であることを強調するためである。文学に深く関心をもつ者らしく、**時枝**の論をより発話者の心に向けることで展開しているのである。

吉本は発話者の心があらわれていない言葉はないといっているわけだ。共通の意味、吉本の言い方でいえば「指示表出性」のみの言葉などないのである。そして言葉は生まれた時から心の表現としてあった。

吉本は「狩猟人」が初めて海を見たとして、言葉が生まれた時を考えている。これは歴史的な発生である。それだけではない。「狩猟人」の心から考えていることにおいて、個人における発生でもある。このように考えることによって、吉本は言葉を歴史的にも個人の心からもみる、つまり普遍的な相からみることを可能にした。そして言葉の美としての文学を論じることを可能にしたのである。

私は若い頃に、このように思考することで初めて文学を普遍的に批評することができるのを知った。文学についてのもの言いが抒情的、悪くいえば感傷的な、曖昧なものでしかなかったのが嫌だった私にとって、吉本は決定的だったのである。これだけではない。**『言語にとって美とは何か』**は文学の歴史の見方も汲み上げることができる。「表現転移論」である。

表現の転移

私に引き寄せて説明すれば、ある時代の先端的な表現は次の時代の表現に転移し、その時代の先端的な表現を生み出していくということである。ある作家が前時代の誰か特定の作家の作品を読んで、影響を受け、引き継ぐのではなく、表現自体がその作家の表現に転移していく。作家中心の考え方ではなく、表現中心の考え方である。文学は作品として自立している、つまり作品は作品内部で完結した世界を作っているものであり、それを表現が作り出していくものだから、そういえるわけだ。大きくいえば、日本語を知らなければ文学は書けない。文章は一定の様式があり、それに則ってしか書くことはできない。作家はそれを受け容れることによって書くことができるのである。

このようにして、言葉とはどういうものかを考えていくことで、われわれは必然的に文学を考えていくことができるようになる。

言葉を発話者の心に引き寄せて考えてきたが、これは言葉は通じないという面をもたざるをえないことを意味している。

人は一人一人違うとすれば、心もまったく同じであることなどありえない。長く一緒に暮らしている家族なら比較的分かり合い得る度合いが大きいだろう。といって子供が学校にあがり同世代の友だちができれは、その友だち同士で通じることと親に通じることは別になる。親だって、父親と母親では通じるものが違う。さらに、同世代でも学校や地域によってまた違ってくるというように、通じないというレベルはさまざまにある。

話し手の心を問題にしてきたのだから、聞き手の心も問題にしたくなる。すると、話し手の心は言葉にうまく表現されているか、聞き手は話し手のいいたいことをよく理解したかという、問題が出てくる。この問は私たちが日常的に出会っているものだろう。心と言葉は真っ直ぐ繋がっているものではない。聞き手に誤解なく伝わるように、言い方を工夫する。聞き手は話し手の心を推量し、より深く理解しようとする。そういう関係が常にある。人が心をもつ限り逃れられない。つまり、言葉によって他人に心が完全に伝わることなどありえないのだ。

ここに、文学が必要なひとつの理由がある。ことばを正確に伝えることが不可能だとしたら、言葉を現実、事実に添わせるのではなく、言葉の仮構する力によってむしろ真実を伝えることができるのではないか。

2　言葉と社会、個人

伝わらないということを述べたのは、言葉は意志を伝えようとするものとして生まれたという考え方が一般的だからだ。吉本は人は心をもっているのだから、どのような言葉も心の表現としての面をもっていないものはないといっているわけで、それを敷延《ふえん》すれば言葉は通じない面をもつのも本性だということになる。

そのため言葉を通じさせようとさまざまな表現をとらざるをえなくなる。言葉の数も増え、表現も多様になる。文学の言葉が生まれるのはそういうなか*5でである。

吉本の先の引用は、海を見たときの「意識のさわり」が言葉を発しさせるといっているので、意志の伝達とは別のところで言葉をみている。伝達として考える見方は言葉を道具としてみている。この発想からは文学が生まれる契機を言葉自体には求められない。

かといって、伝達という働き、つまり社会との関係は言葉にとって本質的なことであることは動かない。最初に述べたように、言葉の意味を支えるのは社会しかないのだ。

このように言葉を考えていくことは、言葉が必ずしも現実の反映ではないことを証している。伝わらないという本質からいえば、現実とのずれをもつのも当然なのである。われわれが常に出会っている問題である。それは言葉によって浮かべる像が人それぞれ

(5) 通じないことを意図した言葉もある。隠語と呼ばれる仲間うちだけに通じる言葉がそれである。
　古代日本の童謡(わざうた)と呼ばれる歌謡も通じない歌である。琉球王朝の『おもろさうし』も通じないという面を濃くもつ歌が多くある。

で微妙な差異をもってしまうことと繋がっている。

『**万葉集**』の歌には個人の悩みが表現されており、それは集団に埋没していた個人があらわれたからだという説明がいまだになされている。「集団から個へ」という図式が『万葉集』の基本的な見方になっているわけだ。個人の内面を表現したものがすぐれた文学だという文学評価とかかわっている。そういう評価をするために、表現のちょっとした違いが作者の固有性をあらわしているかのように考えられ、他の歌と比べて、価値づけられるというようにして、語られている。

「集団から個へ」は誤り

誤解というか、問題は二つある。一つは個人がいない社会などどこにもないということ、二つは表現の違いが固有性のあらわれだとしたときの、その固有性の定め方である。

個人がいない社会などどこにもない

人は親子であろうと、まったく同じである者などいない。共同体内で区別され、名を与えられている。TBSの**兼高かおる**の「世界の旅」という番組だったと思うが、アマゾンのインディオが狩に行く途中、立ち止まってしばらく花を見ていたが、手折って髪に挿した映像を見たことがある。ごく自然な動作で、呪的な意味*6には見えなかったが、そうであってもインディオはその花を美しいと思ったに違いない。要するに好みは人によって異なる。近代の個人とは異なっているにしろ、人それぞれの領域がある。

表現の違いも好みというレベルがあるだろうし、短歌形式という短詩から詠み手の固有性を導くのは難しい。この世のあらゆる事象は個別的とすれば、その個別的なできごとに添って表現が行われていると考えてみることもできる。

確かに『万葉集』以前の古代歌謡の表現はできごとの個別性に向かう方向は弱い。『万

(6) その花の霊力を身につけ、狩が成功するように願う。

表現の対象になる

葉集』の歌のほうが表現が個別的な方向に向かっている。個人が「表現の対象」になったのである。それは社会の関心が個人に向かうようになったことを示していると考えられる。たとえば平安期の物語文学には食べる場面や性的な描写がほとんどないが、だからといって食べなかったはずはないし、性交渉がなかったなどということはありえない。『万葉集』には山上憶良と防人歌以外子のことをうたう歌がほとんどないからといって、憶良以外に子を想う人がなかったというようなことをいう人はないだろう。子を想う親の気持がしばしば主題化されるのは中世以降である*7。つまり文学表現が何を対象にするかは社会によって異なるのだ。それを「時代の関心」とすることで、私は文学史を考えることができるようになった。

時代の関心

身体のことをいえば、平安期の物語文学では身体にかかわることは基本的に禁忌だったと考えられる。身体や身体にかかわる食べ物が書く対象になるのは『今昔物語集』である。今昔の説話を題材にした芥川龍之介の『鼻』*8『芋粥』を思い浮かべれば納得いくだろう。

表現は虚構であることは分っていたが、私自身このように「……を表現の対象にする」、「時代の関心」と明確に考えるようになるまでには時間がかかった。たぶんこういうことをいっているのは私だけだと思う。私は社会や時代の差異を表現から説明しようとして、ようやく考えついた。若いころから日本語の文学史を書きたかったからでもある。

考えつくと、表現とはどういうものか、それ以前より分かるようになってきた。少なくとも、表現の世界は自立しており、社会との関係を考える際も、すぐ実態、事実とし

(7) 平安期では藤原兼輔の「人の親の心は闇にあらねども子を思ふ道にまどひぬるかな」（『古今六帖』、『大和物語』）がある。

(8) 芥川龍之介（一八九二〜一九二七）の『鼻』（一九一六）は、『今昔物語集』とは違って、大きな垂れた鼻を持ってしまった禅智内供の自意識、つまり社会との関係における恥などの感情の動きに焦点をあてている。

ないで、時代の関心や表現の論理の側から考えるべきである。

私は集団という語を使ったことがないといってもいいと思う。集団から個へといったとき、何が集団の表現か、何が個の表現かを明確にしなければならない。だいたい集団から個へというのは表現外的な説明である。たとえば、集団的とされる民謡も個人でうたう場合が多いではないか。

社会に向かう心、対の関係に向かう心

吉本隆明『共同幻想論』(一九六八年)は観念には共同幻想、対幻想、自己幻想という三つの幻想領域があり、それらは区別できることを述べている。私は自分の心に引き寄せて、共同体、社会に向かう心、対の関係に向かう心、自分自身に向かう心の三つを誰でもがもっていると考えるようになった。そう考えると、自分の心の動きがとてもよく分かる。たとえば誰でも、自分のことを考えるだけでなく、恋人や家族のことも考えれば、通っている学校や勤めている会社のことも考える。そのうちどれがもっとも大切かは場合によって、また人によって変わってくる。そしてそれはどれが正しいということもない。そう考えると、自分らしさ、個性などといっているものは、それほどたいしたことではなくなる。そして、自分の心を分析するのに役立つ。場面に応じて動く自分の心をおもしろがることもできる。

何人かでどこかに行った時、どこで食事をするか、何を食べるかなど、必ずといっていいほど、みんなのことを考えて決めてくれる人が出る。そういう人に任せると気が楽だ。対の関係は、男女よりも親友を考えてみるのがわかりやすい。友人何人かで集まったとする。親友にいいようにと考えることとみんなでいることとが矛盾することがある。

個に向かうの場合はかんたんだ。みんなといても自分だけが得したいと思ってしまったりする場合がある。

民謡を歌う場合、歌い手は一人であっても、共同体に向かう心の状態にあると考えれば、集団というように実態的なものを考える必要がなくなるのである。

カラオケ体験

逆の場合の例は私の初めてのカラオケ体験であった。カラオケが流行し始めてからまもなくの一九七〇年代の後半の頃のことである。ある大学の院生の研究会に招かれた後の懇親会で、カラオケが始まり、誰かが**河島英五「酒と泪と男と女」**（一九七五年）*9を歌い出すと、なんとなくみんなが歌い出し、いわば合唱になった。しかし、ほとんどの人が下を向き、つぶやくように歌っている。私は妙な気がして、そして気づいたのである。合唱になっているが、一人一人自分の失恋体験、失恋ではなくても、一人自分を悲しむ体験を思い起こしてうたっている。つまり個人の固有の世界に向かっている。

どんな歌でもみんなで歌うこともあれば、一人で歌うこともある。集団とか個などといわれてきたことは表現とはかかわりなく、文学にとっては表現そのものの問題としなければならないのだ。

表現分析をするには

このようにして、私は表現の分析もできるようになり、批評ができるようになった。いやまだある。表現の分析ができるとは、言語表現を自立したものとしてみるということである。そして分析するには、表現されていることがそのまま事実ではなく、事実から自立した世界とみなしていなければならない。さらに、そのようにみなせる自立的な観念をもっていなければならない。この自立した観念は文学だけでなく、他の芸術、

（9）この歌は「悲しいことや　どうしようもない寂しさに　つつまれた時に」と始まる歌で、人生というより、生活していて起こる負の感情をなだめるものだったといえよう。一九七〇年代、安保闘争、全国学園闘争が終るという状況のなかで、この歌に一人一人の内面の閉塞感が表現され、流行った。

さらにはさまざまな社会現象にも対応できるものでなければならない。そこに立つことで始めて批評が可能になるのである。かくして観念はどこからくるかを考える必要がでてくる。

3　社会（観念）の原型

そこで社会の原型を考えておこう。観念の原型でもある。人間は言葉をもったとたん観念をもつようになった。観念をもつようになることは、言葉から物事を考えるようになったことを意味している。たとえば、地名をしばしば地形から説明するが、誤りではないとしても、いったん観念のレベルで考えてみるのがいい。例をあげてみよう。

枚野《ひらの》といふは、昔、少野《をの》たりき。故枚野と号《なづ》く。新良訓《しらくに》と号くる故は、昔、新羅の国の人の来朝《まひき》ける時、この村に宿りき。故新羅訓と号く。筥丘《はこおか》といふ故は、大汝《おほなむち》少日子《すくなひこ》の命《みこと》と日女道《ひめぢ》の丘の神と期《ちぎ》り会はしし時、日女道の神、丘に食物《をしもの》また筥《はこ》等の具《もの》を備へき。故筥丘と号く。（『播磨国風土記』*10 餝磨郡枚野里）

三つの地名の由来が語られている。最初は、少野だから枚野といったといっている。少野は大野と通じる言い方で、枚野の里の次に大野の里があり、「大野といふは元荒野たりき。故大野と号す」とある。荒野のアラは現れる、新たなどのアラで、新たに現出

（10）『風土記』和銅六年（七一三）元明天皇の詔により、諸国にその国の地誌を記すように命じられて編まれたもの。現存するのは、出雲、常陸、播磨、豊後、肥前の五風土記である。

した状態をいう。ではなぜ荒の意も含むかというと、岩がごつごつ出ており、波が当たって烈しくしぶきをあげている儀を荒儀といっている例が説明し安い。波は遠く異郷の常《とこ》世《よ》から寄せてくる[11]と考えられていたので、常世の霊威がこの世にやってきて最初にあらわらる場所だから荒儀と呼んだと考えられる。霊威が強くあらわれるので烈しく波しぶきを立てる。それゆえ人が近づき難い。それで荒れ地でもある。そういう野だから荒野である。そこが開墾されて穀物などがよく育つ野になった。それを大野といったのである。しかし霊威の強い土地を人がかんたんに開墾できるはずがない。大野の大に意味がある。オホ（大）は最高の敬意をあらわす接頭語である。天皇に関するものに被せられる場合が多い。葬式をハフリ[12]というが、天皇の葬式は大御《おほみ》ハフリという。つまり大野は天皇の権威によって開墾されたということかもしれない。実際『**常陸国風土記**』に、やと[13]の神の土地を天皇の権威によって開墾する話がある。あるいは先祖が開墾したのかもしれない。どちらにしろ、由来があって名がついた。

次は新羅《しらぎ》の国の人が来て泊まったから新良国《しらくに》で、住み着いたからではない。すると新羅の人が来て、何かをもたらしたというような伝承がありそうだ。最後は、大汝少日子の神[14]が日女道の神と約束して会った場所で、女神が歓待の食べ物を箱に容れて出したので筥丘といったという神話によって名付けられたとする。

こうみてくると、すべて伝承があって地名がついたといえる。最初の例の枚野は、ヒラはなだらかな平らの意だから地形から枚野という名がついたと考えられている。もし伝承が書かれていなければそれですんでしまうだろう。しかしそういう名でありながら、

（11）伊勢の国を「常世の浪の寄せくる国」という。常世は、変化していくこの世に対し、変化しない世のことで、神々の世をいう。

（12）ハフルは放るで、死体を放り棄てたからという。

（13）ヤトはヤツと同語で、谷のことをいう。鎌倉に扇ヶ谷という地名が残っている。

（14）大と小の対の神。この二柱（神は柱で数える）が国造りをしたという神話がある。少野の「少=小」も、讃め詞なのである。

わざわざ少野だからといっている。平らな野であるという地形自体では地名にならないのである。平らな野なので開墾したという由来があって、枚野に価値が与えられ、地名になっている。筥丘もたぶん箱型をしている丘だろうが、神話伝承があって名がついた。地形がそうだったとしても、いったん由来伝承をくぐることによって名がつくのである。そのようなあり方は、地名は見たままではなく、そこから連想される共同体に関する物語を浮かべ、共同体にとっての意味を確かなものにして初めて地名となるのだから、観念が地名をつけるといえる。

古代は観念的な時代

古代はきわめて観念的な時代であった。古代人は即物的だと思われがちだが、そうではない。神話は外界との関係を観念のレベルで語るものだった。なぜ神話が必要だったかといえば、あまりにも強大で神秘的な自然に囲まれて生きていくためには、観念をその自然と釣り合うだけ壮大にするほかなかったのである。それも個人ではなく、共同体としてでなければ対応できなかった。いうならば、自分たちを取り巻くさまざまなものを神話を通して見ていたのである。

というわけで、古代は共同体の観念が重い社会である。当然社会も観念からみていた。その共同体を成り立たせているのは子どもと大人と老人という三世代と、男女という二つの性である。これを図に示せば、

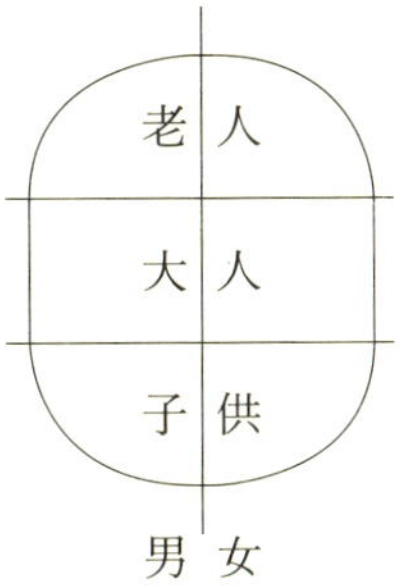

協調と対立

ということになる。この線で囲まれた六つの部分はそれぞれが互いの領分をもって自立的であることを示している。それぞれ自立的だということは、他との間に対立と協調という関係をもって、共同体を成り立たせている。対立と協調とは存在が違うということであって敵対的ということではない。違いの側を強調すれば対立になり、共同体の成員であることを強調すれば協調となる。ただし、子どもと老人は性によって分ける必要が薄くなっているから、点線くらいでいいかもしれない。大人には男女の性は子の生産という重要な役割が科せられているが、共同体を実際に維持する労働なども科せられている。子どもは未来に大人となって共同体の生産活動を担う役割、老人はかつて担った体験による智慧によって共同体を指導する役割をもっている。

　男と女の対立と協調をもっともよくみせているのは歌垣である。若い女組と男組に分かれ歌で戦い合う。そして結婚の相手をみつけるという。異なる存在が親く結びつくには、対立を超えなければならないのである*[15]。

　男の子が大人に成るためには、対立する世代を超えなければならないから重い試練が科せられた。もちろん大人として共同体を実際に維持存続させていかなければならない

(15) 平安期の物語で、男の求愛に対し、女がまずは拒否するのも、対立と協調という原理の表現とみなければならない。

成人式

のだから当然である。成人式である。

この図は子どもから大人へ、そして老人へという流れも含んでいる。つまり図のなかは固定的ではなく、動いている。人は個人としてみれば、この卵形を縦に通り過ぎて行くだけだ。

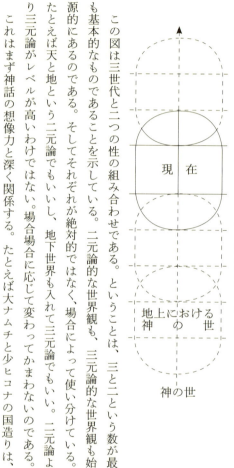

老人は体験による智慧によって共同体に位置をしめているが、その智慧にはかつて子どもであった時期に老人から聞いたものも含んでいる。その場合、直接聞いているから、この共同体が認識している時間は最大五世代である。それをさらに過去へ伸ばせば歴史が形成される。もちろんその歴史とは、先の地名起源にみられるような伝承である。

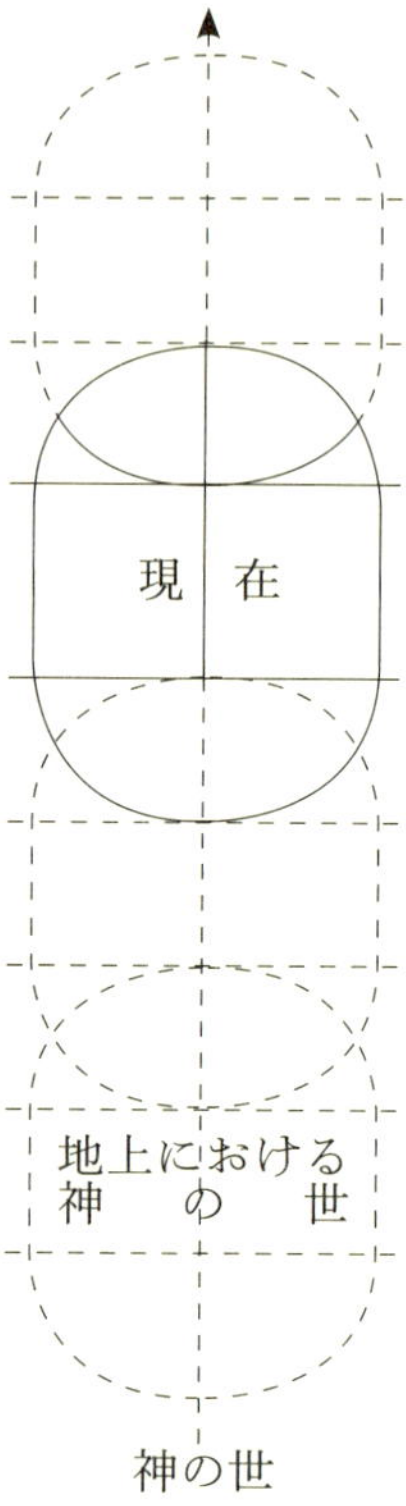

二元論的と三元論

この図は三世代と二つの性の組み合わせである。ということは、三と二という数が最も基本的なものであることを示している。二元論的な世界観も、三元論的な世界観も始源的にあるのである。そしてそれぞれが絶対的ではなく、場合によって使い分けている。たとえば天と地という二元論でもいいし、地下世界も入れて三元論でもいい。二元論より三元論がレベルが高いわけではない。場合場合に応じて変わってかまわないのである。

これはまず神話の想像力と深く関係する。たとえば大ナムチと少ヒコナの国造りは、親の世代と子の世代の協力によって世界が造られたことを語るが、またこの二神が対立する話もある。つまり対立と協調である。そして話の話型として兄弟二人の対立[*16]、隣の爺婆の話[*17]、三人兄弟の話も生み出していく。

前近代社会では、それぞれの役割が分業としてはっきりしていた。そしてそれぞれのカテゴリーの性格が明確に区別されていた。古典を読む時にはこういう問題を考えておかないと、たとえば平安時代の社会は女性差別というようなことだけになる。女は家族を内側で支えるものであり、男は外との関係で家族を支えるものだった。

たとえば文献に牛飼いの童と書かれていても、絵巻物において牛車の側に描かれている大人の男の髪型が童髪であることで、実際には童子ではなく、大人である場合がある。

また**川田順造『サバンナの手帖』**[*18]によれば、モシ族の王は男だが、すると宮廷の王の周辺の者はすべて女とみなされるという。私はこれが書かれ記録として残されると、後の人は王の周りには女しかいないと考えてしまうことになるということを思った。

これらの事例は、あるカテゴリーを重んじることが、ある世代や性を超えて貫かれる場合もあることを示している。これは先に観念的といったことと通じているが、そのくらい社会を構成するそれぞれのカテゴリーが重要だったのである。

近代社会の難しさは、個に重点が置かれ、社会の基本的な原理を壊す側の思考が価値を与えられたことにある。いつの時代にも原理を壊そうとする欲求はあった。たとえば平安後期の**『堤中納言物語』**に収められている**「虫めづる姫君」**[*19]は、思春期の少女が男女の型を破ろうとする話である。特に変革期にはこういうことが表面化する。

(16) 兄弟の対立は海幸彦、山幸彦のたがいに自分を成り立たせていると釣り針と弓矢の交換から、山幸彦が釣り針を失したことによる争いの神話が典型的。

(17) こぶとり爺さんが代表。

(18) 一九八一年。**川田順造**(一九三四〜)は**『無文字社会の歴史』**(一九七六年)で、アフリカのモシ族の歴史が太鼓で語られていることを紹介し、文字以前の歴史、さらに言葉以外の歴史があることを語り、衝撃的だった。

(19) この物語は「蝶めづる姫君の住み給ふかたはらに」主人公の少女が住んでいるというように書き出される。「蝶めづる姫」というのは、普通の少女の感受性をいい、主人公の少女の特異性をいうのである。こういう感受性は教育によって作られるもので、社会的に共通な感じ方で、変革期には崩れる。同時代に女の子が男の子として、男の子が女の子として育てられる**『とりかへばや』**という物語もある。

現代は個に重点が置かれすぎているが、東日本大震災が起こればたぶんほとんどの人々が心を痛め、支援しようとする。しかし共同体に向う心が、心は一つなど過剰にいわれ出すことにもなる。原理から考える習慣があれば、過剰にはならない。

4　言語表現の美とはどのようなものか

表現にはさまざまなものがある。そのうち、いわゆる芸術にまで到っているものがある。音の表現が音楽に、形や色の表現が彫刻や絵画に、身体の表現が舞踊や演劇にというように。言葉の表現も文学という芸術になっている。

身体にはいわゆるスポーツとして走る速さ、跳躍の高さや長さなどを競う表現もある。体操の競技に美しさが評価の対象になるように、芸術とスポーツが重なっている場合もある。また演劇はセリフとして言葉を重要な要素としており、文学と重なる場合もある。パントマイムは言葉の対極に身体を置き、身体だけでどのくらい、どのように表現できるかを芸としたもので、演劇としてはセリフがあるのが自然である。

このように、人間のさまざまな行為や行動の表現がある。芸術はその最先端にあるものといっていいだろう。最先端とは、その表現において、そのものの性格の特徴を美として取り出していることをいっている。たとえば、絵画は色や形そのものの美としての表現である。

では文学は言語のどのよう特徴を美として表現したものといえるだろうか。言葉はただの音なのに、ヤとマの音が重ねられると山の像を浮かべることができる。つまり、言葉は像を造る。この現実には見えないのに像を浮かべられることへの驚きと、そういう不可思議な力が文学を生み出す一つの要因である。

そして、具体的な像を浮かべる方向にではなく、感じていることや考えていることを叙述して心をリアルにわからせる方向に向かう言葉がある。これも、自分のものではない他人の心をわからせる力であり、文学を生み出す力になる。

もう一つ、論理を造り出す言葉がある。これは批評に向かうことが多いが、やはり心のうちを語らせるもので、文学の言葉になる。

では、言語表現の美とはどのようなものだろうか。

少女の杏《あんず》の口はあらゆる形の雲をむさぼり
少年の琥珀《こはく》の眼は太古の地層から切出された
どんなに目をみはっても未来は見えないのに
子どもらの体の中に明日は用意されている

（**谷川俊太郎**[20]**『そのほかに』**（一九七九年）「**明日**」より一部）

「杏の口」は暗喩《あんゆ》といわれる比喩である。杏は果物であり、口は顔の一部を指すから、普通の文脈では杏と口が直接繋がることはない。「杏のような口」といえば、杏が橙色っぽい艶やかなふっくらした口の比喩になっていることがわかる。このような何かをあら

（20）**谷川俊太郎**（一九三一〜）。二十歳で**『二十億光年の孤独』**（一九五二年）を刊行した。
人類は小さな球の上で
眠り起きそして働き
ときどき火星に仲間を欲しがったりする
（「二十億光年の孤独」）と始まる詩は私にとって鮮烈だった。

明喩

わすときに別のものをもってきて像が鮮明になるようにする比喩を明喩《めいゆ》と呼んでいる。この場合、少女の口が杏の比喩によって鮮やかに浮かび、うまく表現していると感じさせる。大げさにいえば感動させる。これが文学の美の一つである。

暗喩

「杏の口」という言い方は「ような」というたとえをあらわす語を省き、口が直接杏と結びつけられている。これを暗喩と呼んでいる。暗喩はまず「杏」系列の言葉と「口」系列の言葉の秩序を破壊する衝撃をもたらす。次に杏の像を浮かべ、口の比喩になっていることに気づくことによって新しい言葉の秩序が生成されていることを知るという構造になっている。これも明喩と同じに美だが、言葉の新たな秩序を生成するレベルがあり、明喩より高度な美ということができる。

このように言葉の美の一つは、言葉を一般的な秩序から解放し、別の秩序に転位させることで生ずる衝撃力である。引用した詩の一行目の「あらゆる形の雲をむさぼり」も少女があらゆる夢を夢見ることをあらわしているから、これも表現したい内容をまったく異なる言い方でいっており、同様な衝撃力を発揮している。

さらにこの詩の二行までは、「少女の杏の口」と「少年の琥珀《こはく》の眼」と少年と少女、口と眼が対の形になって、二行自体が対になっている。この対も整った姿を感じさせるわけで、これも言葉の表現の美である。

音数律

日本語の詩は五七五七七の和歌という詩形が千三百年以上前からあった。世界中の言語でこんなに長く活き続けてきた詩形は漢詩と和歌以外ないに違いない。なぜ続いてきたかということは後に述べるとして、ここでは、日本語の特徴として音数律があることに触れておこう[21]。俳句という五七五の詩形もある。これらの詩形で作ったものは調子がよく覚えやすいから、交通安全などの標語になっている。この調子よさは感性のリズムに合っていることを意味する[22]。いわば心地よい調べのわけで、やはり言葉の美の一つである。

夕暮れは雲のはたてにものぞ思ふ　天つ空なる人を恋ふとて　（古今集　恋一）

（夕暮れには雲の果て、遠い空のかなたに想いをはせる、遠く手のとどかない人を恋するというので）

この歌一首で百枚の卒論を書いた女子学生がいた。彼女は自分の想いを卒論に託したのである。もちろん私的なことを詳しく訊いたりはしないが、恋人に逢えないというのではなく、まだ見ぬ恋人に憧れを抱いているようだった。恋人でなくてもよかったのかもしれない。いつか訪れる幸せへの渇望である。

彼女は何かの本でこの歌を知り、心ひかれて覚えてしまったという。私も嫌いな歌ではないにしても、取り立てて好きというほどでもなかったが、彼女の卒論につき合っていろいろ話を聞き、書き上がった論文を読んでいい歌と思えるようになった。

この歌を古典として読んでみよう。まずこれは『古今和歌集』の巻十一、恋一の最初のほうの歌だから、恋の始まりの頃の歌だということがいえる[23]。つまり一方的に恋しているだけの状態にある。しかも「天つ空なる人」とあるからいくら恋してもかなえ

（21）日本語は開口音と呼ばれ、一音一音の独立性が高いので、音数律を作り安い。

（22）日本語が五七に合うというより、五七音のリズムが長い間続いてきて、われわれの身体に沁みこんでいるのである。

（23）恋の歌は一応恋の進行順に配列されている。

られそうにない相手を恋してしまっている。平安時代の歌だから自分より遙かに身分が高い相手である。古今集のこの歌の前後をみると、そういう想いを相手にうたいかけている。ということはこの歌も女に贈ったものと思われる。

さらにいえば、この時代、逢い引きは基本的に夜だけである。夕暮れに恋しいのは逢い引きの時間帯になるからなのである*24。

そういう時代を超えて、夕暮れ時、かなえられない恋心に苦しむという状況はわかる。その理由は、この歌が夕暮れというもの寂しい時間帯、かなえらることのない恋といういつの時代、どの社会にもある状況に言葉の表現が凝縮していることによって、時代や社会の違いを超えて訴えかけてくるからである。

このように言葉の表現から、時代や社会を超えて読むことができるが、古今集の時代の、恋の初期の段階の、まだ逢っていない相手に想いをうったえる歌と読むこともできる。この二つの読みは、言葉が使われている時代、社会に閉じられている面と開かれている面とがあることによって必然的に起こったことである。

さらに**高田祐彦『古今和歌集』**（角川ソフィア文庫　二〇一〇年）は、中国の**『玉台新詠』***25の、

美人雲端に在り　天路隔たりて期無し　（雑詩九首「蘭若春陽に生ず」）

によると考えている。この漢詩を日本語の詩に翻訳するとこの歌になりそうだ。古典文

(24) 夜は神々の時間帯、昼は人々の時間帯と考えられていた。夜更けに、鬼の宴会に出くわす「こぶとり爺さん」がいい例。夕暮れはその境界の時間帯で、神々と人々が交る。

夜は神々の時間帯だということは、逢い引きは神々の行為と同じと考えていたことを示している。共寝している心の状態の特異さをそう感じたのである。

逢引は月夜にするものだったことも**『万葉集』**から導くことができる（**古橋『雨夜の逢引』**）。

(25) 中国、六朝時代の詩の選集。漢から梁までの恋愛詩で、艶麗なものを多く集めている。

古典研究の成果

学研究の成果である。このように、研究の成果によって、読みが深まり、言語表現の世界の広がりや深さに驚かされることが多い。これも言語の美といっていいだろう。

この美は時代や社会によっても異なる。また誰にとっても美しいものはない。人は心をもっているゆえ、それぞれが感じることは違うからだ。美しいと感じられる女が人によってずいぶん違うことでいえる。目鼻立ちのはっきりした女はだいたい普通、美人とされる。しかし必ずしもそういう女が恋されるとは限らない。恋愛している時は恋している女を美しいと感じている。しかし醒めればただの女に感じられることもある。

それは一人の男にとっても心の状態によって変わるということだが、時代や社会によって一般的に美しい女の像は異なる。日本の古代ではふくよかな女が一般的に美人と思われていたが、近世ではご飯粒も縦にしては入らない、つまりほっそりしていて口の小さい、目も細い女が美人とされた。

共同性に掬いあげる

先にあげた吉本の『**言語にとって美とは何か**』は「自己表出性」から言語の美を考えている。私は「自己表出性」を少しゆるく、自分に向かう表現とでもいえばいいと思う。つまり自分に巡り会うことが感動を呼び起こすと考えてみればいい。それを吉本は絶対的に孤立している個、他の誰とも異なる固有の個[*26]と考えているようだ。その個が毅然と立ち現れてくることに覚える感動である。それもあるだろう。しかし古典文学からは、むしろ個が共同性に掬いあげられる感動を強調したい気がする。

文学だって、誰をも感動させる作品なんてない。もちろんあらゆる芸術もそうだ。しかしだからこそそれぞれが気に入った文学や芸術を選ぶことができる。そして自分だけの

(26)「固有の個」という考え方は、第二次世界大戦後の日本の社会で、戦争、侵略などへの反省として、主体の確立がいわれたことと関係していると思われた。

世界に浸ることができる。それは自分をその世界に解放することでもある。

二　文学はどのように始まったか

1　文学の母胎

折口信夫《おりくちしのぶ》[1]が文学は神の呪言を母胎として発生したと述べているのが、近代日本における文学の発生論の始まりとしていいと思う。

折口は、人がこの世に生きていくためには神が必要で、その神々がさまざまなことを教えてくれると考えているのである。

私なりにわかりやすく説明してみよう。たとえば、人が常に食べ物に困って飢えている状態があるとして、神が稲などの穀物を授けてくれたり、よく稔る方法を教えてくれたりして豊かにしてくれたと考える。このような考え方は穀物の渡来した神話、栽培法を授かった神話として世界中にある。つまり古代の人々は自分たちの生活を成り立たせているものを神々によるという思考方法をもっていたといえる。そしてそういう思考法は世界どこでも同じだったのである。そういう時代を古代と呼んでもいいが、そうすると、日本古代といえば、大和朝廷が日本国を支配していく時代と区別し難くなるから、

（1）折口信夫（一八八七〜一九五三）。柳田国男と並び称される民俗学者。折口は歌人（釋迢空）でもあり、文芸を中心に考えているところがあった。

とりあえず「前古代」という言い方をしておこう。

なぜ「前古代」はそういう考え方をしたのだろうか。たとえば、東日本大震災の原因を、われわれはプレートと呼ばれる地盤の変動によって説明しているが、前古代だけでなく、前近代社会ではそういう不可思議な自然現象の災害に対して、神々の怒りと説明した*2。ようするに、自分たちにはできない、自分の意志ではどうしようもないことを神々の行為と考えた。

しかし、われわれ普通の人間は深海のプレートなんて見たわけではない。テレビで写されるからリアルに分かっているように思い込んでいるにすぎない。そんな画像なんて誰かが作ったものかもしれないし、本物でもそう説明されるからそう見えるだけで、違う説明もできるかもしれない。そのようにいくつかの信じて疑わないことのうえに立って納得しているにすぎない。

そう考えると、ほんとうは前近代社会の人々とわれわれは大差ないのだ。われわれの社会ではそういう画像を信じるのは科学教育が浸透しているからである。しかもわれわれは前近代のいわゆる迷信が科学によって克服されていくことを歴史としても教えられている。もうまちがいなく近代の社会が正しいとすり込まれているのだ。子ども時代から神話を聞かされて育った人々が地震や津波を神々の怒りとして受け止めるのは当然なのである。

子の生産

子の生産、誕生もそうだ。風で妊娠するという話が奄美の沖永良部島にある*3。西太平洋には波で妊娠する話もある*4。自分たちの知らぬ彼方の世界を神々の世界と幻

(2) 近世では鯰が地震をおこすと考えられたりした。

(3) ユタの伝える「シマダテシンゴ（島建て真言）」

(4) B・マリノフスキー（一八八四—一九四二）『未開社会の性と抑圧』（一九七二年、社会思想社）。

想し、風や波によって運ばれてくるその不可思議な力を身に受け容れることで妊娠すると考えたのである。『日本書紀』には妊娠する方法を鳥に教わるという神話もある＊5。

このような社会は、神々がこうしたことによって今こうしているというような観念によって世界を考えている。したがってきわめて観念的な社会である。前に述べたように、一般的に古代の人々は抽象的な思考ができず、即物的な思考をするといわれているが、それはまったく誤りである。われわれより古代の人々のほうがずっと観念的なのだ。この観念性は物そのものを見るのではなく、その物の背後に観念を感じるだろう。

こういう神々の言葉や行動を語るのが神話である。しかし神話はお話ではない。神々の言葉らしく厳かで美しくなければならないだろう。神々の行動を語る場合も同じはずだ。この厳かで美しい言葉の表現ゆえ、文学の母胎になったのである。母胎といっているのは、これらの表現は文学として考えられているわけではないし、音楽や所作を伴っているに違いないからである。いうならば、さまざまの芸術の母胎なのである。具体的な表現については後に述べるとして、神の言葉や行動を語ることは、その社会にとって必要なことだったことを確認しておこう。

平家落人伝説

神話は繰り返し語られてきたから伝えられてきたのである。ではなぜ繰り返し語られてきたのだろうか。その伝えてきた社会がそれを要求してきたからに違いない。その社会を存続させていくためである。たとえば、現在いくら貧しくともそこに村があるのは始祖の神がそこが住むのにふさわしい場所として村を開いたから＊6である。もちろんここには、始祖の神による共同体の結束が豊かさとして重く考えられている。これも先

（5）せきれいの動作を見て「交道（とつぎのみち）」を学んだという。

（6）たとえば、人がめったに行かないような山奥に、平家の落人が開いたと伝承される村がけっこうある。

に述べた観念性と通じている。
しかしこの世である限りさまざまな問題が起こる。そして出て行きたい者もいるに違いない。そこでそこが始祖に選ばれた良い土地であることを繰り返し語って、共同体の繋がりを確かめていかなければならないのである。

穀物がもたらされ、この世が豊かになった神話でいえば、神が人々を憐れんで穀物を授けてくれたのだから、神への感謝を忘れてはならない。それゆえ穀物渡来の神話が繰り返し語られる。そしてまたその繰り返しによって共同体の結びつきが強められていくことにもなる。というわけで、神話は繰り返し語られる必要があるのである。

神話は祭祀という表現をとって実習されている場合が多い。沖縄八重山の石垣島の川《か》平《びら》という村に、マユンガナシという神が各家を訪れる、節《シツ》[*7]という祭がある。その神の由来を語る話が昭和五年（一九三〇）に記録されている[*8]。原文はカタカナ漢字交じり文だが、読みやすいようにカタカナをひらがなに直して引いてみる。

> 節真世がなしと南之屋
>
> 同時代に川平村民の最も快楽なる遊は節遊びなれり。或旅人が節遊びの日に曰く『自分は旅人なるが北の海に難船に遭ひ住むに所なく夕刻より此村中に一夜を泊めさせて貰ふ可く乞ひけれ共一人として泊めて貰ふ方なく困却せり。乞ふ今夜一夜を泊めて貰ひたし』と。当家の家人は深く同情し謙遜に且つ丁寧に此旅人を迎へたるに旅人は深く満足して更に曰く『自分は人間に非《あ》らず天使なり。人間に農作の途《みち》を授く

（7）正月にあたるような年の切れ目の祭。

（8）**『川平村の歴史』**（川平村の歴史編纂委員会編、一九七六年）

つい最近新しい研究**澤井真代『石垣島川平の宗教儀式―人・ことば・神―』**（二〇一三年）があるのを知った。マユンガナシの祭祀や唱え詞のカンフツを、唱える人々、またこの祭祀にかかわる人々がどのように受け止めているかという視点からの研究で、今も存続している相も捉えられている。

可く命を受けて下りたり。依つて其法を授けん』とて真世がなしの神説を唱へ伝習せしめたる後『後年自分の代りに戌年生れの男子を命じ己戌日に神説を唱へば諸作物の豊収疑なかるべし』とて姿を消へ去れり。

節は正月に当たるような一年の最初の祭である。「南之屋《ハイヌヤー》」はこの神話に基づいて神《カン》元《ムト》*9となった南風野《ハエノ》家の屋号。「真世《マユン》がなし」は「天使」とあるが、神の使いである。

かなしい

カナシは古代日本語にも見られる。古代日本語では対象によって心を切々とうたれる状態をさす形容詞で、現代語の愛《いと》しいにも悲しいにもあたる。琉球文化圏では神もさすし、恋人、親にとっての愛しい子もさす。「神説」といっているのは、土地の言葉でカンフツ（神口）という、神の言葉を意味する。

このカンフツの最初の一部だけ引いてみよう。

ウートオード　おお、尊い
キュヌビイ、ユカルビイニ、　今日の日　よい日に
ウートシイ、ミートシイ、ンカイ、　いい年　御年に
クダリ、チヤービル、マーユンガナシイデ、　くだっていらっしゃるマユンガナシ
カン、カザル　ビントォードウ　神の美しい言葉　尊い

この唱え言は、「キュヌビイ」と「ユカルビイ」、「ウートシイ」と「ミートシイ」が

（9）祭事の始まりの家のこと。この伝承でいえば、旅人が訪れた家。「当家」と記されている家。

同じ言葉を別の言い方でもう一度いう繰り返しで、調えられた言い方になっている。神の言葉だからである。「トオード」が最初と最後についており、神聖な唱え言であることを示している。これはもちろん言葉の美である。

それにしても、マユンガナシが唱えているのに、カンフツにはマユンガナシが来たことをいっている。どうしてこういうことが起こるのだろうか。マユンガナシはもちろん村人が扮している。扮していても神そのものになっているわけではないのだ。たとえば神は人ではないから人の言葉で語らないと考えてみる。地震も神の意志の表現である。とすれば神の言葉は人間語に翻訳されなければならない。しかし人の言葉そのものでは神への畏怖があらわせない。そのため神聖な言葉らしく美しくするのだ。いわば神の言葉を装うのである。扮した人も神でありつつ神ではない。その間の存在と考えればいい。マユンガナシを神の「命を受け」た使いという考えもそういうところから出てくる。

マユンガナシは毎年節にあらわれ、川平の家々を一軒づつ訪れ、カンフツを唱えて行く。カンフツは五穀のそれぞれの作り方などを語る。つまり毎年神から五穀の作り方を教えられた神話が再現されるのである。そのようにして、神との関係を持続していく。それだけではない。祭の準備は時間と労力がかかる。そうしていくなかで、共同体の結びつきが確かめられ、強化されていくのである。

2　文学の発生

発生論

文学の発生は二つある。個人において文学が生まれる時と歴史に文学が生まれる時である。「発生論」という見方（方法）はこの二つを合わせもっているのが特徴である。ここでは歴史的な発生の筋道を追ってきているのだが、個人のことをふれておこう。心は混沌と未分化にある。そういう状態から言葉に焦点があって文学が生まれる。この混沌、未分化状態を抱えて考えるのが発生論なのである。文学の発生を祭にみるのは、祭が歌も音楽も踊りも演劇も含んでいるからだけではない。政治をマツリゴトというが、政治も祭事《マツリゴト》、つまり祭の運営、社会的な働きなどをも含んでいる。文学発生論は混沌から秩序（言葉）、未分化から分化（文学）までの過程を含んで、文学を考える方法なのである。

折口は文学の母胎を神の呪言とするが、このマユンガナシのカンフツ（神口）は言葉としてまさに神の呪言である。しかし先の引用部は神の呪言に入る前の部分で、神の呪言ではない。こういう形が古くからのものかどうかは分からないが、神の言葉も人の言葉も混在したこういう表現にはしばしば出会う。純粋に神の言葉などというものはないのかもしれない。というわけで、カンフツも神の呪言といっておく。引用したカンフツが「ウートオード」から始まることなど、唱え言としての表現法をもっており、歌以外の要素を多くもっているが、繰り返しという日本語の歌の基本的な表現法ももっており、

神謡

文学の側からみれば歌といえないこともない。私はこういう表現を神謡《かみうた》《しんよう》*10と呼んでいる。

マユンガナシは蓑笠をまとい、杖をついて、顔を隠すように常に下を向いている。そういう姿も一体となってのマユンガナシであり、行事なのである。折口が母胎といっているのも、文学以外の性格を濃くもっているからである。神謡という言い方をするのは、まだ文学を分化していない表現を文学の側からいっているからだ。

文学の発生は神謡から歌や語りが分化することである。日本には文字がなく、中国の漢字漢文に触れることで、文章を書くようになった。その文章はもちろん漢文である。現存している書物で最も古いものは『古事記』『日本書紀』*11である。その古事記、日本書紀は、歌を日本語一音に対して漢字の音を借りた一字で表記することで書いている*12。物語は漢文に翻訳して書かれているのに対し、歌は日本語で記されているわけで、歌が古くから伝承されてきているものであることを示している。この歌を歌謡と呼べば、歌謡のなかには神謡から変化したり、分離されたりしたものが含まれているに違いない。

私が気づいたのは、

つぎねふ　山代女《やましろめ》の
木《こ》鍬持ち　打ちし大根《おほね》
根白の白腕《ただむき》
枕《ま》かずけばこそ

（つぎねふ）山代女の
木鍬を持って耕して作った大根
その根のように白く美しい腕を
抱かなかったならば

(10) 神謡といわれるものは、神話が活きている社会では、特別な表現をもっている。それを詩歌に通じる表現とみなして神謡といっている。

(11) ともに八世紀前半に書かれている。

(12) 古事記のスサノヲが地上に下って須賀宮を作った時の歌は「夜久毛多都　伊豆毛夜弊賀岐（やくもたつ　いづもやへがき）」と表記されている。「八雲立つ　出雲八重垣」である。

知らずともいはめ　　あなたを知らないといえましょう

のような歌の、二行目までがどういう働きをしているかがわからなかったことから始まる。「長歌謡的喩」といった説明があるが、これでは何も説明していない。他の時代にないから特別だと気づいたのはいいが、名を与えたことですましている。私が学生の頃、古代の人は心の表現がなかなかできず、目にうつる物などから歌い始めることで心がうたえたというように説明がされていた。「集団化から個へ」と同じように、古代の人々は劣っているという感じ方からくるものである。

生産叙事

白くふっくらしていて美しい大根が女の腕の比喩になる*[13]のはいいとして、その大根をいうのに、山代の女が木の鍬で耕して作ったというのはなぜかを問わない限り、この表現は解けない。そこで出会ったのが**小野重朗***[14]の沖縄の古謡についての「生産叙事」という概念であった。小野はマユンガナシのカンフツにも共通する**「稲ガ種アヨー」***[15]を引いて、生産過程をうたう歌謡があることを指摘した。この「生産叙事」は、稲ガ種アヨーが稲の苗を育てる種取りと呼ばれる祭にうたわれるものであり、神に教えられた生産の方法をうたうことで、稲がよく稔ることを予祝する歌謡（神謡）である。

この「生産叙事」は豊かに稔った状態を幻想させる働きをしているから、最高にすばらしい状態の表現ということができる。そう考えれば、「生産叙事」によって導かれる物が最高にすばらしいものであることを表現する働きをしていることが分かる*[16]。

したがって、最高にすばらしい大根の美しさをあらわす「つぎねふ　山代女の／木鍬

（13）つい最近まで「大根足」というと太い脚をさげすむい方だったが、本来は讃め詞だった。

（14）**小野重朗**（一九一一〜一九九五）。**『南島歌謡』**（一九七七年）など。

（15）沖縄八重山では神事の歌をアヨーと呼んでいる。「稲ガ種アヨー」は種播きの儀礼である種取《タンド》りでうたわれる。

（16）**古橋『万葉歌の成立』**（講談社学術文庫）、**『古代和歌の発生』**（一九八八年）に詳述。

もち　打ちし大根」が、女の最高であることをあらわす表現として働いていることになるのである。

そして古代歌謡には生産叙事歌そのものは残されていないが、こういう例があることで、逆に古代歌謡以前に生産叙事の神謡があったことが分かるのである。

もう一つ、『古事記』から神謡《かみうた》《しんよう》の想定をしてみよう。

『古事記』の散文は漢文に翻訳したものだから、それ以前に伝承があった。『古事記』の最初の部分、神々が誕生してくる場面の一部は次のように書かれている。

〈原文〉次、国稚如浮脂而、久羅下那州多陀用弊流之時〔流字以上十字以音〕、如葦牙因萌騰之物而成神名、宇摩志阿斯訶備比古遅神〔此神名以音〕、

〈書き下し文〉次に国稚《わか》くして浮ける脂《あぶら》の如くして、くらげなすただよへる時〔流より上の十字、音を以《もち》ゐる〕、葦牙の如く萌ゑ騰《あが》る物に因りて成せる神の名はうましあしかびひこぢ神〔この神の名、音を以ゐる〕、

〈訳〉次に国土が若くて浮いている油のようで、くらげのように漂っている時の神の名は、うましあしかびひこぢの神

「くらげなすただよへる」と「うましあしかびひこぢ」の、漢字の音で読みが示されている部分は古くからの神謡の詞章と考えられる。「国稚如浮脂而」は「くらげなすただよへる」を漢文に置き換える際意味がわかるようにしたものだろう。「如葦牙因萌騰

之物而成神名」も同じである。「葦牙」と詞章を引いての説明であることから確かと思う。それも含め、この二句はともに十音づつで整っており、神謡の詞章は「くらげなすただよへる　うましあしかびひこぢ（神）」だったと考えられる。そしてそれは神名であるゆえに、このまま書かれたのである。

この詞章は国土生成に関する神謡の一部だったに違いない。その詞の内容が漢文として書かれた時、神名は「うましあしかびひこぢ」だけが取り出され、「くらげなすただよへる」は形容句的になった。

神の名と神話

ここからは二つのことが汲み上げられる。一つは神名は詞章の一部だった可能性があること。その神の事績を語る神謡があり、その一部が神名になったのである*17。

もう一つは、詞章の文脈が漢文というまったく異なる文脈に移し換えられたとき、神名でない「くらげなすただよへる」も神名と同じに漢文に意味化されず、神名と同じ古くからの神聖な神謡の詞章として定型化されたのだから、枕詞的な位置になったということである。つまり漢文脈に置き換えることのできないものとして意識された。これは神謡からの歌の分離の始まりと思われる。

歌の分離

歌の分離はやがて『**万葉集**』に収められた歌を生み出していく。歌は神謡の音数律、繰り返しなど、具体的な様式を受け継ぐことで、成立していった。たとえば、

にぎた津に船乗りせむと月待てば潮もかなひぬ今は漕ぎ出でな　（巻一・八）

（17）事代主神が「天事代《あめにことしろ》虚事代玉籤入彦厳之事代《そらにことしろたまくしいりびこいつのことしろ》神」と名告っている例がある（『日本書紀』神功皇后条）

は文脈のよじれがある。「月待てば」が受けるのは「月もかなひぬ」のはずで、「潮もかなひぬ」と受けるのは「潮待てば」のはずである。月と潮の満ち引きは関係しており、出航のため月を待つことと潮を待つことが同じことを意味しているからでかまわないが、それは意味のレベルで整合性を合わせての説明にすぎない。表現からは、

にぎた津に　船乗りせむと　月待てば〈月もかなひぬ〉今は漕ぎ出でな
〈潮待てば〉潮もかなひぬ

と、「月待てば　月もかなひぬ」と「潮待てば　潮もかなひぬ」が繰り返し表現であったと考えねばならない。実際にそうであったということではなく、元元繰り返し表現があったことによって生まれた表現とみなせる。繰り返しは冗漫になる場合があるのを、二句一行とすれば、それぞれの一方の句を省き一行にすることで、繰り返しをなくし、「月待てば潮もかなひぬ」と普通の続き方とは異なる繋がりにすることで、詩にしているのである。

神謡は一方で語りも分化するはずだが、物語は資料的にはひらがな体が定着する平安期の『伊勢物語』や『竹取物語』をまたなければならない。もちろんそこにいくまでには、『古事記』の漢文部や『播磨国風土記』の伝承を記す漢文体があり、さらに『万葉集』巻十六の歌物語的な題詞と歌の組のようなかんたんな和習化された漢文体*18があった。語りの分化が遅れるのは、歌が神謡の様式つまり型を受け継いでいるのに対し、語りは

(18) 最近、漢文訓読という読みの方法は東アジア文化圏に普通のものであることが主張されている。(金文京『漢文と東アジア』二〇一〇年)。

後に述べるような話型などの内容を受け継ぐ面が濃いからである。

3　文学はなぜ生まれたのか

神話は音楽、演劇など他の芸術だけでなく、さまざまな要素が未分化に含まれていた。神の言葉や事績を語り、神を称えたり、豊作を願ったり、病の治癒を願ったりした。それらを実現し、その方法を教えてくれるなどをしてくれた神を讃え、喜ばせるため、美しい表現が求められた。だから文学の母胎となった。では、なぜ文学を分化したのだろうか。歌はなぜ求められたのだろうか。

日本語の文学の発生は漢文との出会いが大きい。漢文、漢詩との出会いは日本語、日本語の詩を意識させた。だが、漢文を受け容れることには理由があるはずである。

漢字の理解

まず、漢字は意味としてではなく、不可思議な形の呪的なものとしてとりいれられたらしい*19。つまり文字として漢字が働くには漢文という文章において受容されなければならなかった。山という漢字が日本語のヤマを意味することを知っても、それは「あれはやまだ」という文において成り立っている。「やま」と一言で通じるのは「あれはやまだ」という文が内包されているのである。漢文にしてみると「彼者山也」とわかることで、漢字が理解できた。

たぶん表意文字*20とはそういうものだ。漢字を知ることは漢文を知ることだった。したがって、漢字を知ったことは日本語を意識させたのである。そして漢詩という表現

(19) 白川静（一九一〇～二〇〇六）。『漢字―生い立ちとその背景』（一九七〇）。

(20) 表意文字に対して、音を記すことを中心にした文字を表音文字という。ただし、漢字も表音的に使われるし、表音文字も音を写したものばかりではない。

は歌を意識させた。これは歌を神謡とは異なるレベルで受け止めることになるだろう。いうならば、神々の言葉や事績をうたうのとは異なる歌があるということである。もちろんそういう歌もあった。先の「にぎた津に」でいえば、この歌は航海安全を願うものであったに違いない。そう読むことが神謡を考えておくことから導きうる。表現からは、さあ、これから出航しようという意気込みが読み取れる。だから逆に航海安全を願う歌であることは確かだろう。しかしその航海安全を願うという意図よりも出航しようという勢いの方向に表現が向かっているのが「にぎた津」の歌なのである。

この歌は『**万葉集**』の**額田王**＊21の歌だから、漢詩、漢文を知って以降のものだが、神謡の表現にもそういうことが起こっていたとしても不思議ない。そして漢詩、漢文との出会いによって、そういう方向が促進された。

それにしても、歌はなぜ必要とされたのだろうか。歌が心の表現であることはすでに述べている。神謡も共同体の人々の共通の願いという心をあらわすものであった。『万葉集』の比較的古く位置づけられている歌を引いてみる。

たまきはる宇智の大野に馬並《な》めて朝踏ますらむ　その草深野　（巻一・四）
〔（たまきはる）宇智の　大野に馬を並べて今踏んでいるだろう、その草の深い野を〕

山越しの風を時じみ寝る夜落ちず家なる妹《いも》をかけて偲びつ　（巻一・六）
〔山越しの風が絶え間なく吹くので、毎夜いとしい人を思うことだ〕

（21）**額田王**。七世紀後半の歌人。宮廷に和歌文化を定着させた歌人の一人。

一首目の「たまきはる」は枕詞で、霊力が充ち満ちている状態をいう。舒明天皇が狩に出たのを想い、宮廷にいる中皇命が臣下に作らせた歌という。天皇が朝露を踏んで狩場に到着し、今まさに狩猟を始めようとしている緊迫感があらわれている。この歌の場合、対象が天皇だから、みんなの想いである。

二首目は、旅にあり、家郷の妻あるいは恋人を思っていることを詠む。山越の寒い風があたためてくれる人のいない独り寝の夜のさびしさ、わびしさをよくあらわしている。しかしこの言い方は、

宇治間《うちま》山朝風寒し　旅にして衣貸すべき妹もあらなくに　（巻一・七五）

など他にも見られる。しかもこの歌にも「妹」*22とあるように、旅において家郷の妻か恋人を詠むのもこの時代の型である。したがって、この歌は詠み手に固有のものではなく、旅にある人々の共通の想いである。もちろん詠み手は自分の想いを詠んでいるのだが、それは旅にある人なら誰でも抱くものであり、むしろ自分を他の人々と差異化するのではなく、共通性に向かう方向で詠んでいるといえる。

『万葉集』には類歌が多く、全体的に表出の方向が共通性に向かっている。共通性に向かう方向の表現を必要としていたからだと考えるべきなのである。そして五七五七七の和歌定型が確立するのも『万葉集』の時代であった。

旅の歌

この問題を旅の歌から考えてみよう。旅に出ている状態は不安である。住み慣れ、心

（22）日本語のイモは男からみた兄弟姉妹の女を意味した。それに対して女からはセという。人間の始まりを神とすればその神が男の子と女の子を造る。その男女は兄妹である。したがって人間は兄妹婚から始まる。これは最初の結婚で、いわば神話的な結婚である。そして兄と妹は理想的な夫婦（恋人同士）となる。男が自分の恋人を妹と呼ぶのはその理想的な相手とみなすからである。

が通じると思われる人が周りにいる家郷から離れているからである。しかも馬に乗るか、歩くか、船に乗るかの旅で、数日の観光旅行ではない。そういう辛い旅において、不安な気持ちを鎮めるのが歌の働きだったのである。

『万葉集』の旅の歌を読んでいると、類型が多いのに気づくだけでなく、歌を詠む時間や場所はだいたい決まっていたようなのに気づく。場所は峠、川など境界が多い。これらは境界的な場所で、ある空間を出、また別の空間に入る場所だから、それぞれ無事に来られたことの感謝と、これからの無事を願う意味である。

詠む時間は朝と夕である。朝夕も境界的な時間である。出発と到着でもあるわけで、朝は今日の無事の願い、そして夕は無事に過ごせたことの感謝もあるだろう。その夕に、家郷の妻を思う歌を詠む場合が多い。独り寝の夜を妻に守ってもらう意味があると思われる。

家郷の妻も同じ時間帯に夫の身を案じ、思う歌を詠んでいたらしい。つまり同じ時間帯に相手を思う歌を詠み合っているわけだ。いわば魂の交歓をしているのである。妻は主婦である。主婦は家族の健康管理の役割をもっていた。今では働く女性が増え、家事は平等に分担する家庭が多いが、前近代社会では妻が家事を分担した。これは差別ではなく、分業である[*23]。その主婦の仕事は炊事、洗濯、掃除、みな健康と深く関係している。心の健康管理もしていた。古代社会では魂を守るのも主婦の役割だったのである。旅に出る前、夫は妻に下紐を結んでもらい、魂をしっかり結び留めてもらった。したがって、旅の歌に妻を詠むのは家族の成員の魂を守っている妻との当然のやり取りだったのである。

主婦

分業

（23）性が異なることが仕事も異なることとして考えられたのである。

このやり取りは夫と妻とのものだから個人的なレベルである。しかし、述べてきているように、旅の歌はほとんど同種のものばかりである。つまり誰でも同じように詠む。われわれの文学の評価は、そういうあり方を嫌う。個人が心の真実を表現するのは、他人と異なる固有性だと考えているのだ。そういう文学観はいつから始まったのだろうか。古典を読む限り、類歌、類想だらけだ。

共同性

こういうことが成り立つのは、同じような和歌を詠むことによってこそかなえられる安心感、安定感がもたらされるからということができよう。みんながそう考えているわけだ。そういう観念のあり方を共同性と呼ぶ。つまり旅における妻とのやり取りを成り立たせているのも共同性である*24。

言い換えるなら、旅における不安感、辛さは旅の歌の様式に則った表現をとり、自分を共同性の側に転位《てんい》させることで鎮《しず》められた。その意味で、人々は共同性の表現を必要としていたのである。

旅ばかりではない。たとえば、

うらうらに照れる春日にひばりあがり　心悲しも独りし思へば　（巻一九・四二九二）

春日遅々として鶬鶊《ひばり》正に啼《な》く。悽惆《せいちう》の意《こころ》は歌にあらずば撥《はら》ひ難し。よりてこの歌を作り、式《も》ちて締《むすぼほ》れし緒《こころ》を展《の》ぶ。

〔うららかに照る春の日に雲雀が高く飛んでいる。心は悲しいことよ。独り物思いしていると

（24）しかし魂を管理してくれている妻を想うことは対の相手として表現される。どんなに恋しているかという恋歌となるのである。

春の日はうららかに照り、雲雀が鳴いている。憂愁の心は歌でなくては祓いがたい。それでこの歌を作って、鬱屈している心をのびのびさせるのである。」

大伴家持の歌で、左注に歌を作った理由を記している。歌でなければ鬱屈した心は祓えないという。これが歌の最大の働きである。この「緒《こころ》を展ぶ」という言い方は心をのびのびさせる、解放するという意味で、郊外に出た際の用例が三例[25]も見出せる。

なぜ歌を詠むことが鬱屈した心を祓うことになるのだろうか。歌は形が決まっている。決まっていることは共同性をもっていることである。したがって、歌を詠むことはその共同性に自分を転位させることになるのである。自分だけの状態つまり一人から脱け出せることになるのだ。

この歌は心に理由もなく孤独であることを詠んだ最初の歌といえるかもしれない。いうならば個人の固有性に出会ったものだということもできる。だとしたら、心を祓うことなどできそうもない。そちらから読めば、文学が本質的な意味で自己と巡り会うものであることを示している。

しかしそうした場合、定型を破る方向に向かうはずだ。これが近代の課題だった。この歌はわざわざ左注で、歌で孤独な心を解放するといっている。歌ならできるということだ。というわけで、五七五七七の定型が孤独な心を共同性に掬い上げる働きをしているということができる。

その和歌の共同性は**柿本人麿**が完成させた、天皇を中心としたものである。人麿の時

(25) 一例だけあげる。「春日野に心展べむと思ふどち来し今日の日は暮れずもあらぬか」(巻一〇・一八八二)。
　平安期の『**蜻蛉日記**』にもみられる。今でいえばストレス解消に郊外に遊びに出る感じである。

代は天武、持統の、律令国家を確立し、そのなかの天皇の位置を確立しようとした時代である。人麿はそういう時代の力強い共同性に表現を与えた。もちろんそういう方向からこぼれ落ちる人々や心が必ずある。人麿は「近江荒都歌《おうみこうとのうた》」*26でそういうものも歌の対象にしている。新体制を推し進める際の裏側の、いうならば負の共同性である。人麿が歌聖とされたのには、新体制を推進する共同性を表現しただけでなく、負の側の共同性も表現したからだった。

負の共同性

このようにして、文学がなぜ生まれたのかという問に、共同体への想いを表現し、またどうしても共同性から外れてしまう想いを共同性へ掬い上げるためということができる。

ということは、個人の個別的な想いが掬い上げられる必要があったのである。それは、個別的なものが価値をもつ社会になったことを意味している。個別的なものとは、家持の歌でいえば「うらうらに照れる春日」は普通「心悲しも」には繋がらない。たとえば、うららかな春の日は与謝蕪村の*27「春の海ひねもすのたりのたりかな」のような方向に向かう。そういう春の日なのに「心悲しも」というのが個別的な状態である。家持はわざわざ「歌でもって祓う」といって、歌（文学）の働きを自覚したことを語っている。これも文学の発生*28である。

個別的な心の動きはどの時代にもある。それが表現の対象になるかどうかである。そうなる原因は社会の側にある。社会が個別的なものに関心を持ち出したのである。

まだ三十代の頃、兼高かおるの「世界の旅」で、メキシコのインディオの村の、ペヨー

(26) 天武に敗れた天智の子大友皇子は近江の大津宮にいた。つまり「近江荒都歌」は天智系の人々への鎮魂の歌でもあるのだ。

(27) 与謝蕪村（一七一六〜八三）。江戸中期の俳人であり文人画と呼ばれる絵描き。

(28) 文学の発生は歴史的なものと、個人におけるものがあり、これは個人における場合である。

テという麻薬を使う二十年に一度の祭を見た。村人たちはみなペヨーテ*29を食べ、陶酔状態に入るのだが、その神憑《がか》り状態になると、ある者は犬に、ある者は魚に、ある者は鳥にというように、それぞれがばらばらなことを始めるのに驚いた。犬になるのも魚になるのも神々になることだろう。解放された状態はそれぞれの幻想に入ることだったのである。しかしよく考えてみれば、もし犬になった者が他の者は犬になっていないことを知ったとすると、解放されているといえるだろうか。最高の解放の状態はみんなが犬になっていることではないか。だとすれば、犬になった者はみんなも犬になっているという幻想のなかにあるに違いない。つまり、共同の幻想はあくまでも幻想であって、それぞれが詳しく語り合えば一致しない可能性があるのである。私は共同幻想はその程度のものではないかと考えている。

　したがって、個別的なものが表現にあらわれるのは、互いの共同幻想を確かめなければならない社会になったといえばいいが、そういうレベルで疑念が語られるわけではない。国家が成立するなどというふうにして、あらたな社会の枠組みである共同幻想が求められることになるのである。しかし国家の共同体は各地域全体を覆うものであるゆえ、地域内部のような緊密さをもてない。それゆえ具体的な言い方で意志の疎通する度合いが増すのである。

　そこに文学が生まれる契機がある。共同性の回復と、しかも表現が共同性によって支えられるよりは、言葉によって具体的に表出される、つまり言葉の表現として自立的である度合いが高い表現が必要になるのである。

共同幻想の内実

(29) アメリカ大陸は麻薬文化圏だった。麻薬文化とアルコール文化は対立的である。キリスト教徒とイスラム教の対立も、葡萄酒を聖なる酒とするキリスト教文化圏と、禁酒の、イスラム教文化圏の対立ということもできる。サウジアラビアの家庭内を写したテレビドキュメントで、草の葉をまわしてみんなで食べる場面があった。説明は一切なかったが、いわば弱い麻薬と考えていいと思う。アメリカインディアンの煙草も同じ。

　現代は酒文化が華やかで、煙草は嫌悪の対象になっているから、アルコール文化が優勢の社会である。

　考えてみれば私は子供の頃から誇り高いインディアンが好きだった。

三 八世紀になぜ書く文学が登場したか

日本列島では、八世紀初めに『古事記』『日本書紀』『風土記《ふどき》』と国家の編纂事業が続き、後半に『懐風藻』＊1『歌経標式《かきょうひょうしき》』＊2、そしてたぶん『万葉集』の一部が書かれる。仏教関係のものも書かれていたことがわかっている。つまり八世紀に突然書く時代が始まったのである。そういう八世紀とは、文学にとってどういう時代だったのか考えてみよう。

（1）『懐風藻』は日本最古の漢詩集。

（2）『歌経標式』は藤原浜成が書いた日本初めての歌論。

1 古事記はなぜ書かれたか

『古事記』序文＊3によれば、天武天皇が、諸家に伝わる「帝紀」「本辞」を集め、正誤を定め、後に伝えようとし、舎人《とねり》の稗田阿礼《ひえだのあれ》に「帝皇日継及先代旧辞」を「誦習《しょうしゅう》」させたことがあり、元明《げんめい》天皇が太安麻呂《おおのやすまろ》に命じて、さらに阿礼の「勅語之旧辞」を撰録させ、和銅五年（七一二）に献上されたとしている。

これによれば、それぞれの家が伝えていた「帝紀」「本辞《ほんじ》」があった。それは書かれていたものと考えていいだろう。そう考えたほうが阿礼に「誦習」させたと記されてい

（3）三浦佑之は「序」は後生のものとしている。（たとえば『古事記のひみつ―歴史書の成立―』二〇〇七年）。三浦は本書で、中国の史書にならえば、『日本書紀』は『日本書』の「紀」にあたるものとしている。

ることと通じやすい。「誦習」とは「誦」がとなえるのような意をもつから、書かれたものを読み上げたというのである。それも「習」とあるから、伝えられてきた唱え方でさせたと考えていい。書くのは漢文体にうつし換えなければならないから、それを伝えられてきた誦み方で読むことで正しいかどうかわかるのだと考えられる。

ここには六世紀後半の口頭の伝承と文字で記録することとの衝突がリアルに伝えられている。その葛藤を経過して、七世紀に書く時代が始まるのだ。

『古事記』は文学作品ではない。むしろ歴史書である。しかしこの口頭で伝えられてきた伝承と書くことの衝突が書くことを成長させた。この葛藤は古代文学だけでなく、以降の日本文学の抱え続けた問題だった。文字が基本的に表意文字である漢字だったことがこの問題をさらに大きくした。日本語の文学が世界的なレベルで高いのも、この葛藤の体験を持ち続けたこととかかわっている。

では、現存最古と考えていい『古事記』はなぜ書かれたのだろうか。

序文では、正しく天皇の歴史を伝えるためとあった。書かれたのは古代国家の確立期である。国家として確立していく過程を整理しておこう。

六九四年　藤原京遷都
七〇二年　大宝令施行
七一〇年　平城京遷都
七一二年　古事記撰上

初めての都

藤原京は初めての官衙《かんが》を含む都とされている。それまで天皇ごとに都は遷《うつ》っていた。大臣たちは自分の出身地に住んでいたのである。それでは国家の運営には不便である。国家の確立には大臣などの高級な役職、その下で働く役人たちが集中している場が必要がある。そのために都市としての都が造られた。そして皇居を中心に計画的に作られた都としての都市は頭抜けた偉容を呈しており、権威を感じさせただろう。

律令制国家

国家を運営するためには法が必要である。さまざまにある地域を一定の基準で治めることで安定する。都市もそうだが、法も中国の律令が取り入れられた。律令制は当時の世界で唯一の国家体制だったのである。律令は文字で書かれ、運営のうえでも文書が重要な役割をもった。そうなるにつれて文字を読め、書ける者が必要になり、新たな特権的な階級を形成していく。このような階級はそれまでの社会にないもので、社会のあり方を変えていくことになる。実際はそういう変化は急激に起こったのではなく、徐々に進んでいき、平安時代に新しい階級が前面に出ることになる。

この変化は旧豪族を没落させていくことになる。氏族共同体が少しづつ解体していくのである。律令以前になるが物部氏、蘇我氏、律令以降では大伴氏など、旧来の天皇を支えていた有力氏族が次々と没落していった。

そういう過程のなかで『古事記』は書かれたのである。こう考えれば先の諸家がもっていたという『古事記』以前の「帝紀」「旧辞《きゅうじ》」は、なぜ天皇家ではなく、諸家がもっていたのか、どういう内容なのかは推量がつくだろう。天皇家との関係が語られているものなのに違いない。つまり古代国家として、中心に天皇を戴く方向に向かった時、諸家、各氏族は旧来の天皇家との繋がりにおいて自分たちの位置を主張しなければならなかったのである。

したがって、**『古事記』**はどのように天皇を中心の体制が成立し、確立してきたかを語る歴史なのである。『古事記』は、たとえば**神武天皇**が日向から大和に入ってくる途中で道案内をして槁根津日子《さをねつひこ》*4という名を与えられた土地の者は「此者倭国造等之祖（こは倭国造等の祖）」と記されているように、功績のあった者を始祖とする注記、神武の兄八井耳命《やゐみみのみこと》について、「神八井耳命者」として割書《わりがき》*5で「意富臣《おほのおみ》、小子部連《ちいさこべのむらじ》、坂合部《さかひべ》連、（以下十七の氏族の名をあげ）等の祖」のように、天皇の兄弟などを祖とする氏族の注記が多くある。これはこの世の人々が始祖によって天皇と繋がっていることを語っている。

このような注記はほとんど中巻に集中している。『古事記』は上巻が神代で、天皇家の先祖の神々の系譜、そして地上に降臨し、海の神の娘と結婚しというように続き、初めての天皇神武から中巻になる。中巻は**西郷信綱**の言い方をすればいわば英雄時代*6で、現在に繋がる人の世と神の代の間である。最後の**応神天皇**の時代は、海外からの文物の渡来が集中的に語られており、世界が横に広げられ、地上世界の秩序が整えられていっている*7。その中巻に家々の始祖が位置づけられているのである。

『古事記』は現代に到る秩序が形成されていく歴史を語っているといえるが、先の歴史的な事情からいえば、一番の関心は、諸家の自分たちのこの世における位置づけの確

（4）**『日本書紀』**は「椎根《しひね》津彦《つひこ》」

（5）本文を一行とすれば、小さく二行で割って書いてある、注などに用いる書式。

（6）**『古事記研究』**（一九七三）。**西郷信綱**（一九一六〜二〇〇八）。

（7）石川久美子「**古代歌謡が語る応神の時代―交通網の整備と文物の渡来**」（『**古代歌謡とは何か―読むための方法論**』。笠間書院。二〇一五年）。

認に違いない。その意味でいえば、『古事記』自体が天皇を中心とした氏族の歴史といえるのかもしれない。そしてそういう問題がもっと深刻になれば氏文《うじぶみ》[8]と呼ばれる『**古語拾遺**』[9]などが書かれ、『**新撰姓氏録**《しょうじろく》』[10]が編まれることになる。

しかし『古事記』は**推古天皇**で終わっている。それほど遠くない時期に書かれた『**日本書紀**』が**持統天皇**まであるのに比べ、五十年少し前までしかない。**聖徳太子**の時代であり、大化の改新以前である。推古の次の**舒明**から近代という意識かもしれない。『**万葉集**』巻一は**雄略**の歌から始まるが、次は十四代飛んで舒明の国見歌で、その次からはほぼ天皇の治世ごとに歌が並べられている。この時間意識は舒明からが直接今に繋がる時代だということだろう。

とすると、当時の天皇を中心にした新しい国家を造ろうとしているなかで、同じ律令国家である中国とは違うことの主張として神代からの天皇の位置を確立する必要があったと考えられる。持統、**文武**の律令国家確立期に、**柿本人麿**が天皇を山の神や川の神も奉仕する「日の御子《みこ》」として歌っている（『万葉集』巻一・三六〜三九）のが証拠である。まさに『古事記』[11]はそのために必要な歴史だった。

2　日本書紀はなぜ書かれたか

『古事記』の撰上されたわずか八年後の七二〇年、『日本書紀』が撰上されている。ともに国家の編纂した歴史書なのに、なぜこんな短い期間に書かれねばならなかったのだ

（8）氏族が自分たちの歴史、天皇家との関係などを書いたもの。

（9）斎部《いんべ》（忌部）氏の始祖からの歴史を渡る。

（10）各氏族の始祖を記したもの。**桓武**《かんむ》**天皇**の大同年間に編まれた。

（11）そしてこの地上の人々である百姓（たくさんの姓の意）の来歴を読むために『古事記』は書かれた。

ろうか。それは目的が違うからだろうとしか考えられない。
そこで**『古事記』**と**『日本書紀』**との違いを考えみよう。

古事記	日本書紀
①三巻	三十巻
②神代—上巻	神代—一、二巻
③推古天皇まで	持統天皇まで
④別伝が書かれていない	神代にあたる巻は「一書曰」として別伝を載せる
⑤天皇の事績を語る	年月日のもとに事績、事件などを記す
⑥皇族を始祖とする氏族の列挙	ほとんど記述がない

など挙げられる。

もっとも大きな違いは編年体かどうかである。「記」か「紀」の違いでもある。「記」は記録する文体であり、「紀」は時間軸によって記す文体である。『日本書紀』は、**神武天皇**でいえば、

辛酉四年春正月庚辰朔、天皇即帝位於橿原宮。是歳為天皇元年。尊正妃為皇后。

〔辛酉四年春正月庚辰朔、天皇、橿原宮に帝位に即く。是歳を天皇元年となす。正妃を尊みて皇后となす。〕

のように書かれている。この「辛酉」はいわゆる干支《えと》[12]で、中国からもたらされた年の数え方だから、いわば当時の世界共通の年月のなかに日本のでき事を位置づけていることになる。それと通じて、漢文体も中国のものに習い、世界中で読めるものになっている。つまり『日本書紀』は世界に向けて書かれた日本の歴史なのである。いうならば世界の国々と対等な国家であることを示したものであった。

したがって、古代国家の確立期に、国際的な地位を確立するために必要なものだったのである。もちろんそれだけではない。国内において、『日本書紀』は官人たちの、必読とはいわないまでも、身につけておくべき歴史だったと思われる。『**源氏物語**』「**蛍**」巻の物語論の「日本紀なぞかたそばぞかし（日本書紀などほんの一部の真実しか語っていない）」[13]と、歴史書を批判し、物語のほうが真実を語っているという主張は、『日本書紀』が歴史書として知られていたことを示している。読まれていたといっていい。『日本書紀』の講読もされていた。

③**持統天皇**までというのは、持統の次の**文武天皇**の時に編纂が始まったということだが、律令の制定、都の造営、そして皇位継承の方法と国家体制が築かれていく時代で、国家がいかに成立したかの歴史を語っている。

④は、『古事記』が確定しているのに対して、『日本書紀』は別伝があれば載せるという態度である。それだけ古くから言い伝えがあるということを示しているのではないか。

⑤は、歴史が世界共通の時間にあることを示している。

(12) 十干（甲乙丙丁戊己庚辛壬癸）と十二支（子丑寅卯辰巳午未申酉戌亥）を組み合わせて数える方法。甲子（きのえね）、乙丑（きのとうし）というように組み合わせていくと、六〇年で一巡する。それを還暦という。

(13) 物語は「そらごと（うそ）」が書いてあり、歴史書は事実を書いているが、というのである。

⑥は、たとえば、第五代天皇孝昭《こうしょう》でいえば、天皇の子の天押帯日子命《あめのおくたらしひこのみこと》は、『古事記』では春日臣以下十六の氏族の始祖とされているのに、『日本書紀』では名があげられているだけで、始祖としての記述はない。先に述べたように、『古事記』は皇族が氏族の始祖になっており、天皇を中心としたこの世の秩序が形成されていく過程の歴史を語っているといっていいほどであるのに対し、『日本書紀』はできごとを普遍的な時間の流れに従って叙述しており、やはり国際向けと考えねばならないだろう。

このように八世紀の早い時期に歴史書が書かれたのは、七世紀の国家形成への変動期を経て、都、法など国家に必要なものが整えられて、国家として確立しつつあったからである。『日本書紀』は国際社会にそれを示そうとした。そして『古事記』は国内における天皇を中心とした体制が形成されてもたらされた安定を語ったのである。

3　万葉集はなぜ書かれたか

『万葉集』はいつ編まれたかはわからない。平安朝になってからだという説もある。しかしそれは今われわれが見ることのできる二十巻の『万葉集』のことである。その『万葉集』も構成が不安定といっていい。歌の分類は、

巻一　雑歌《ぞうか》*14。巻二　相聞、挽歌。巻三　雑歌、譬喩歌、挽歌。

(14)「雑歌」はくさぐさの意で、四季の歌、旅の歌、宮廷の歌など。「相聞」は対の関係の歌のやり取り。「挽歌」は柩を引く時の歌、つまり死に関わる歌。

巻四　相聞。　巻五　雑歌。　巻六　雑歌。　巻七　雑歌、譬喩歌、挽歌。

というようなもので、「雑歌」なら「雑歌」でまとめればいいのに、未整理といったほうがいい。そういうことが起こるのは、一度に成立したのではないからである。いえそうなのは、譬喩歌は表現法からいうもので他と異なるから、雑歌、相聞、挽歌が最初の分類であること、巻三から雑歌、挽歌と同じ分類になることから、巻一、巻二が「雑歌」「相聞」「挽歌」という分類で編まれたこと、次にそれに習って巻三、巻四が編まれたのではないかということだろう。

とすれば、まず巻一、二の二巻の万葉集があったということになる。この二巻は詠まれた年代順に並べられており、最後の歌は霊亀元年（七一五）のものと題詞《だいし》[15]に記されているから、七一五年以降に編まれたといえる。七一五年に近い時期とすれば、『古事記』『日本書紀』が編まれたのより少し後の頃である。

巻一の最初の歌は**雄略天皇**の、

籠《こ》もよ　御籠《みこ》持ち[16]
掘串《ふくし》もよ　御掘串持ち
この丘に　菜摘ます子
家聞かな　名告らさね
そらみつ　大和の国は

籠よ　美しい籠を持って
堀串よ　美しい堀串を持って
この丘に　菜を摘んでいらっしゃる子
どこの家の娘か　名をいいなさい
（そらみつ）大和の国は

(15) 何時、どういう場所で詠まれたかなどを示す短文。平安期以降は詞書（ことばき）といわれる。

(16) 原文は「籠毛与美籠母乳」。「籠」はかごのことで漢字の意味を使っており訓仮名と呼ばれる。「毛」「与」は漢字の音を使っており音仮名と呼ばれている。

おしなべて　我こそ居《を》れ　　すべて　私が治めている
しきなべて　我こそませ　　みんな　私が支配していらっしゃる
我こそは告《の》らめ　家をも名をも　　私こそいいましょう　家も名も

野遊び

という春の野遊び*17の歌謡である。この歌の次は**舒明天皇**の歌とその時代の歌が並べられている。**雄略**は五世紀後半の天皇とすると、舒明は七世紀前半だから百年以上も空いている。舒明の次の時代は**皇極**、**斉明**、**天智**とだいたい時代が連続している。そして歌の数も多くなる。つまり雄略の歌は飛び抜けて古く、しかも和歌以前の歌謡なのである。

このことは、巻二の「相聞」にもいえる。相聞の最初は**仁徳天皇**の后磐《いわ》の姫の仁徳を想う歌で、次は天智天皇の時代の歌になり、以降は連続している。仁徳を五世紀前半とすれば、天智は七世紀後半だから、二百年以上空いている。

これらが意味するのは、それぞれ「雑歌」「相聞」の起源の歌*18が天皇と后の歌だということである。したがって、歌の起源が天皇家にあることを語っているという言い方ができるだろう。『**古事記**』が語るこの地上世界の歌の最初もスサノヲ*19である。する

天皇が文化を実現

と、この世の文化が天皇皇族によって実現しているという思想を読み取ることができる。

それと対応して、先に述べたように、**柿本人麿***20の**吉野行幸讃歌**（巻一）が天皇を「日の御子（＝太陽神の子）」と呼んで、地上の神である山の神、川の神が天皇に奉仕するさまをうたっている。つまり、天皇を地上の神々も仕える高天の原から降臨した神とし

(17) この歌では早春に野に出て、若草を摘んで料理して食べる行事。冬に籠っていた生命力を身につける意味がある。

(18) 挽歌の起源は**有間皇子**。

(19) **天照大神**の弟が高天の原から追い払われて地上に帰り、山の神の娘と結婚するための宮を造ったとされる。「八雲立つ　出雲八重垣　妻ごみに　八重垣送る　その八重垣を」

(20) **柿本人麿**は**天武**、**持統**の時代、宮廷にかかわる新しい歌を作ったこともあり、以降の歌の方向を定めた。

「人麿」の表記は、現在は「人麻呂」が多いが、古い写本の西本願寺本に従った。

て称えている歌が人麿によって作られたのである。

このようにして、『**万葉集**』は天皇が文化の中心にいるという思想を表現しようとしたものとして始まったと考えられる。

王権は権力によって支配すればいいというものではない。いわゆる文化が必要なのである。文字はその文化の中心に位置するものだったという言い方ができるかもしれない。いうならば、『万葉集』は古代王権を文化の面で象徴する役割を担ったのである。もちろん、中国王朝が漢詩をもっていたことと対応させる位置をもった。それは、日本語の詩を書くという意味でも、大和朝廷にとって国威の宣揚になったはずである。

ということは、『万葉集』が天皇から庶民までの素朴な生活感情を表現した歌を集めたものというような単純なものではないことを意味している。歌は文化の象徴だから当時の国家の考え方からいって庶民の歌など載るわけがない。**東歌**＊21は特別なもので歌われていた地域名が与えられて他の歌と区別されている。**防人歌**も国家に奉仕する兵士の歌を集めたものである。

品田悦一『万葉集の発明』（二〇〇一年）は、そういう評価は国民文学として明治期に作られたとしている。

4　和歌とはどのような詩か

ここで、万葉集に確立し、以降日本語の詩の中心に位置してきた和歌とはどのような

（21）**東歌**はヒガシウタではなく、アヅマウタである。アヅマは**古事記**に東征したヤマトタケルが東国で「吾が妻はや」（私の妻よ、ああ）といったことからアズマという名がついたという話が載せられている。

詩かを述べておこう。

五七五七七という歌形の特徴は、五七・五七の繰り返しを、七で終止させることである。

『古事記』神武天皇条の歌謡で説明してみよう。

狭井川《さゐがは》よ　雲立ちわたり　畝傍山《うねびやま》　木の葉さやぎぬ　風吹かむとす
畝傍山《うねびやま》　昼は雲とゐ　夕されば　風吹かむとそ　木の葉さやぎぬ

一首目は「狭井川よ　雲立ちわたり」と「畝傍山　木の葉さやぎぬ」という現在の状態が繰り返しになっており、ともに「風吹かむとす」という未来を導く表現になっている。この五七を単位として繰り返しの五七をもち、七で終える形は、五七の繰り返しを連ねていって七で終止する長歌がそうで、短歌は長歌の最小のものといえる。つまり長歌の基本形ともいえるものである。狭井川と畝傍山は離れた場所で、表現からは遠くに雲が立っているのを見、近くで木の葉がざわざわしているのを感じていることになるが、それでは歌の詠み手は山にいることになってしまう。それでもおかしくはないが、歌としては狭井川の近くで木の葉をざわめきを聞き、遠くに山に雲が立つのを見ているほうがいい。実際、常陸の国名起源の諺として「筑波嶺に黒雲かかり、衣手ひたち（浸す）の国」がある。にもかかわらずこういう表現になるのは、山には木があるという観念があるからである。つまり繰り返しに縛られ、さらに山と木の結びつきが固定しているからである。したがって、この歌は長歌の表現法に則った古い和歌の形とみなしていい。

しかし、二首目は同じ内容なのに違っている。畝傍山は昼である現在には雲が立っているから、夕になると風が吹くだろうと、本来「昼」と「夕」の対になる句が時間の経過をあらわす方向に変形しており、最終句「木の葉さやぎぬ」が前の句「風吹かむとそ」の判断の根拠だから、いわば倒置になっている。一首目が別の場所の状態を羅列的に繰り返しとしているのを、場所を一ヵ所にすることで、像が分裂しないようにし、表現としてすっきりさせている。これは長歌から離れた和歌である。

自然からの疎外
農耕は反自然の行為である

この二首は**神武**の死後、后が実子に皇位継承争いで身に迫る危険を知らせようとした歌とされている。つまり自然の変化の予想をうたうことで、身に危険が迫ることを暗喩していることになる。なぜそうなるのだろうか。この予想は常陸の国名起源の諺も「狭井川よ」も景だけを詠んでいることと関係している。自然の現象が人についての暗喩になることができるのは、日本語の詩の特徴として、「景（自然の事象など）＋心（人の心の状態など）」という構造があるからである。上の句と下の句が対応、双分の構造になっている。これは人間が自然の一部であると同時に、自然から疎外された存在であるという基本的な認識のもたらしたものと考えられる。農耕は自然そのものに手を加えることだから反自然的な行為であることを考えてみればいい。先に、人は圧倒的な自然に対し壮大な観念（神話）をもつことで対抗しようとしたというようなことを述べたが、「景」はその壮大な観念の一部あるいはその観念から生ずることにあたるわけである。した

装う

がって、自然を意味化することで、対等の関係であるかのように装った*22といういい方ができる。

和歌には、

秋山の木の下隠《かく》り行く水の　われこそ増さめ御思ひよりは　（『万葉集』、巻二・九二）

序詞

のように、物象やできごとが詠まれ、次に心を詠むものが多いが、この歌の物象部分はいわゆる序詞《じょことば》で*23、表面から隠されている心の暗喩に当たる表現になっている。山の木の下を隠れて流れているたくさんの水は「増さ」に繋がり、自分の想いは表に見えるわけではないが、相手の想いより多いという主題を導いている。つまり上の句の物象部分にこそ歌としての表現の中心がある。

では、「秋山」はどういう働きをしているのだろうか。時雨が降り、突然流れが増量するという共通の像があったに違いない。

観念的な自然

このように物象が心を象徴するように働くのは、自然は自然そのものではなく、神話的に再編された、観念的なものだからである。つまり和歌は捉え返した自然だからこそ心と対応させることができたのである。この観念的な自然と心を対応させる方法が和歌を成り立たせた。けっして自然が自然としてうったえかけてくるからではない。

（22）この「装う」という概念は文学が虚構であることを導いた。

（23）古代前期の詩の技法の代表はこの序詞と枕詞である。

四　古今和歌集はなぜ編まれたか

十世紀初め、**醍醐天皇**の時代、初めての勅撰和歌集『**古今和歌集**』が編まれた。『**万葉集**』から『古今和歌集』まで百五十年の時間がある。かつてこの間を「国風暗黒時代」＊1といわれたことがある。**桓武天皇**の平安遷都（七九四年）後、**嵯峨天皇**の弘仁五年（八一四）から**淳和天皇**の天長四年（八二七）にかけて『**凌雲集**《りょううん》』『**文華秀麗集**《ぶんかしゅうれい》』『**経国集**《けいこく》』と三勅撰漢詩集が編まれている。この時代、服装も「漢風」＊2だった。律令が最も機能した時代だったという説もある。中国風が宮廷を覆っていた時代だったのである。そして十世紀後半、和風文化が起こる。

漢風

1　漢風文化から和風文化へ

『古今和歌集』仮名序には、「ならの御時」を理想時代として、

かの御時に、正三位《おほきみつのくらゐ》柿本人麿なむ歌の聖《ひじり》なりける。君も人も身を合はせたりとな

（1）小島憲之（一九一三～一九九八）。『国風暗黒時代の文学』（一九六八～二〇〇二）。

（2）当時は中国では唐の時代である。なのになぜ「漢風」というのだろうか。中国の字を漢字、文を漢文という。漢代は儒教的な体制が実現した理想的な時代として考えられ、中国風の文化を「漢風」といったと思われる。

むいふなるべし。秋の夕べ、竜田川に流るる紅葉をば、帝の御目《みかど》には錦と見たまひ、春の朝、吉野の山の桜をば、人麿が心には雲とのみなむおぼえける。

〔その御代に、正三位柿本人麿が歌の聖であった。これは、君も臣下も身を合わせていたということであろう。秋の夕べ、竜田川に流れる紅葉を、帝の御目には錦と御覧になり、春の朝、吉野の山の桜を、人麿の心には雲とばかり思われた。〕

と語っている。要するに帝も人麿も、秋の竜田川の紅葉を錦と、春の吉野の山の桜を雲と見たといい、帝も人麿も心を同じにしたというのである。それは歌で示されることであった。このような考え方は中国の詩論にある。「文章は経国の大業なり（文学は国を治める力である）」というもので、勅撰漢詩集はこの考え方に基づいて編まれたのである。『古今和歌集』も、漢詩集を受け、この理念で編まれた。つまり和歌によって、君も臣下も一体になることが可能になるという考えによって『古今和歌集』は編まれた。

君唱臣和と君臣唱和

しかし、漢詩集では「君唱臣和（君が詩を唱し、臣下が和す）」だったが、和歌の場合、帝と人麿の関係は、秋の紅葉を帝が錦に喩えると人麿も同じに、人麿が春の桜を雲に喩えると帝も同じにというのだから、帝と人麿は「君臣唱和（君も臣下も互いに唱和する）」となっている。漢詩集で君主の心に臣下が合わせて一体となるのに対し、和歌では君主が優位ではない。和歌においては君主も臣下も対等なのである。この考え方が文学をレベルの高いものにしていった。たとえば、「ひらがな体」*3の文学では逢い引きの場面は身分差が超えられ、男、女と語られる場合が多く見られる。

ひらがな体

（3）平安前期のひらがなの文学は、基本的に漢字をほとんど使わず、ひらがなだけで書かれている。私はこの独特の文体を「ひらがな体」と呼ぶ。

『**古今和歌集**』仮名序は、「ならの御時」に『**万葉集**』が勅撰集として編まれたとしている。『**万葉集**』は理想的な歌集であり、理想的な歌と考えられていたわけだ。

問題はこの「ならの帝」である。最も普通にとれば、これは**桓武**の次の、平城京（ならのみやこ）に戻ろうとした**平城天皇**である。しかしそれでは人麿と時代が合わない。そこで、平城京時代の天皇の意として、**文武**説、**聖武**説が平安の後期頃から出されてきた。しかし、真名《まな》序*4は編纂している今である**醍醐天皇**が「ならの御時」から十代百年といっており、やはりちょうど平城天皇と考えざるをえない。

伝承

序文を書いた当時のトップクラスの文化人でもある**紀貫之**がこんなことを間違えるだろうか。特に勅撰集として権威ある歌集の序文である。したがって、こういう歴史があったということを前提にしなければならない。平城天皇の時代に人麿はおり、その時代に万葉集が編まれたという歴史である。われわれの歴史とは違うから、伝承として区別しておこう。これは事実ではないが、かれらがそう考えているのだから、かれらにとって真実である。

もう一つの歴史

こういうもう一つの歴史があった。史に書かれる歴史とは異なる歴史、いわば伝承である。たとえば、鎌倉時代初期になるが、『**古事談**《こじだん》』の最初は、女帝**称徳天皇**は自慰の道具を使っており、それがとれなくなったという話を載せる。また平安中期の歌学書である『**俊頼**《としより》**髄脳**』には、**嵯峨天皇**の后が箱に入って後宮を脱出し、色事にふけっていたという伝承を載せている。宮廷にかかわる多くの伝承があったのである。『**大和**《やまと》**物語**』*5も、**宇多院**とその同辺を中心とした伝承を伝えている。文学はむしろそちらを真実

（4）『**古今和歌集**』にはひらがな体の仮名序と漢文体の真名序の二つの序がある。

（5）『**伊勢物語**』の次に書かれた歌物語集。**宇多天皇**の譲位から始まり、宇多周辺の人々などの和歌をめぐる話を集めている。

とみなしていた可能性を思わせる。

そして、考えてみれば、人麿は『万葉集』において天皇讃歌を作り、天皇を称揚した歌人であった。人麿が仮名序で「歌の聖」*6と呼ばれるのは、その文学と政治の深い関係ゆえだった。

さらに仮名序は、今に至ると、昔のこと、歌のことを知っている者はわずかだと述べ、「近き世」に名の知られた人として、僧正遍昭、在原業平、小野小町らいわゆる六歌仙*7をあげる。かれらは九世紀半ば以降の歌人たちである。そして、遍昭は、

蓮葉《はちすは》の濁りに染まぬ心もて　何かは露を玉とあざむく
〔蓮の葉は清浄な心をもちながら何で露を玉とあざむくのだろうか〕

と、見立て*8の歌で有名。小野小町は、

わびぬれば身を浮き草の根を絶えて　さそふ水あらば去なむとぞ思ふ
〔つらい想いをして、根のない浮き草のように身を頼りない状態でいるので、誘いがあるならば、都を去ってしまおうと思う〕

と、「ね」に寝るがかけられ、浮き草、根、水が縁語*9。というように、平安期の歌の基本になっている技法の始まりといっていい位置にある歌人たちである。

(6) 人麿は万葉が編まれた時代にすでに伝説的な歌人だった(古橋『柿本人麿』二〇一五)。

(7)『古今和歌集』の序に掲げられている六人。他に僧喜撰、大友黒主、文屋康秀。

(8) この場合は、露を玉(宝石)と見立てた歌。蓮は浄土のものと考えられた。

(9) 歌一首の意味的な流れとは異なる像をもたせる歌の方法として縁語が多用された。

おもしろいのは僧**喜撰**で、『**古今和歌集**』に一首しか取られていないのに六人の一人にあげられている。

わが庵は都の辰巳しかぞ住む　世をうぢ山と人はいふなり

〔私の庵は都の東南。鹿の住むそんなところに私は住んでいます。世をつらいと人のいう宇治の山です〕

和風文化の方向

「しか」に鹿が、「うぢ」の「う」に憂《う》がかけられている。「わが庵は」と始まるのは誘い歌の型で*10、自分の住んでいる場所を示し、訪ねて来て欲しいといっているのである。隠遁している身でありながら誘い歌を詠んでいることになる。しかし考えてみれば**光源氏**も**薫**も、仏道に深くひかれている。つまり世を捨てきれない平安貴族たちの平均的な心情といっていい。そういう歌ゆえ評価されたと思う。

このように、九世紀は平安期の歌の方法や態度が作られた時代だった。和風文化の方向が見出されたのである。

(10)「わが庵は三輪の山もと恋しくば訪ひ来ませ杉立てつ門《かど》」などある。

2　古今和歌集の時代

『古今和歌集』は**醍醐天皇**の時代の延喜五年（九〇五）に編まれた。この時代は後に天皇親政の聖代として賞賛された。藤原氏との外戚関係を持たず、天皇中心の御代ということだが、何よりも**『古今和歌集』**が奏上されたことが大きい。和歌が宮廷文化の中心に据えられ、和風文化の中心になっていったのである。

摂関制

先に述べたように、九世紀後半、和風文化がしだいに前面に出て来る。六歌仙と呼ばれる歌人たちが登場してくるのもこのころであった。そして、**醍醐天皇**の父**宇多天皇**の時代が和歌にとって大きな意味をもった。**川尻秋生『揺れ動く貴族社会』**（『日本の歴史』第四巻、小学館、二〇〇八年）によれば、宇多は、摂関制に対抗して、さまざまな才能のある者を近臣として登用し*11、また和歌を詠むことをむしろ強いたという。それが和歌の隆盛をもたらしたというのである。私は強制でそういうことが起こるとしても、やはり時代が和歌を求めていたと考えているが、この川尻の論は宇多の時代の意味を明確にしてくれている。**菅原道真**が宇多によって政治の前面に登場してくるのもそういうなかでのことだ。

私的な関係の連鎖

宇多の時代は遣唐使の廃止があり、そして**『日本三代実録』**が編まれたが、これを最後に国家事業としての歴史の編纂がなされなくなる。これは平安中期以降の、上流貴族は娘を後宮に入内させ、生まれた子が天皇になることで権力を掌握し、また中流貴族は上流貴族を娘の婿にすることで地位を得、というような、私的な人間関係が社会を成り立たせていく摂関体制が中心になっていくことになる。一方で、醍醐によって律令の施行細式である**『延喜式』**の編纂が始まることもあり、律令体制自体は機能していた。といってもこの私的な関係は、地方の富裕な農民が荘園を皇族や上流貴族、また寺社に寄進して国家の統制を免れるというあり方の横行と通じて、国家権力を弱めていった。

（11）**『大和物語』**二段に、**宇多**が退位して出家し、山歩きをした時、備前掾橘良利が供をしたという話が載っている。この良利は囲碁の名手であった。

もちろん囲碁の名手であることは政治とは関係ない。しかし宇多はこのように文化の幅が政治にとって必要と考えていたのである。現代の政治の貧しさが思われる。

この時代の人間関係のあり方をよくあらわしている作品がある。歌物語『**大和物語**』である。

『大和物語』は**宇多**の譲位の話から始まる。そして碁の名手であった橘良利を連れて山歩きの修行を始めた話が続き、宇多の関係者たちの話がそれほどの脈絡なく、次々に並べられている。この歌物語にはとしこ*12、監《げん》の命婦《みょうぶ》など女性の話が多い。

さて、〔監の命婦は〕堤なる家になむ住みける。鮎をなむとりてやりける。

賀茂川の瀬にふす鮎の魚《いを》とりて寝でこそ明かせ　夢に見えつや　（七十段）

〔賀茂川の瀬にふしている鮎を、あなたのためにとって寝ないで明かしてしまいました。夢に見えたでしょうか〕

表現の対象

恋していると相手の夢に見えるという俗信にもとづいて詠んでいる。賀茂川の側に住んでいた女が、季節のものである鮎を贈り物としている。こういう私的な生活が表現の対象となった*13。

先坊の君の失せ給ひければ、大輔《たいふ》かぎりなく悲しくのみおぼゆるに、后の宮、后に立ち給ふ日になりにければ、ゆゆしとて隠しけり。さりければよみて出しける。

わびぬればせ今はとものを思ふとも　心に似ぬは涙なりけり　（五段）

〔先の皇太子が亡くなりなさったので、大輔はとても悲しくばかり思われていたところ、后の

（12）物語類では女の本名が書かれてないのが普通だが、この「としこ」だけは例外である。

（13）これは社会的なものである。時代、社会によって表現の対象にするものは違っている場合が多い。

宮が立后なさる日になってしまったので、不吉だというので隠してしまった。それで大輔が詠んで閉じこめられた部屋から出したのだった。

辛い想いをして今はもう忘れようと思っても思い通りにならないのは涙だったよ〕

醍醐の皇太子であった安保親王が亡くなってまもなくの頃、母の隠子が后に立つ日を迎えたが、親王の乳母の子である大輔が悲しみ続けていたという話である。**飯田紀久子**氏によれば、この親王の死は**菅原道真**の霊によるものという見方がされており（『**日本紀略**』延長元年〔九二三〕三月二十一日条）、この道真の影がこの話にあらわれているという[*14]。

これも、皇太子に対する私的な想いの側からの話である。立后という国家的な慶事にともに喜びえない心を表現の対象にしている。

古今集の代表的選者である**紀貫之**の『**土佐日記**』の最後の場面も、留守宅の面倒をみると自分から受けたのに、帰京してみると自宅は荒れていたと、隣人を非難しているが、そういうことは隠して、おみやげを持って行っている。

このような私的な側からの感じ方、見方を表現の対象にしえたのは、それに価値を置く社会だったことを示している。物語文学が隆盛になった大きな原因といえる。個人の心だけでなく、場面の描写をしていくのにはそういう目が必要だった。

古今集の時代は「ひらがな体」の文学の隆盛を準備したのである。

（14）「『**大和物語**』における**道真の影**」『人文学会雑誌』第四四巻三号（二〇一三）。**飯田氏**はこの時代、人々が**道真の霊**におびえていたという。

3　古今集はなぜ編まれたか

以上のように考えてくれば、『**古今和歌集**』がなぜ編まれたかに答えるのはそれほど難しくはない。

まず、中国からもたらされた、文学によって君臣一体の状態を作り出すという、政治的な意図がある。それを和歌という日本の詩によって示したのである。

次に、和歌の位置づけと歴史、自分たちの和歌の方法の自覚がある。それを書くことで明確にした。そうすることで、『古今和歌集』は貴族たちの教科書になる。こういう場合はこういう歌を詠むという見本としてあった。それは人との関係をスムースにするだろう。先に『**大和物語**』七十段を引いたが、物を送る際には必ず和歌を添えた。挨拶の言葉でもあったのである。

手習いの初めの歌

そして歌は手習いにもなった。「仮名序」は、

難波津に咲くやこの花　冬ごもり今は春べと咲くやこの花
安積山影さへ見ゆる山の井の　浅くも人を思ふものかは*15

の二首を「歌の父母のやうにてぞ、手習ふ人の初めにもしける（歌の父母のようなもので、手習いをする人の初めにしたのだった）」と述べている。

（15）この二首が書かれた木簡がみつかっている。栄原永遠男『万葉歌木簡を追う』（二〇一一年）

仮名の練習の最初にこの二首の和歌を使ったのである。

それにしても、なぜこの二首が手習いの最初に使われたのだろうか。ともに五十音すべての音が入っているわけではない。

「仮名序」はこの歌の由来を書いている。


難波津の歌は、帝の初めなり。〈大鷦鷯《おほさざき》の帝の、難波津にて、皇子ときこえける時、東宮をたがひに譲りて位につきたまはで、三年になりにければ、王仁《わに》といふ人のいぶかり思ひて、詠み奉りける歌なり。この花は梅の花をいふなるべし。〉安積山のことばは、采女《うぬめ》のたはぶれより詠みて*16、〈葛城王を陸奥に遣しけるに、国の司、事おろそかなりとて、まうけなどしたりけれど、すさまじかりければ、采女なりける女の、かはらけ取りて詠めるなり。これにぞ王の心とけにける。〉

〔難波津の歌は、帝になる初めとなった歌である。〈仁徳天皇が、難波津で、皇子と申し上げた時、東宮を互いに譲り合って皇位にお就きにならないで、三年になってしまったので、王仁という人が不信に思って、詠み奉った歌であった。この花は梅の花をいうのだろう。〉安積山の歌は、采女がたわむれて詠んで、〈葛城王を陸奥に遣わしたところ、国司の対応がいかげんであると、接待などしたのだけれど、不機嫌だったので、采女であった女が盃をとって詠んだのである。これでもって王の心はとけたのだった。〉〕

（16）『万葉集』巻十六にこの歌と葛城王の話が載っている。

これに続けて、先に引いた手習いの一文がある。

難波津の歌はこの歌によって皇位につく気持ちになったということだろう。ともに心が開けているということで、心を昂揚させたり、鎮めたりという歌の働きをよくあらわす歌ということだと思う。

地方へ文化を伝える

ついでに、安積山の采女の話は『万葉集』巻十六に載せられている話だが、采女は地方から容姿などで選ばれて宮廷に仕える女である。この話は地方に帰った采女というとても珍しい例になる。この話からいえば、都の文化、いうならば「みやび」を身につけた采女が地方に帰って、「みやび」を伝えたという話になる。『万葉集』では地方の遊女[17]がそういう役割をしている[18]。いわば和歌は「みやび」の象徴、「みやび」そのものだった。と同時に、陸奥は当時は僻地で、遊女もいないということでもあるのだろう。遊女も「みやび」を象徴していたのである。

手習いは文学を身につける

このように、手習いが和歌から始まることは、手習い自体が単に文字を覚えるだけでなく、文学を身につけることであることを意味している。「ひらがな体」は連綿体といわれる続け文字であり、一字一字書くものではなく、美的なものだった。文学を書くのにふさわしい文字だったのである。

『古今和歌集』は四季歌から始まる。これは自然の運行を中心に置き、その後に続く賀、離別、羇旅、恋など、人の行動、感情、生活を成り立たせるものになっている。巻頭の歌は、

ふる年に春立ちける日よめる　　在原元方

(17) 石川久美子「『大和物語』注釈（本文注釈）」『武蔵大学人文学会誌』の百五十五段の「興趣と考察」。

(18) 遊女は体を売る女の意ではない。「遊び」は神遊びが神楽であるように、非日常の精神状態をもたらすこと、その状態そのものを意味し、そういう状態をもたらす女のことだった。性行為はエクスタシーという言い方があるように、非日常の心の状態をもたらすのである。

年のうちに春は来にけり　一年を去年《こぞ》とやいはむ今年とやいはむ
〔年のうちに春は来てしまった。この一年《ひととせ》を去年といおうか、今年といおうか。〕

というもので、暦における一月一日と立春のずれを詠んだ歌。**正岡子規**がいうように[*19]理屈っぽいといっていいが、こういう歌が巻頭に置かれていることは**『古今和歌集』**の意図をあらわしているとみるべきだろう。四季の歌なのに、自然を詠んだものではないことも気になる。

暦は天皇の承認によって成立するものだった。つまり天皇は宇宙の運行に関与していたのである。したがって暦の歌から始まるのはその天皇のこの世の統治を示していると考えられる。自然そのものは歌に詠むことはできず、天皇の関与する暦という秩序のなかで歌に詠みうることになるのである。四季歌はいわゆる叙景歌ではない。季節の変化を詠むものなのだ。自然の運行がつつがなく行われていくことこそが重要だった。

したがって、この巻頭の歌は単に新年と立春の矛盾をおもしろがっているのではない。歌でもってその異常な状態を鎮める働きをしていると読まなければならない。

二首目も暦から発想されている。

春立ちける日よめる　**紀貫之**
袖ひちて結びし水の凍れるを　春立つ今日の風やとくらむ
〔袖がを濡らして掬った水が凍っていたのを、立春の今日の風が解かすだろうか〕

(19) **正岡子規**（一八六七～一九〇二）。「**再び歌よみに与ふる書**」（明治三十一年〈一八九八〉）。この「歌よみに与ふる書」はこの年の二月から三月までに十回も書かれている。子規がしつこいからではなく、それまでの和歌についての考えの浸透が深かったからだ。

これも、暦では立春になったが、まだ水は凍っている状態であるのを、立春になったのだから風が吹いて氷を解かす*20ということで、歌で暦を直しているといっていい。

このようにみてくると、歌は危機的な状態、異常な状態を修復する働きをもっていることがわかる。ここからみれば、『古今和歌集』は暦によって天皇が自然の運行を司っていることを宣言し、さらに和歌によって、その運行をなめらかにしていこうという意図をもって編まれたということになる。

(20) 中国の『礼記』月令に「孟春の月東風氷を解く」に基き、春は東から到来し、暖かい立春の風が氷を解かすものとして詠まれるという(高田祐彦訳注『古今和歌集』角川ソフィア文庫)。

春の歌の三首目は、

春霞立てるやいづこ　みよしのの吉野の山に雪は降りつつ

〔春の霞が立っているのはどこだろうか。みよしのの吉野の山では雪が降っていて〕

これも立春の歌で、春になったのに霞は立っていないと、やはり暦と季節の運行のずれを詠んでいる。しかし平安京の時代でありながら、大和(奈良県)の吉野の歌である。そして若菜摘みの歌も平城京の郊外である春日野の歌が多い。なぜなのだろうか。古い歌を入れていると考えることができるが貫之の歌もある。

平城京と郊外の若菜摘みの歌

歌奉れとおほせられしとき、よみて奉れる　紀貫之

春日野の若菜摘みにや　白妙の袖ふりはへて人のゆくらむ

〔春日野の若菜を摘もうと白妙の袖を振り、美しく人が行くようだ。〕

貫之は天皇の命令で歌を詠んだのだが、平安京近くの野ではなく、わざわざ平城京郊外の春日野の若菜摘みをうたっている。春日野の若菜摘みは『万葉集』に多くみられる。貫之は『万葉集』にならったというべきだろう。先に君臣唱和が歌の理想であり、ならの帝と人麿の関係がそうだと述べたが、天皇の歌がないにしろ、その命に従って奉っているのだから、この関係は理想状態に近い。したがって、古今集の歌は『万葉集』を受け継ごうとしているという言い方ができる。これも古今集が編まれた理由といえる。

古今集は観念的

しかし、暦の上でのずれといい、平城京の郊外で春を感じるといい、現実とは異なるところで歌を詠んでいるのだから、「くだらぬ」歌集[21]とは思わないが、正岡子規のいう通り、きわめて観念的といえる。漢詩と並ぶ歌を詩として自立させるためにはそうする必要があったのである。この観念性は先に引いた貫之の「袖ひちて」の歌が『礼記』に基づくように、中国の王権を成り立たせているものをむしろ積極的に取り込もうとしたといえる。

『古今集』が編まれたのは、中国の詩にならい、『万葉集』を受け継ぐことで、日本の詩を確立しようとしたのである。このような意図が古今集を後まで最高の歌集とすることになった。

といってきても、文学は意図を超えて書かれる。いい表現をしよう、美しい言い方をしてみたいなど、表現者は考えてしまう。だからこそ文学なのだ。それは表現者の意図

（21）子規は「再び歌よみに与ふる書」で「貫之は下手な歌よみにて古今集はくだらぬ集に有之候」としている。

文学に憑かれる

というより、いったん表現のおもしろさ、美しさなどに気づいてしまった者に訪れる想いだ。文学がそういうことを要求するのである。だから文学に憑かれるという言い方がふさわしい。いい表現をしようと夢中になってしまう状態である。

ただし、そちらばかりを強調されると、古今集は自然を観念的に捉え、自然の運行がつつがなく行なわれるように詠んだものだといいたくなる。この観念の部分は時代をあらわす歴史性である。古今集を読むということは一首一種の歌を読むことだけでなく、歌集全体として読まなければならないわけだ。

五　竹取物語はなぜ書かれたか

『竹取物語』は九世紀後半に成立したと私は考えているが、遅くとも十世紀の早い時期には成立している。どうして物語文学が登場してくるのか考えてみよう。

1　物語文学の登場

『万葉集』巻十六には、歌物語的な長い話を題詞や左注としてもつ歌が並べられている。これらが物語文学の初めといっていいと思う。物語を書いているという意識をもって書いているからである。一例だけ引いておく。

昔、男がいた。新たに婚礼をした（「昔者有㆓壮士㆒。新成㆓婚礼㆒也」）。幾日もたたないうちに、地方の仕事に任命され、遠い土地に遣わされた。公務には任期があって、会うのに日がなかった。女は嘆いて病になって臥してしまった。年が経って、男が帰ってきて、報告も終わり、女のところに来て見ると、女は寠《やつれ》れ果て、泣いて言葉も出せなかった。そこで男は悲しみ、涙を流して、歌を作って口にした。

かくのみにありけるものを　猪名《ゐな》川の奥に深めてわが思へりける＊1

〔このようにあるのだったのに、（猪名川の奥を）深く思っていたことだ〕

（1）この話は中国の魏晋南北朝の『世説新語』に同様のものがあり、たぶん翻案だと思う。

女は男の歌を聞いて、枕から頭をあげ、夫の声に応えた歌。

ぬばたまの黒髪濡れて　淡雪の降るにや来ます　ここだ恋ふれば

〔ぬばたまの〕黒髪も濡らして淡雪が降るのにいらっしゃったのですね。こんなに恋していたので。〕

口誦の語り

原文は漢文。最初だけ（　）内に原文を示した。この書き出しは「昔、壮士ありけり。新たに婚礼をなむしける」と訓むと考えている*2。この書き出しは、他の歌の物語的な題詞や左注もほぼ同じで、定型であるゆえに、こう訓んだ。「…者…也」を強調のいい方と考えて、係り結びととるのがいい。

こう書けば、平安期の物語文学の書き出しそのものである。歌が詠まれた状況を語る短い話だから歌物語としたほうがいいが、物語文学の書き出しが漢文体でありながらこう書かれたのである。口誦の語りがあり、それに倣《なら》ったからに違いない。この定型は民間伝承をうつしたものだったのである。

私は『万葉集』巻十六の歌物語的な題詞や左注をもつ歌が物語文学の最初と考えている。文体を中心に考えているからである。その意味で、やはり『万葉集』のこの例はひらがなではなく漢文体だから、これらは歌物語の『伊勢物語』に繋がっていくというべきかもしれない。

この『万葉集』巻十六の例は、無名の勤め人の話である。つまりどこにでもいそうな人のもので、神々や英雄の話ではない。これが物語文学の始めといいたい理由の一つで

(2) 古橋『物語文学の誕生』（角川書店　二〇〇〇年）。普通は「昔、壮士ありき」と訓まれている。「き」とするのは、題詞は事実を語るものと考えられているからである。私は物語を書いているのと考えているから「けり」とした。物語は伝え聞いた過去をあらわす「けり」で語る。

ある。

神仙譚

一方、漢文体の物語もあった。『浦島子伝』『柘枝伝《つみのえでん》』*3など、中国の神仙譚の影響を受けたものである。それらも物語文学の始めとすべきだろう。『竹取物語』はこちらの流れにある。

2 竹取物語はどのように成立したか

『竹取物語』は、

今は昔、竹取の翁といふ者ありけり。野山にまじりて竹を取りつつ、よろづのことに使ひけり。名をばさかきの造《みやつこ》となむいひける。

語りの様式

と始まる。先にあげた『万葉集』巻十六の歌物語的な題詞と重なる。これが物語文学を成り立たせる語りの様式である。民間に口誦で伝承されてきている話を書くといっても、語られてきているその通りに書くことではない。だいたい、伝承されてきているものはある形をもっている。でなければ覚えられない。その形を語りの様式と呼んでいる。語り出し部がそうだ。それだけでなく、さまざまな形をもっている。『竹取物語』でいえば、物語はかぐや姫からもらった不死の薬を天に一番近い山で焼くことで終わるのだが、その不死の薬をもっていった帝の使いが多くの武士たちを連れて行ったことからその山の

（3）『浦島子伝』は海神の宮へ行く話、『柘枝伝』は川辺で仙女に出会う話で、いずれも異郷の女に出会い恋する話である。『竹取物語』もかぐや姫（輝く美しい女）は月から来た女である。

名がついたと語っている。

兵士《つはもの》どもあまた具して山に登りけるよりなむ、その名をふじの山とは名づけける。
その煙いまだ雲のなかへ立ち上るとぞいひ伝へたる。

地名起源神話

今でも富士と表記するのと通じている。「富」が多い、「士」がつわものである。こう終わることで、全体が富士山の地名起源神話のようになっており、また富士山が今でも煙を上げている*4起源神話にもなっている。

『竹取物語』は富士山の名と煙の由来神話という大枠によって書かれたのである。しかし、内容はかぐや姫への求婚譚であり、求婚者が科せられた難題をいかに解決していこうとするか*5、読んでいるとそこがおもしろい。ではなぜそんな大枠が必要だったのだろうか。それが書くという問題であった。神話は様式をもっている。その神話の様式に則って書くことができた。つまり、物語文学は伝承されてきた語りを装って初めて書くことが可能になったのである。

語りを装う

大枠だけではない。『竹取物語』は語りの様式をさらにもっている。話のもっともおもしろい部分は五人の貴公子のかぐや姫への求婚だが、一人一人の失敗を書き、締めくくりは必ず言い回しなどの起源譚になっている。たとえば、仏の御石の鉢を科せられた石作皇子は「心のしたくある人（準備をきちんとする人）」で、偽物を作らせて持って行くがばれてしまい、偽物の鉢は捨てられたことから、「面なきことをばはち（はぢ

（4）不死の薬を焼いたので絶えることなく煙が上っているというのである。

（5）こういう昔話は世界中に多くあり、「難題聟」と呼ばれる。

＝恥）を捨つとはいひける」という具合である。

一人の求婚者ごとに話は一段落するから、その切れ目ごとに「恥を捨つ」のような成句の起源譚の様式をとっていることになる。やはり語りの様式によって物語が書かれていることがよくわかる。

そういえば、かぐや姫の最高の美しさも、小《ちい》さ子譚《こたん》*6と呼ばれる話の様式によって書いているといえる。誰でもが求愛したくなる女なんて地上にはいない。地上の人ではないのである。つまり美しさを具体的に書くのではなく、小さ子という異郷から来た者と書けばすむのである。

さらに、**益田勝実**が指摘しているのだが、民間の求婚譚は求婚者は三人だが、**『竹取物語』**は五人であり、この三人から五人に、口誦の物語と書かれた物語の違いがみえるという*7。なぜ口誦の話は三人を出ることがないかといえば、たとえば、**『リア王』**でも、引退した王が三人の娘の世話になろうとして、上の娘に断られ、中の娘に断られ、下の娘の元に行くというように、一回、二回と繰り返し語ることで、苦労を表現すると同時に、三番目がいかにいいかの表現になる。三回が限度で四回目は、飽きてしまうだろう。世界的にこの三回はみられるわけだ。これも話の様式である。

話型

物語文学はこういうさまざまな様式、そして小《ちい》さ子譚を話型といえば、話型から成り立っているところがある。**『源氏物語』**も最初は光源氏の造形の仕方など話型によっているところもあるが、人間の動き方がリアルになっている。

『竹取物語』はそういう物語文学の古い姿をよくみせてくれることによって、物語文

（6）一寸法師のように、異常に小さい子の話を話型として「小さ子譚」と呼んでいる。一寸法師は住吉神社に願って得た子で、これも「申し子（神に申しあげて得た子）」と呼ばれる話型である。神の子として人と区別される体形をしていると思えばいい。

（7）**益田勝実「説話におけるフィクションとフィクションの物語」**『国語と国文学』36巻4号（一九五九・四）

五　竹取物語はなぜ書かれたか
六　源氏物語はなぜ書かれたか
七　今昔物語はなぜ書かれたか
八　平家物語はなぜ書かれたか

学がどのように書かれていったかの道筋がわかるのである。

物語の場所

物語は郊外から始まる

もう一つどうしてもふれておきたいことがある。『竹取物語』の書き出し部は、竹取の翁が野山に出て竹を取り、いろいろのことに使ったと書いている。竹を採って作るものといえば籠、食器、垣根などで、それで生活しているとすれば、それらを売って収入を得ていたことを示している。そういうものが売れるのは都市の周辺である。つまり『竹取物語』は郊外が舞台なのだ。『**伊勢物語**』も初段は平城京の郊外の春日で、姉妹に出会う話から始まっている。『**大鏡**』の語り手の一人世次も「都ほとり」つまり郊外*8出身だった。

『**万葉集**』巻五の、初めての虚構文学ともいうべき、**大伴旅人**の松浦川で仙女に出会う話も大宰府の郊外が舞台である。さらにいえば、『万葉集』の巻頭歌も野に出ての野遊びの女に言い寄る歌から始まる。

このように、日本語の文学は郊外から始まるといってもいいほどだ。郊外は都市と田舎の境界であり、異郷とこの世の境界である。多くの物語は人と異郷の者が接触するというようなことから始まる。そういう場所として郊外があったのである。

考えてみれば、先に引いた**貫之**の春日野の歌もそうだった。いわば前近代の文学はこの世の普通の生活とは異なる世界や人生を語るものだから、その特別な世界の始まりとして境界はふさわしい。近代文学は普通の生活から人、人生を照らす方向をもったのに対し、前近代の文学は特別なできごとによって、いわば外から人、人生を照らすものだったのである。

（8）世次は「下臈（げらふ）なれども、都ほとり（下賤な者でも都の側にいれば教養が身につくというような意の諺だろう）」といって、見聞きしてきたことを語る。
都の周辺である郊外で貴族たちについて見聞きしてきたのである。
日本の都市は郊外をもつことを特徴としている（**古橋『平安京の都市生活と郊外』**一九九八年）。

3　竹取物語はなぜ書かれたか

では、なぜ『竹取物語』は書かれたのだろうか。

益田勝実の論をあげて、口誦の場合三人であったが、書く物語である『竹取物語』では五人になっていると述べた。しかも五人の貴公子の求婚はすべて失敗する。口承文芸ではたいてい三人まで、そして三人目が成功するから、口誦にはない型だ。その五人は、

石作皇子　　仏の御石の鉢。「心のしたくある人」
倉持皇子　　蓬莱山の宝石の枝。「心たばかりある人」
右大臣阿部みむらじ　　唐の火鼠の皮衣。「財豊かに広き家の人」
大納言大伴御行　　龍の頭の五色の玉。（武人）
中納言石上麻呂足　　燕の子安貝。（慌て者）

と、性格などを書き分けて、難題へのそれぞれの対応をおもしろく書いている。

石作皇子は慎重に準備する人らしく、仏の鉢の偽物を作り、天竺に行ったように三年を過ごす。倉持皇子は宝石の枝を最高の鋳物師に造らせ、持って行き、いかに苦労して手に入れたかを詳しく語る。この嘘の苦労話も「心たばかり」に当たる。阿部みむらじは財力ある者らしく、中国の商人から買い求める。大伴御行は武人らしく、船に乗って

海上で龍と戦う。石上麻呂足は自から燕の巣から得ようとして失敗する。

というように、五人の求愛者を異なる性格の人物とすることで、難題への対応をその性格と関連させて、さまざまな人間を書くことになっているわけだ。口誦の繰り返しにならず、五人にしたことが意味をもっている*9。

個人への関心

つまりこの物語の書き手はさまざまな人間を書きたかったと思われる。それは人間への興味である。平安貴族社会は個人への関心が前面に出た時代だった。たとえば、**藤原師輔**《もろすけ》**『遺戒』***10は、人の前ではあまり話してはいけない、人に物を借りたら返さなくてはいけないなど、われわれの社会にも通じる態度を、子孫への訓戒として書き残している。このようなことが問題になるのは、人を個人としてみる社会だからである。平安貴族社会はけっこう近代社会と通じるような心の動き方がある。**『源氏物語』**がわれわれにもおもしろく読めるのはそれゆえである。

時代や社会によって何に価値を置くかが変わってくる。そして表現も何を対象にするかが変わってくるということを繰り返し強調して置きたい。

青春の物語

この五人の求婚譚者のうち、倉持皇子は「一生の恥」と思い、「天下の人の、見思はむことの恥かしき事」と、深い山に入って行方知れずになってしまい、石上麻呂足は燕の子安貝を取ろうとして落ち、腰を折り、病になるが、やはり「人聞き恥づかしく」思い、結局亡くなってしまう。五人のうち二人が恋のためにこの世から消えてしまうのである。恋を青春のものとすれば、青春に命をかけた男たちの物語となる。

そして、この「恥」という心の動き方が、個人の心を問題にする物語文学の注目した

(9)『宇津保物語』のあて宮求婚譚は十人近くの人を登場させ、けちな王、まじめな学生など、それぞれ短編物語のように語っている。

(10) 子孫に、朝起きたら神仏を礼拝するなどの具体的な生活規範や貴族社会でどのように生きていくかなど、教えたもの。

ものでもあった。平安期の物語文学では世間の評判、世の噂が人の行動を決める場合がしばしばある。その意味では、『竹取物語』の五人の求婚譚の最初の石作皇子の話が「恥を捨つ」だったことも、物語文学の最初のものとしてふさわしいものであった。

「恥」とは、この世における共通の観念と外れることによって起こる感情である。この物語の五人の求婚者たちはみな恥をかいたのである。「恥」によって人々の前から消えていったと書かれているのは二人だけだが、他の三人も同じようなことになったと推察できよう。なぜそういうことになったかが、この物語の書きたかったことになるだろう。

実は帝もかぐや姫に求婚して成功したわけではなかった。かぐや姫は不死の薬を残して月に帰ってしまうのである。その不死の薬を焼いてしまうのは、かぐや姫のいないこの世に長生きしてもしかたないという帝の意志である。恋が成就せず、いずれこの世から去るという意味では求婚者たちと変わりない。もちろんこの世の最高の存在である天皇は失恋してはならないから、かぐや姫が月に帰るということで恋は終わるのである。

この帝の意志は、この世に存在する者は必ず死ぬということを引き受ける態度である。この世はかぐや姫がいるから生きていられるわけだ。しかも、かぐや姫は月の世界で罪を犯したゆえ地上に流された。スサノヲと同じである*11。この世は罪の世界なのだ。そういうこの世に生きることの宣言を『竹取物語』はしているのである。

もちろん五人の求婚者の失敗もそういう意図のなかにある。かれらはそれぞれさまざまな試みによってなんとかかぐや姫を手に入れようとして失敗し、「恥」をかいてこの

(11) スサノヲも罪を祓うために地上に追放された。つまり罪の起源の神である。

世から消えていった。しかし恋に命をかけるのは青春の輝きではないか。誰だってたいてい一生のうち一度は輝くことがある。それがこの世であり人生であり、物語文学はそういうことを書いていくというのである。

したがって、『竹取物語』は辛いことの多いこの世に生きている人々を書くことを宣言するために書かれた。物語文学が書く方向を決めた作品だった。

もちろんこういう宣言をするためには、天皇を地上の存在とみなす考え方がなければならない。それは仏教以外考えられない。**義江彰夫『神仏習合《しんぶつしゅうごう》』**（岩波新書、一九九六年）は神仏習合が平城京の時代から始まっていることを述べている。律令制が当時の国家を成り立たせる唯一の世界思想だという言い方をすれば、仏教は当時の唯一の世界宗教だった。したがって、神も天皇も仏教によって救われる存在でなければならないだろう。

SF小説

『竹取物語』を日本のSF小説の始めのようにいう俗論があるが、そういう論は退けねばならない。あらゆる作品は歴史のなかで書かれている。かぐや姫は神話の流れにある物語の異郷の女として、月の世界から罪を犯して地上にきたと設定された。桃太郎や瓜子姫のような物語の主人公と通じている。ただ月から来たというような設定は平安後期以降、天稚彦《あめわかひこ》が月から降りて来て琴を教えるなどある。

SF小説[12]は**ジュール・ヴェルヌ『地底旅行』**[13]など十九世紀に、西欧が一応世界を征覇した後、征服されていない秘境に関心が持たれたこととつながっている。そういうなかでSF小説が登場してくる。そのとき秘境は科学的に説明しようとすることと、不可思議さの二重性をおびている。

（12）日本では**押川春浪《しゅんろう》『海底軍艦』**（一九〇〇）が始まりという。
（13）ギニア高地の探検がモデルという。

六　源氏物語はなぜ書かれたか

十一世紀前半、『源氏物語』が書かれた。この時代の世界の文学では頭抜けてすぐれた作品である。なぜそのような作品が書かれたのか考えてみよう。

1　源氏物語の時代

十一世紀前半は藤原道長が権勢を誇った時代である。いわば摂関制の全盛期であった。摂関体制は娘を入内させ、その娘に天皇の子を産ませ、その子が次期天皇になることで政権を握る体制であるが、さらに中流貴族は娘に上流貴族の子を産ませることによって権力に近づく、というようにして、私的な関係によって成り立っている。

この私的な関係を重んじる社会は必然的に私的な生活や個人に関心が向かうことになる。そういう関心が物語文学にとって価値をもつのは、私的な心の動きを敏感に察し、その体験によって具体的にリアルに場面を描写しうるからである。物語文学は場面の集積によってこそ成り立っている。

この時代が摂関制の全盛期であったということは、私的な文化が前面に出ていたことを意味している。それは競い合いとして洗練されていった。たとえば、物語文学に詳しく書かれている服飾はその競い合いのあらわれである。

競い合い

枕草子

物尽くし

もちろん競い合いの元には貴族社会の共通性があった。『**枕草子**』は基本的にその共通の美意識を書いたものである。『枕草子』は「すさまじきもの」「にくきもの」「心ときめきするもの」のように、「物尽くし」*1の段が多くあるが、それはみんなでそういう題を出して、あれもね、これもねと競い合い言い合ったことを語っている。「春は」というように始まる段も同じである。『枕草子』はそういう段が半分以上もあるのである。「にくきもの」の一部引いておく。

(1) テーマに従って、次々事物をあげ並べていくこと。

急ぐことある折に長居する客。あなづりやすき人ならば、後にとてもやりつべけれど、心はづかしき人いと憎くむつかし。
硯に髪の入りて捨てたる。又墨の中に石のきしきしときしみなりたる。

〔急ぐことのある時、長居する客。軽く扱っていい人なら、後でといって帰すことができるが、すぐれた人はたいそう憎らしく、面倒だ。
硯に髪の毛が入っていて捨てる。また墨の中に（摺っていると）石がぎしぎしと音を立てる〕

忙しい時に長居する客という話題はよく分かる。なかなか後でとは言いにくいよねというと、誰かが気の置けない人ならそうするけれど、そうでないとねと盛り上がる。

今は硯で墨を摺って書くのは習字くらいだが、髪の毛が入っていると筆にからまって紙についてしまうので、せっかく摺った墨を捨てなければならないのが憎らしいと誰かがいうと、墨のなかに紛れ込んだ石が硯で摺るときしぎし音を立てるのって嫌ねと、墨の話がひとしきり続く雰囲気が浮かぶ。髪の毛が食べ物の器に入っていることなどよくある。墨や硯のことを近代でいえば、シャープペンの芯に何か混じっている感じである。かつてはしばしばあった。

このように『枕草子』に書かれた感覚はわれわれにも通じるものが多い。それはこの時代が私的なものに価値を置いていて、その点でわれわれの社会と近いところがあったからである*2。

文体

しかしこのようなことをどうして書けるのかと考えてみるべきである。自分の感じたこと、考えたことを書くとなるとそうとう苦労した体験は誰でももっているだろう。話しているときはいえた気がしても、いざ書くとなるとけっこう難しい。書くには「文体」が必要なのである。「文体」というと書き手独自のもののようにいわれているが、そんな大げさなものではない。この『枕草子』でいえば、「物尽くし」も文体である。これは古くからある。つまり書き手が生まれる遥か昔から伝えられてきたものだから、社会がもっている習慣のようなもので、それに当て嵌めて書くことができるのである。

文化の洗練

それにしても「物尽くし」が多すぎる。やはり私的なもの、個別的なものに対する関心が大きかったのである。そして、この羅列は女房たちが次々と挙げていくとしたら、そこには競争意識が生まれるだろう。この競い合いが、また文化を洗練させていくこと

（2）社会全体を支える観念がどんなに異なっていても生活することはあらゆる社会に共通する。そこに価値をおけば書く対象になる。そうすると、それぞれの差異が見えてきて、競い合いにもなるのである。

になった。

『枕草子』にはわれわれと通ずる感じ方が多く見られる。しかし当時は身分制社会だから、差別的な感じ方もしばしば見られる。

わびしげに見ゆるもの。六七月の午未《うまひつじ》の時ばかりに、汚げなる車にえせ牛かけて、ゆるがし行くもの。雨降らぬ日、張筵《はりむしろ》したる車、いと寒き折、暑き程などに、げすの女のなりあしきが、子負《お》ひたる。老いたる乞食。小さき板屋の、黒う汚なげなるが、雨に濡れたる。

〔わびしそうなもの。六七月の午未の時頃に、汚らしい車に牛らしくない牛をつけて、うるさく行くもの。雨の降らない日、張筵した車。暑い頃に身分の低い女でなりの悪いのが子を負ぶっている。年取った乞食。小さい板屋で、黒く汚れている小屋が雨に濡れている。〕

というように、身分社会らしい差別感がみえる。ここであげられている例はすべて身分が下の者たちだからである。

六、七月の午未は夏の盛りの午後一時から二時頃である。「張筵した車」は雨の際の筵をかけた車のこと。

女の文体

『源氏物語』『枕草子』の書き手が女であるように、この期の物語文学、日記文学はほとんど女が書いている。「ひらがな体」は「女手《おんなで》」*3と呼ばれ、女の文字といわれていた。私的なことを書く文体だったからである。**紀貫之**の『**土佐日記**』も女が書いたこと

(3) 女手に対し、漢字を「男手（おとこで）」といった。私的なことは女とされたのは、家庭内のことは女の仕事、外のことは男の仕事という分業が社会の型になっていたからである。

になっている。私的な感情など、私的な視点から書く文体が「ひらがな体」であり、この文体によって物語文学、日記文学はレベルの高いものとなった。女が文体をもった唯一の時代だった。世界史からみてもそうだと思う。この女が文体をもったことが平安期の女流文学のレベルの高さをもたらしたといってもいい。

それは、先に述べたように、摂関制が私的な関係を中心にしたものだったことがかかわる。その体制の中心は天皇だが、天皇の子を産むことで権力を握る体制だから、女が中心にいたといっていいほどなのである。**紫式部**にしろ**清少納言**にしろ、天皇の後宮にいる妻たちに仕えている。そこは宮廷文化の中心といってもいいような空間である。それゆえ美しく、教養のあるすぐれた女たちが選ばれ雇われた。女たちが物語文学を生み出す環境があったのである。

2　源氏物語はどのように成立したか

『**源氏物語**』が書かれるまでの流れをみてみよう。

物語文学は『**竹取物語**』『**宇津保物語**』『**落窪物語**』と現存しているものがある。『宇津保物語』は俊蔭が異郷からもたらした琴とその秘曲を孫に伝えていく話で、物語が、主人公が子孫に移っていくことで一人の人生から三代という時間を抱えることを可能にした。そして、政治的な対立が語られ、恋愛だけでなく、社会が抱えられた。

日記文学は『**蜻蛉日記**』が生活にそって心の真実を書くことを始めたことによって、

物語文学を心の真実を書くという方向に導いた。書き出しをみてみよう。

かくありし時すぎて、世の中にいとものはかなく、とにもかくにもつかで世に経る人ありけり。かたちとても人にも似ず、心魂もあるにもあらで、かうもののえうにもあらであることも理《ことはり》と思ひつつ、ただ伏し起き明かし暮らすままに、世の中に多かる古物語《ふるものがたり》*4のはしなどを見れば、世に多かるそらごとだにあり。人にもあらぬ身の上まで書き日記してめづらしきさまにもありなん。天下の人の品《しな》高きやと問はん試しにもせよかし、とおぼゆるも、過ぎにし年月ごろのこともおぼつかなかりければ、さてもあらぬべきことなん多かりける。

〔このように生きてきたが、この世にたいそう頼りなく、どのように生きるか決めかねて過ごしてきた人があったのだった。容姿も十人並みで、存在感もなく、このように何の役にも立たないのも当たり前と思いながら、ただ毎日を過ごしているままに、この世に多くある古物語をちょっと見てみると、まことに嘘ばかりが書いてある。それならこの人並みでない私の身の上を日記として書いてみれば珍しいものになるだろう。この世の人たちが身分の高い人はこういうものなのかと考える例にしなさいと思うのだけれど、過ぎ去った年月のことで、はっきりしないので、そうでもなかっただろうことも多いでしょう。〕

古物語《ふるものがたり》には男女のことが多く書かれているが、「そらごと」であるといっている。古物語が身分の高い男に見初められて幸せになるという内容が多かった。だから自分は摂

（4）十世紀後半には物語がたくさんあったことがわかる。現存しているものは『竹取物語』『落窪物語』『宇津保物語』などである。

関家の男に見初められたが幸せといえるのか、「そらごと」ではないかと思うのである。そして身分の高い男と結婚した女の人生がどんなものか、自分のことを書いてみようという。自分のことを書くので「日記する」といっている。日記を書く動機が書かれているわけだ。

この書き出しは物語を意識したものである。そして、物語には嘘が書いてあるから、自分の体験である事実を書こうとして、日記を書くことを述べている。図式化すれば、

物語―そらごと↑↓事実―日記

となる。日記は中国から入っていた。日記には暦の定着が必要である。『**古今和歌集**』が暦によって四季の歌が明確になるというようなことを述べたが、私的な生活にも入り込んでいた。十世紀半ばより前に、「ひらがな体」で**紀貫之**『**土佐日記**』も書かれていた。その『土佐日記』と『**蜻蛉日記**』の大きな違いは、『土佐日記』が暦に従って毎日書いているのに対し、『蜻蛉日記』は月日を明確に記していないことである。日記でありながら、暦の時間に縛られていない。自分に重要なことなど選び、書き手の内的な時間によって書いているといえる。この内的な時間が『**源氏物語**』に受け継がれた。

内的時間

『源氏物語』は前の作品を受け継いでいるが、すらすら書けていったのではない。**光源氏**が栄華の頂点に達するまでを第一部、「**若菜**」の巻から始まる、源氏が苦悩し始め、**紫の上**が亡くなり、書かれていないが*5、源氏が亡くなるのまでを第二部、源氏の孫

（5）後に**光源氏**の亡くなる場面を語る「**雲隠**」巻が書かれた。

の時代を第三部として分ける見方がなされている。この第一部は、源氏が何事にもすぐれた人物として書かれており、それ以前の古代物語の主人公にふさわしい。しかし、第一部を書いていくなかで、書き手は成長していく。

というのは、『源氏物語』は怪奇物語として「夕顔」を、おこ物語（笑いを誘う物語）として「末摘花」を、人妻との恋を「空蝉」で、というように、さまざまな物語を自分で書いていくことをしていると思われるからである。書いていくなかで書き手は成長する。

物語の書き手は無名

このことは、『源氏物語』が最初から全体の構想があって書かれたものではないことを思わせる。当時は印刷されて大量に出版されるものでなく、紙もそれなりに貴重なものだったから、書いたものを書き手が密かに書きためていたとは考えにくい。すると、ある程度書かれものはすでに読まれていた可能性がある。読めば感想、批評は書き手の耳に入ってくるだろうから、その影響も受ける。

現代の作家とは異なるのである。これは物語文学は作者が書かれないことと関係する。『源氏物語』の作者は紫式部であることは分かっているが*6、平安期の他の物語で作者が分かっているものはないといっていいほどだ。作家は固有の個人であるよりも、女房たちである面を濃くもっていたのである。

といって、集団的なものだなどといわないほうがいい。文学だけでなく、すぐれた芸術作品は必ず時代が深層で抱えている問題を鋭敏に表現している。でなければ共感を喚び起こすことはない。そして時代を超えられるのは、時代が抱えている問題を人間や社

（6）後の人々は『源氏物語』は紫式部が書いたことを前提としていろいろいっている。たとえば『今鏡』は紫式部は観世音がこの世にあらわれた姿で、『源氏物語』によって人々に無常を教えようとしたと書いている。

会という《(う)》レベルまで普遍化しているからである。悩みが異なっていても悩む姿は普遍的なのだ。だから、その時代の抱えている問題を一人の作家が書いても複数で書いても、すぐれているものはすぐれているといわねばならない。

『源氏物語』の作者がなぜ分かっているかといえば、『紫式部日記』において、紫式部が何度も自分が作者であることが分かるように書いているからである。これは、紫式部が物語文学の作者であることを自覚していたことを示している。紫式部は近代の作家に通じるところがあった。

3　源氏物語の物語論

物語論

時代を超え、近代文学にも通じる文学観をもち、実際、近代文学に匹敵する作品なので、『源氏物語』の物語論を整理しておこう。

『源氏物語』「蛍」の巻の物語論は次のようなものである。

物語は「そらごと」を書いているが、日本書紀は歴史書として事実を書いている。しかし事実といっても一面にすぎない。事実を見た人は感じたことを大げさに書くことで、むしろ真実を伝えようとする。

虚構

真実を書いているのは物語だというのである。この物語の「そらごと」は近代文学の「虚構」＊7という概念に当たる。紫式部は近代に通じる文学観ももっていた。

先に述べたように、この物語論は『蜻蛉日記』を受けている。

（7）文学を理解する最も基本的なもの。紫式部のいう通りの内容で真実を書くためには、どうしても必要である。

事実と真実

『蜻蛉日記』は物語は「そらごと」を書いているから、私は事実を日記として書くといっていた。この考え方を『源氏物語』はひっくり返している。『蜻蛉日記』を受けて、事実と真実を分け、事実を受け手の心の問題としたのである。そして心の真実は「そらごと」である物語文学こそ書けるのだといったのである。この考え方は、紫式部が真実をどのように伝えるかという最も普遍的な問題に出会ったことを意味している。

この文学観が書かれている「蛍」巻は第一部の後半にある。たぶん、紫式部は第一部を書いているなかで、この問題に気づいた。いったん気づいてしまうと、古代物語的な主人公を書いていくことはできなくなるだろう。そこで第二部の、解決できない問題に苦悩する**光源氏**という構想が明確になっていったと思われる。

苦悩とは、まず**女三の宮**の降嫁によって、いわば理想世界である六条院の中心だった**紫の上**の苦悩が始まり、源氏も今までのように居心地よく過ごせなくなる。そして、その女三の宮に**柏木**が通じてしまい、**薫**が生まれる。その秘密を知ってしまうが、源氏は誰にもいえず、苦悩する。薫を見るたびにそのことを思い出すわけで、薫も父は自分を心からたいせつに思っていないと感じるのである。

近代の家族
物語文学とは

つまり、同じ屋敷に登場人物の一人一人が苦悩を抱えながら暮らしていることになる。物語はこういう状況を書いたことはなかった。近代文学の書く家族*8に通じる。近代は人間を個の側から見ようとする考え方が優勢な社会だから、家族の構成員の一人一人がどのような問題に出会っているか互いに分からない場合が多い。それぞれの内面に価値を置けば、何でも話す夫婦、親子なんてありえない。その問題を普遍的に書くとすれ

（8）一例だけあげれば、**黒井千次**（一九三二〜）『**群棲**』（一九八四）をあげたくなる。郊外の隣合わせた四軒の家のそれぞれの家族を書いた秀作である。

ば、たとえば『源氏物語』第二部のようになるのだ。『源氏物語』が時代を超えるすぐれた文学である理由である。

4　源氏物語はなぜ必要だったか

書く必然性

こういうすぐれた作品がなぜ必要だったかという問いはおかしいという言い方もできる。私もそう思う。しかしなぜ必要かという問は功利的なものとばかりはいえない。書き手は内的な必然性から書いている。では内的な必然性とは何だろうか。社会の要求と、書き手自身の必然性との二つのことが考えられる。

最初は書くのがうまくて周囲から物語を書けといわれ、本人もその気になったということかもしれない。そうであっても、書くなかで作家として目覚めていったに違いない。そこにはやはり『蜻蛉日記』の物語と日記の問題があった。『蜻蛉日記』を読んでいることは確実である。

文学史とは

いや読んでいるかいないかは作家個人の問題になってしまう。『蜻蛉日記』が提起した問題は『源氏物語』が受け継いだ、とみるべきなのである。文学が自立したものとしてあるからだ。社会に蓄積された文学が担った課題は時代ごとに最先端の表現をもちながら前代の文学を受け継いで展開していくのである。そこをおさえていくのが文学史[*9]である。

そこに「蛍」巻の物語論があるのだ。事実は嘘ではないが、真実ではない。物語は嘘

（9）文学史はいわゆる歴史をおさえればいいものではない。自立した文学表現自体の展開をみてこそ文学史になる。私自身は「文体」と「時代の関心」から作品を位置づけ、展開を語ることができるようになった。それが古橋『日本文学の流れ』（岩波書店、二〇一〇年）である。
　二十代の頃、日本語の文学史が知りたくなってから文学史の方法がわかるまで三十年近くかかっている。

だけれども真実である。

そういえる根拠は『蜻蛉日記』自体にある。『蜻蛉日記』は日記でありながら、日付を追って書いているわけではない。書き手の内的な時間によって選択されて書かれている。そして嘘かどうかは分からないが、書き手が取り出した事柄だけが詳しく書かれる。そこには誇張もあるだろう。

たとえば、天禄二年（九七一）一月の一部を引いてみる。なかなか訪れなかった兼家が久しぶりに来た場面である。

断りの言葉

また二日ばかりありて、「心の怠りはあれど、いとこと繁きころにてなん。夜《よ》さりものせんにいかならん、おそろしさに」などあり。「心地の悪しき*10ほどにて、え聞こえず」とものして、思ひ絶えぬるに、つれなく*11見えたり。あさましと思ふに、うらもなくたはぶるれば、いとねたさに、ここらの月ごろ念じつることをいふに、いかなるものと絶えて答《いら》へもなくて、寝たるさましたり。聞き聞きて、寝たるがうちおどろくさまにて、「いづら、はや寝たまへる」といひ笑ひて、人悪《わる》げなるまでもあれど、岩木のごとして明かしつれば、つとめてものもいはで帰りぬ。

〔また二日ばかりして、「怠慢ではあるけれど、たいそう忙しい時期で、今夜行こうと思いますが、どうでしょう。久しぶりなので恐ろしくて」といってきた。「気分が悪い状態で、何もいえません」といって、愛想をつかしているのに、平気な顔をしてやってきた。あきれたと思っているのに、屈託なくふざけるので、たいそう憎らしく、ここ数ヶ月我慢してきた恨み辛み

（10）断りのことばである。今でも「体調が悪くて」などと断る。**森朝男・古橋信孝『残したい日本語』**（青灯社、二〇一一年）で「断りの言葉」として書いたことがある。

（11）**大野晋他編『岩波古語辞典補訂版』**によると「つれなし」は「連れ無し」で「二つの物語の間に何のつながりも無いさま」という説明をつけている。この場合、書き手である女がすっかり愛想をつかしているのに対し、その気持とまったく関係なく訪れたというのである。『残したい日本語』で取りあげたかったことばである。

をいうと、何も返事もせず、眠っているふりをしていた。じゅうぶん聞いたあげく、目を覚ましたようにして、「どうしたの、もうお休みなさったのですね」といって笑って、女房たちの手前みっともないくらいだったが、私は岩木のように無視して夜を明かしたので、朝早く何も言わないで帰ってしまった。」

数ヶ月も来ない夫を迎え、何もなかったかのようにふるまう夫に対する妻の心、態度がよく書けており、とてもリアルだ。一晩のことなのにこれだけの短さでじゅうぶん分かる。実際にはもっと話したこともあるはずだし、食事や飲み物はないのかなど、気になる。そういうものはすべて省かれ、書き手の気持ちと男のしたことしか書かれていない。書き手はそれだけを意識的に取り出して、場面をリアルに書くことに成功している。

『蜻蛉日記』の書き手は、物語とは違って、高い身分の男と結婚した女が実際はどういう暮らしをしているのか、自分のことを書いてみようという動機で書いたと序文にあった。この場合は物語で書かれていることと自分の生活との違いを知ってもらいたいという気持ちで、真実を知らせようという思いである。しかし、こういうことは普通書かなくてもいい。それでも書くには、よっぽど悔しい思いをしていたか、自分を超える理由があるかのどちらかである。よっぽどの理由は個別的なものだから、考察の対象にしえない。そこで、自分を超える理由を考えてみることになる。この場合、物語批判だから、文学に向けて書いているということができるだろう。そうなのだ。作者は日記文学こそが真実を書く文学だと主張したかったのだ。

日記文学といったのは、さきに述べたように『蜻蛉日記』が、日記でありながら、暦に従わないで、内的時間によって書いているからである。しかも引用した部分で述べたように、余分なものは削って、夫の身勝手ゆえに揉めている夫婦の場面がよく分かるように書いている。

文学に書かされる

作者は自分のことより、文学を書いているのだ。文学が書かせたといってもいい。つまり、文学にとって、『蜻蛉日記』は必然だったのである。

こう考えてくれば、『**源氏物語**』はなぜ必要だったかもわかってくる。『蜻蛉日記』の物語文学否定論に対して、物語文学肯定論を書かなければならなかった。そのために『源氏物語』を書いたのである。それでも、どうしても「**蛍**」巻で、物語論を書かざるをえなかった。いや、「蛍」巻に物語論があることが、そう考えていい理由である。なぜなら、物語中にわざわざ物語論を書く必要などなかったはずだからである。

すると、**紫式部**は自分の意志で書いているというより、物語文学によって書かされているということができるだろう。いうならば、文学に憑かれているのだ。

自分を超えるもの

われわれは書き手の意志に重きを置きすぎている。どんなものにでも関心が向くのはその人の問題だ。しかしそれにどんどんのめり込むのはその対象に憑かれてしまうとしかいいようがない。そちらから考えてしまうからだ。この自分を超えるものに出会うことが自分を動かしていく。もちろん個人の能力、資質というものはある。しかしそれがじゅうぶん発揮されるのは、それぞれの分野でその人個人を超えるものに出会わねばならない。

文学に書かされるということを作家の必然として述べてきたのだが、社会の要求として考えてみよう。特に源氏が苦悩し始めて以降の世界は、読み手がこういう世界をリアルと感じている社会だと考えてみるべきだろう。それは『蜻蛉日記』の先に引用した場面からもいえる。私的なことに価値を置くことで競い合い、洗練された変化をもつ社会は、一方で個人同士のいさかいを表面化させたのである。そしてそういういさかいが表現の対象になった。この方向は読者を個人の密室の行為としていくだろう。『更級日記』の世界はもうすぐだった。そして第三部の救済のテーマも『更級日記』の抱える問題である。

方便

十二世紀半ばの『今鏡《いまかがみ》』は紫式部は観音菩薩の化身で、人々に無常を教える方便[*12]として『源氏物語』を書いたといっている。

(12) この「方便」という発想は重要なもので、この世のできごとも、しばしば無常を教える「方便」とされた。「虚構」という概念の先にある。

七　今昔物語集はなぜ書かれたか

平安後期の十二世紀初め、『今昔物語集』が編まれた。説話集は八世紀終わりから九世紀初めにかけて成立した『日本国現報善悪霊異《りょうい》記《き》』以来、「記」「伝」など記録する文体で書かれてきた。にもかかわらず『今昔物語集』は「物語」としている。ここにはこの時代の文学の問題があらわれているに違いない。

1　説話文学とはどういうものか

日本霊異記

最初の説話集である『日本霊異《りょうい》記《き》』*[1]中国の仏教にかかわる話や不思議なことを語る話を集めた本に倣って、日本の不思議な話を集めたものである。仏教の話がほとんどだが、最初の話は雄略天皇の雷の話であるように、必ずしも仏教説話集とはいえない。

では何故編まれたかといえば、不思議な話に対する関心といわざるをえないだろう。不思議な話は、自然の霊威を神々のものと感じる社会では当然のことだ。そういう社会では不思議と感じるわけではない。不思議と感じるならほとんどの事象が不思議となる。

（1）正確な書名は『日本国現報善悪霊異記』九世紀終わりから十世紀始めに僧景戒によって編まれた。

したがって、それまでの不思議と区別される不思議でなければならない。たとえば、

大伴赤麻呂は天平勝宝元年（七六九）に亡くなったが、翌年に黒斑《まだら》の牛の斑の模様が「赤麻呂は自分で造った寺の物をかってに借用し、返さないで死んだため、牛になった」と読めた。それで親族は罪を犯すことを怖れ、記録を残した。「法師の物を盗む者は重い罪に堕ちる」と大集経にある。

という話が中巻九縁としてある。牛の模様が文字として読めたこと、それで寺の物を借りて返さないで死んだゆえに牛に生まれ変わったと分かったという不思議な話である。

この不思議は仏教の側から解かれている。そういう話が多いから仏教説話集といってもいいのだが、そう取るより、仏教の見方によって今まで気づかなかった不思議が多く発見されたととるほうが書名に合っている。

『日本霊異記』は不思議な話を集めたものである。つまり「話」を集めたものが説話集である。「話」という言い方はよくないかもしれない。『日本霊異記』の後『今昔物語集』まで、『三宝絵詞《さんぼうえことば》』『日本往生極楽記』『大日本国法華経験記《げんき》』*2など、仏教関係の説話集が編まれているが、書名で分かるように、「記」「伝」と事実を記す文体で書かれている。虚構の物語とは違う。したがって、この話は基本的に事実とみなされている。先に述べたように、古代社会では、圧倒的な自然に、観念を肥大させることで対抗したから、現実より観念のほうが重くなるのである。したがって事実を観念を通して見ることによっ

（2）『三宝絵詞』は源為憲、（九八四）。『日本往生極楽記』は慶滋保胤《よししげのやすたね》、十世紀後半。『大日本国法華経験記』は鎮源、（一〇四〇年）。

て、いわゆる事実と話は等価になる。

神謡

この話は神話である。詩（歌）の発生が神謡だったように、神謡から神話が生まれる。

話としての神話

普通神話といわれているものは、言語表現としては神謡であった。そこで、いわゆる神話を「神の話としての神話」と呼んで、本来の神話である神謡と区別することにする。神謡は祭式の場でうたわれるが、それがどのようなことを謡っているかは普通問われない。祭式はこれまで通りに行われることが最も重要なことである。祭式がどういう意味をもっているかが共有されていればいいわけだ。「話としての神話」が要求されるのは、共同体の内部の共有感が弱くなったり、外との関係で、話す必要が起きたりした時である。「話」に対する関心、過去のできごとに対する関心がなければならない。そういう関心が話を書く対象にするのだ。

話への関心

しかし「話」に対する関心はいつの時代にもあるといえるのだろうか。アマゾンのインディオ社会を記録する映像で、男たちがそれぞれ自分のハンモックを編んで、編み上がると、それぞれそこに横になり、ほとんど何もしゃべらずに過ごしているのを見たことがある。必要がなければしゃべる必要がないのではないか。そうすると、「話」に対する関心は、やはり歴史的な状況によって起こるといえるそうだ。

先に述べたように、『日本霊異記』は不思議な話への関心を示している。『**常陸国風土記**』の行方郡の開発に抵抗した八戸《やと》（谷）の神*3の話など、従来の神との確執を語る部がある。そういう確執は仏教によって新たな解釈がなされたのである。しかも仏教の考え方では地上世界を普遍的にどこでも同じに、人も平等にみなすから、どこの話も身近

（3）開発の妨害をした谷の神がヤトの神である。蛇体をしている。

になった。

ついでにふれておけば、仏教の受容は、『日本霊異記』の先に引いた話など、経済関係の話が多くある。先に引いた話は、借金を返さないで亡くなると畜生道に堕ちるという話だが、当時の法律に貸借関係のものはない。つまり罰則規定がなかった*4わけで、そこに仏教が浸透する一つの契機があったと考えている。返さないと死後地獄に堕ちて辛い目にあうと、仏教で説いているのだ、これは倫理の問題であり、新しい倫理が要求され、そこに仏教が受け容れられたということである。

借金

仏教が倫理を担う

これは、説話集が一つ一つの話の最後に書き手のコメントをつけることと関係して、生き方や倫理などを説くという性格をもっていたという見方ができるだろう。

物語の文体

『源氏物語』が書かれて百年、物語文学はどのような方向に向かいうるだろうか。実際、すぐれた作品としてあげられるのは『夜の寝覚』だけといってよく、それぞれ趣向によって物語のおもしろさで書き継がれていた。『とりかへばや』は女の子っぽい男の子が女として育ち、男の子っぽい女の子が男の子として育つというまさに設定のおもしろさで書かれている。『堤中納言物語』は十篇の短編物語*5が収められており、みな書き出しがすばらしいが、中途で終わっている感じが否めない。たとえば、「虫めづる姫君」は、

蝶めづる姫君の住みたまふかたはらに。按察使《あぜち》の大納言の御女、心にくくなべてならぬさまに、親たちかしづきたまふこと、限りなし。この姫君ののたまふこと、「人々の、花、蝶やとめづることこそ、はかなくあやしけれ。人はまことあり。本

(4) 中世の、借金をなかったことにする徳政令などはそのあらわれ。

(5) たとえば「花桜折る少将」はほれた女を盗み出してみると、お婆さんだったという話。

地たづねたるこそ、心ばへをかしけれ」とて、よろづの虫のおそろしげなるを取り集めて、「これがならむさまを見む」とて、……。

〔蝶をほめなさる姫君の住む側に、按察使の大納言のお姫さまがすばらしく、個性的でいらっしゃった。親たちはたいせつにお世話なさって、並大抵ではなかった。この姫君がいうには、「人々は花や蝶をほめるのこそあさはかで奇妙ですよ。人には真実があります。元を追求してこそ心がりっぱなのです」といって、いろいろの虫で怖ろしいのを取り集めて、「これがどうなるか見よう」と、……〕

と、これまでの物語とはまるで異なる姫君を登場させて、読者の興味を惹きつけている。親が女の子らしくしなさいというのに対し、理屈をこねているわけである。物語はこの女の子をからかおうとした若い男がしだいに姫君に惹かれていくところまで書いている。この子がどのように男を受け容れるのか、結婚したらどうなるのか、興味がわくが書かれていないのだ。書けなかったに違いないと思う。このような女との恋を書くことは近代の小説だろう。理屈っぽいわけではなく、タイプが違うが、**夏目漱石『虞美人草』**の藤尾を思い起こせばいい。物語文学の文体では書くのは難しい。『とりかへばや』の男になった女が女に戻ったとたん、今までの活き活きした感じがなくなり、つまらなくなるのもそうである。

物語文学は現実に対応できなくなっていたのである。なぜだろうか。

物語文学は平安王朝の全盛期に急速に成長し、摂関体制の絶頂期に『源氏物語』を生んだ。そして十一世紀後半には院政が始まる。宮廷の華やかさへの懐旧の想いを書いた『讃岐典侍日記《さぬきのすけ》』＊6が書かれるようになるのはもうすぐである。宮廷が文化の粋を集め、それを具現したものではなくなっていたのである。したがって、美意識にも自信がもてなくなってくる。「虫めづる姫君」のように、春は花、秋は紅葉といった美意識への疑いが出てくる。やがて『新古今和歌集』の藤原定家の、

見わたせば花も紅葉もなかりけり　浦の苫屋《とまや》の秋の夕暮れ＊7

のような歌があらわれてくる時代が訪れる。この歌はこれまでの美意識とは異なる美を見出しているのだが、異なるということをいっているだけで、その異なる美が言語として表現されていない。つまり異なる美を歌で表現することが難しいのである。後に『玉葉和歌集』『風雅和歌集』が微細な変化を詠むことになるが、和歌という様式に縛られてそれほど新しい美が表現できるわけではなかった。文体とはそういうものである。

つまり「ひらがな体」の文学は現実に対応して新しい美を表現できなくなりつつあった。作品がリアルでありうるには現実との緊張関係がなければならない。物語文学の文体は現実を捉えることができなくなりつつあったのである。『更級日記』＊8が書かれたのも十一世紀後半である。

『更級日記』は物語好きの少女が、しだいに寺社参詣に関心をもつようになっていく過程を書いているといっていい。彼女が父の赴任地の上総（現在の千葉県）で育ち、上

（6）堀河天皇の後宮に仕えた讃岐典侍の嘉承二年（一一〇七）～天仁元年（一一〇八）までの日記。

（7）三夕《さんせき》の歌の一首と呼ばれている。他の二首は「さびしさはその色としもなかりけり真木たつ山の秋の夕暮れ」（寂蓮）、「こころなき身にもあはれは知られけりしぎたつ沢の秋の夕暮れ」（西行）。

（8）作者は菅原孝標女。この人は『源氏物語』以降の最高の物語文学である『夜の寝覚』の作者といわれている。

京してくる場面から始まる。そういう始まり方は『**土佐日記**』があった。地方から出てくる物語好きの少女である。この物語好きは部屋にこもって夢中で読む。黙読したことがわかる例である。今でもいるそんな文学少女に見合って、この作品に登場する人物は父を中心に親族だけだといっていい。結婚はするが、恋愛は書かれず、さらに夫のこともほとんど書かれず、「子の父」と呼ばれる。勤めに出るが一時だけで、あまりなじまない。いわば閉じこもりの、親しい親族に閉じられた世界*9が書かれている。

閉じられた世界

かつてのように、宮廷が憧れの対象ではなくなっている。そして夢を気にし、寺社参詣をしている。いわば神秘主義に近づいている。外の現実が書かれず、閉じられた世界の方がリアルに感じられている。

このように物語文学が現実に対応できなくなっているなら、物語はどのようにして回復されるだろうか。ここに『**今昔物語集**』がある。

2　今昔物語集の時代

『**今昔物語集**』は今に伝わる昔の「物語」を集めたというタイトルをつけている。説話集は「記」「伝」と事実を記録した話を集めたものなのに、なぜ「物語」としたのだろうか。『**源氏物語**』を見てきた本書では、この問に対する答えはそれほど難しくない。事実である「話」を「そらごと」というレベルで捉え直したのである。事実であってもいいが、すべてが事実ではないだろう。「物語」と呼ぶことで、事実も嘘も同じレベル

(9)『夜の寝覚』は妹と恋仲になった男が姉と結婚するという設定によって、閉じられた世界の悲劇をリアルに書いている。

に置いたのだ。言い換えるなら、事実も嘘も「話」としてみているのである。この見方は「話」をそのものとしておもしろいものと捉えているわけで、いわば話を言語表現として自立しているものとみなしている。

話の自立

したがって、『今昔物語集』は、それまでの説話集と違って、文学として編まれたといっていい作品なのである。

3　今昔物語集はなぜ物語なのか

物語の原点

『今昔物語集』は「話」を集めたものである。「話」は物語文学の原点といっていい。したがって、まず『今昔物語集』は物語の原点に帰ることで物語文学を再生しようとしたと考えられる。

次に文体である。『今昔物語集』は漢文訓読体に近い文体で書かれている。しかも宣命体と呼ばれる、特別な表記法で書いている。巻二十七「産ル女、行南山科値鬼逃語《ミナミヤマシナニユキオニニアヒテニゲルコト》第十五」の書き出し部を引いてみる

今ハ昔、或ル所ニ宮仕シケル若キ女有ケリ。父母《ブモ》類親モ无ク、聊《イササカ》ニ知タル人モ无ケレバ、立《タチ》寄ル所モ无クテ、只局ニノミ居テ、「若《モ》シ、病ナドセム時ニ、何《イ》カガ為《セ》ム」ト心細ク思ケルニ、指《サセ》ル夫モ无クテ懐妊シニケリ。

まずカタカナで書かれている。カタカナは漢文訓読のために作られた文字である。そして送りがな、助詞、助動詞など小さく漢字に付属させて書している。これは宣命体《せんみょうたい》と呼ばれる表記法である。宣命は天皇の口頭の命令を書くものである。また漢文訓読体も漢文の読み下し文だから、これも口で発する文体である。つまり『今昔物語集』は口誦を抱えた文体を求めていたのではないか。言い過ぎだとしても、物語文学をいかに再生させるかという課題に対して応える文体があったことは確かと思う。この漢文訓読体を宣命体の表記法で書くという方法は「ひらがな体」とは異なるものである。やはり物語を新しい文体で書いているといえる。この文体を読みやすいように直して示せば、

> 東《ひむがし》こそ山は近かめれと思ひて、京を出《いで》て東様に行かむと為《す》るに、川原の程にて夜曙暁《あけ》ぬ。哀れ、何《いづ》ち行かむと、心細けれども、念じて打息《やす》みゝゝ《うちやす》み、粟田山《あはたやま》の方《かた》様に行きて、山深かく入りぬ。可然《しかるべ》き所々を見行けるに、北山科と云ふ所に行きぬ。見れば、山の片副《かたそひ》に山庄の様に造《つくり》たる所有り。旧く壊《やぶ》れ損じたる屋有り。見るに、人住たる気色无し。此《ここ》にて産して我が身独りは出なむと思ひて、構《かまへ》て垣の有りけるを超《こえ》て入《イリ》ぬ*10。

というようなもので、次々に展開していく漢文の叙述力が活きている。この叙述力を持ち込むことで、物語は早い展開が可能になり、話自体のおもしろさに向かうことが可能になった。つまり『今昔物語集』は、「ひらがな体」の物語文学を受け継ぎ、新しい物

(10) この後を述べれば、その廃屋には老女がいた。出産して休んでいると。老女が「うまそうな子だ」というのを聞いて、女は子を抱いて逃げた。この老女は鬼だろうという。

語文学の方向を示したのである。

　必要といえば、物語文学の文体ではリアルに書けなくなって新たな文体の物語が書かれる必要があったのである。

4　今昔物語集はどのような世界を書いているか

『今昔物語集』は全三十一巻からなる。天竺部（インド）から始まり、震旦部（中国）、本朝部と、当時の世界中の話を集めている。天竺から始まるのは仏教が起こった国だからである。仏教は中国を経て日本に伝わった。天竺も震旦も仏教の話だから、仏教による世界を書いていることになる。しかも、天竺の話から始まるのだから、世界は仏教によって成り立ち、日本もそうであることを示している。本朝世俗部の話は仏教によって支えられていることによって書けるということになる。

　この考え方は、王権を中心にした古代的な世界観とは異なるものである。世界的に中世は宗教的な時代であった。

妊娠した女房

　しかし『今昔物語集』本朝世俗部は宗教的話ではなく、先に引いた巻二十七の十五話は怪奇譚である。この話は、宮廷や貴族たちの屋敷に仕えている女房たちは恋愛の対象になっているから妊娠することは多々あったわけ*11で、そういう場合の対処の仕方の例となる。物語文学は恋愛を語っても妊娠は語らない。『紫式部日記』が中宮彰子の出

書く対象

産を書いているのがめずらしい例である。こういうこれまで書く対象にならなかった恋

（11）この女は「指《させ》る夫も无《な》くて懐妊しにけり」とあるから、決まった男がいたのではなく、何人かの男と通じていたことになる。
　平安物語文学の裏側にはこういう性の対象としての女房たちがいたことがわかる例になる。

愛が終わって以降などが書かれた。これも漢文訓読文系統の文体によって可能になったと考えてよい。

この話は身寄りのない女が子を産み捨てようとしてできなかった話だが、北山の荒れ果てた山荘で産んでいる。郊外に別荘があったことが知られる話でもある。そしてかつて人が住んでいた荒れ果てた建物が不気味なものに感じられる、われわれにもよく分かる感覚が、鬼が住むとして語られている。

郊外の別荘

このように、『今昔物語集』は物語文学が書かなかったものを対象にすることによって、物語の語る領域を広げた。後に芥川龍之介の『鼻』や『芋粥』[12]になった話は物語文学が書くことを避けた食べ物や身体を対象にしたものである。『今昔物語集』の漢文訓読文を取り入れた文体は書く対象を格段に広げたのである。これはこの時代の関心に対応するもののはずである。

(12) ともに大正五年(一九一六)に書かれた。『羅生門』は前年で、芥川はこの頃今昔物語の話を題材にした短篇を多く書いている。

そこで、『枕草子』を思い出す。『枕草子』は私的な関心から「にくきもの」など項目を立ててさまざまな物、事象を並べ立てていった。これは「物尽くし」の文体によって可能になった。『今昔物語集』では漢文訓読体の文体によってこれまで書く対象にならなかった身体や食べ物を書くことが可能になった。説話文学が多様な世界を書くことができたのは、この二つの流れがあったからである。

もう一つ、考えておきたいことがある。それは古代と中世という時代、社会の違いにかかわる。『今昔物語集』は平安後期に成立したが、中世の始まりとして考えてのことである。

　繰り返し述べているように、古代社会は基本的に神話で成り立つ世界だと考えるのがいい。天皇が高天の原の最高神の子孫であることによってこの世を統治できるという考え方がそれだ。律令制になっても日本の朝廷は、中国の登用制度である科挙《かきょ》*13が機能しなかったのは、天皇を中心にした身分制度が基本にあったからである。こういう世界は、現実には嫌な奴と思っていても身分が上の者には従わざるをえないから*14、現実を見据えることは困難な社会といえる。いうならば観念的な社会なのだ。

類型

　表現の問題としていえば、歌謡の表現が自立的でないのは、観念に支えられているところが大きいからである。**『万葉集』**の歌の表現が類型的なのもそれゆえである。古代後期である平安朝期の歌もやはり類型が多い。というより、類型を造る方向で歌が詠まれるのである。だから、先に引いたような、古今的な美意識を否定するだけの**藤原定家**の歌が意味があるのだ。

現実と観念の落差

　中世は古代的な秩序を破ろうとしたが、武士が政権を握っていても、征夷大将軍という官職を天皇からもらうことによって支配権を得ていた。古代の天皇制と律令による秩序は続いていたのである。いうならば神話的な世界観が基本にあった。しかし現実は武士による新たな秩序が始まっており、天皇も律令も絶対的な力ではなくなっていた。したがって、観念と現実との落差が大きくなっていた。そして仏教の世界観が覆い、支えていた。その仏教も無常観が広がり、浄土を夢想するものだから、現実と観念の落差はますます大きくなっていた。この深い落差はどのように埋められるだろうか。中世の抱えていた問題である。

（13）ペーパーテストで優秀な人材を集めようとした。日本では蔭位制という父親の身分で子の身分が決まる制度があり、科挙は中国程機能しなかった。

（14）身分制における貴族の横暴を書いた**繁田信一『殴り合う貴族たち』**（二〇〇五年）がある。

生活への関心

『今昔物語集』が書いている、これまでの物語文学が書かなかった、あるいは書けなかった身体や食べ物、妊娠した女などの具体性は、この観念と現実との落差の間を現実の側から埋めるかのように広がっている。これは身近な生活への関心であって、抽象度は高くない。平安期は先に述べたように、私的なものに関心が向かっており、古代的な観念は蝕まれていく。これを『今昔物語集』がなぜ書かれたかという本書のテーマで言い換えれば、古代的な観念がリアリティを失っていくのに対し、身近な現実に価値を書くことで価値を与えたという言い方ができる。

八　平家物語はなぜ書かれたか

『平家物語』こそがもっともなぜ書かれたかという問いがふさわしい。というのは、『平家物語』はもっとも異本の多い作品なのである。語られていたものを書きとめただろうものもあり、それも方々で、時期も異なって書かれていったのである。したがって、どれが元かなど、考えることができないだけでなく、むしろそう問うことを拒絶している。ならば、なぜ書かれていったかを考えることに意味がでてくる。

1　中世という時代

『今昔物語集』のところで述べたが、中世は古代王権と律令がそれなりに機能し、仏教が生きる態度の基底にある社会だった。しかし武士の政権が鎌倉に成立し、実質的には古代的な秩序は壊れつつあった。にもかかわらず、世界像としては新しい秩序を生み出せなかったのが中世なのである。特に文化の面では、王朝の和歌、物語が中心に位置し、文学を支えていた。「ひらがな体」は漢語や漢文訓読体を取り入れたものになっていったが、「ひらがな体」を基本としたもので、物語文学は活力がなかった。説話文学が物語を引き受けたにしろ、物語文学に展開するには、平安期の物語文学が書いてきた登場人物の内面を書かねばならなかったが、できごとや行動を書くものとして成立した説話文学の文体はそうはならなかった。

末法

そこに語り物文芸が前面に出てくることになるのである。それには、末法という終末思想が蔓延したこともある。十一世紀後半、摂関制に対して院政によって政治に活力を復活しようとした方向は武士の進出をもたらした。平安の貴族たちはほとんど武力をもたなかったといっていいくらいだ。十世紀の**平将門**、**藤原純友**の乱は地元の武士たちによって鎮圧された。そして、中央に進出した武士たちが保元、平治の乱*1を経て、直接政治に関与することになる。それ以降戦乱の時代になる。特に源平の合戦から全国規模の戦乱になった。仏教の末世という考え方が現実のものにみえてきたのである。

『方丈記』は、

> 去《さる》安元三年（一一七七）四月廿八日とかよ、風激しく吹きて、静かならざりし夜、戌の時ばかり、都の東南より火出で来て、西北に至る。はてには、朱雀門、大極殿、大学寮、民部省などまで移りて、一夜のうちに塵灰となりにき。火元は樋口富の小路とかや。舞人を宿せる仮屋より出で来たりけるとなん。

というように京の大火から始まり、治承四年（一一八〇）四月の辻風、同六月の遷都、

（1）保元の乱は保元元年（一一五六）、**後白河法皇**と**崇徳上皇**との争いで崇徳上皇方が敗れた。平治の乱は平治元年（一一五九）、**藤原信頼**、**源義朝**らと**藤原通憲**、**平清盛**らの争い。信頼、義朝が敗れ、平氏が政治の前面に出ることになった。**慈円『愚管抄』**は「保元以降、みな乱世」といっている。

養和（一一八一）の飢饉、その頃（一一八五）の大地震と、災害、突然の遷都を記している。十年以内にこれだけのことが起これば末世と感じてもおかしくない。中世がどのように意識されたかがよく分かる。

中世は災害、戦争などで人々がいつ死ぬかわからない、死者の時代だったのだ。したがって、この時代の最大の関心事は鎮魂となる。『平家物語』はその代表といっていい作品である。

2　平家物語の語ろうとしたもの

『平家物語』は、

祇園精舎の鐘の声、諸行無常の響きあり。沙羅双樹の花の色、盛者必衰のことはりをあらはす。おごれる者も久しからず。ただ春の夜の夢のごとし。たけき者もつひには滅びぬ。ひとへに風の前の塵におなじ。

と語り出される。基本的に流れているのは仏教の無常観である。仏教が鎮魂の役割を担った。

高校の頃古典文学の受験勉強をするならと、当時出始めていた岩波書店の日本古典文学大系の『方丈記　徒然草』と『平家物語』を読んだことを思い出す。小林秀雄*2の「平

（2）小林秀雄（一九〇二〜一九八三）。「平家物語」は第二次世界大戦中の昭和十八年（一九四三）に書かれたが、昭和十七年の「当麻」「徒然草」「無常といふ事」「西行」「実朝」に続く日本の古典についてのエッセイ。日本文学に批評のジャンルを確立した。

家物語」も読んでいて、

平家冒頭のあの今様風の哀調が、多くの人々を誤らせた。平家の作者の思想なり人生観なりが、其処にあると信じ込んだが為である。一応、それはさうに違ひないけれども、何も平家の思想はかくかくのものと子細《しさい》らしく取り上げてみるほど、平家の作者は優れた思想家ではない。彼はただ当時の知識人として月並な口を利いてゐたに過ぎない。（中略）。作者を、本当に動かし導いたものは、彼のよく知つてゐた当時の思想といふ様なものではなく、彼自らはつきり知らなかつた叙事詩人の伝統的な魂であつた。（中略）。一種の哀調は、この作の叙事詩としての驚くべき純粋さから来るのであつて、仏教思想といふ様なものから来るのではない。平家の作者達の厭人も厭世もない詩魂から見れば。当時の無常の思想の如きは、時代の果敢無い意匠に過ぎぬ。

という考えに納得したものだった。小林は宇治川の合戦場面を引くことからこの文章を始め、リズム感があり、登場人物も活き活きと書かれていることを指摘し、叙事詩という言い方をしているわけだ。

確かに合戦場面などの緊迫感、死への覚悟など、小林のいう通りと思う。しかし今では違う見方をしている。無常観と潔さ、殺すことなどは必ずしも矛盾しない。この世のあるがままを受け容れ、そこに無常を感じることが仏教なのだと思う。『平家物語』は無常を深く知るための物語なのである。仏教に覆われていることがそのまま諦念によって湿っぽくなることを意味しない。むしろ、諦念ゆえに潔く死ぬことを受け入れる態度がある。この態度が逆に武士たちを活き活きと活動させているように思える。それが物語というものなのだ。

『**平家物語**』の文体は漢文訓読系の影響の濃い漢字仮名交じり文である。序は全四文でなるが、最初の二文、次の二文ともに対句で、後の二文は「ごとし」―「おなじ」と比喩系になっており、漢文訓読系の文の調子のよさを活かしている。調子のよさとは、口誦によいことを示す。この時代、ひらがな体は口語体として始まったが文語体*3になっていた。文語体はわれわれがすぐ古文を思い起こすように、リアルに感じられなくなっていたということである。そこで新たな口語体が求められたが、この『平家物語』の文体をみる限り、新しい口語体とはいえない。他の語り物文芸も同じだ。したがって、口語体への要求が物語を語るという行為になったと考えてみることができそうだ。身体行為そのものによって、口語体に接近しようとしたとでもいえばいいかもしれない。

『**徒然草**』に、

この行長入道、平家物語を作りて、生仏《しやうぶつ》といひける盲目に教へて語らせけり。さて、山門のことを、ことにゆゆしく書けり。九郎判官の事はくはしく知りて書き載せたり。蒲冠者《かばのかんじや》の事はよく知らざりけるにや。多くのことども記しもらせり。武士の事、弓馬のわざは、生仏、東国の者にて、武士に問ひ聞きて書かせけり。かの生

(3) 文語体とは文章のスタイルということで、古い表現を意味するわけではない。

仏が生まれつきの声を、今の琵琶法師は学びたるなり。

琵琶法師

と、『平家物語』の書き手が行長だということ、生仏という盲目の僧に琵琶をもって語らせたことが見え、また琵琶法師*4が平家物語を語っていたことがわかる。この部分の前に、**後鳥羽院**の時代、信濃前司行長が学識に名声があったが、失敗し、遁世したのを、**慈鎮**和尚が召し抱えたという記事がある。慈鎮は『**愚管抄**』*5を書いた**慈円**のことである。

このように、『平家物語』は初めから琵琶法師によって語られるものとして認識されていた。物語文学のように、読むものではなかったのである。そして、この琵琶法師によって語られることで、全国に広まった。

そのように全国で語られたのはなぜだろうか。『平家物語』は平氏が政権を握る過程と、その公達たちが戦死していく物語である。もちろん合戦に重きが置かれている。たとえば九州の人々にとって平氏の公達が誰々であると認識しているはずはない。英雄の死というほど、平氏の公達が有名であったとは思えない。

新たな秩序

たとえば、豊後国の緒方三郎維義の先祖が日向国高千穂明神であることを語る話が巻八にある。維義は源氏方についた。このように、西国を中心にほぼ全国規模の戦乱となったため、地元の人々も関係し、死者も出た。そして新たな秩序が始まったのである。

平家落人伝説

ということは、『平家物語』は鎮魂と同時に、新たに秩序の始まりを語るものであったという言い方ができる。全国に平家の落人部落*6があるが、これは平氏を起源とし

（4）琵琶法師については**兵頭裕己『琵琶法師―〈異界〉を語る人びと』**（岩波新書、二〇〇九年）が平家物語の成立と合わせ、この時代の資料に基いて論じており、学ぶことが多い。

（5）**慈鎮は慈円**とも（一一五五～一二二五）。『**愚管抄**』は怨霊史観ともいうべき歴史観をもって歴史を記述した。

（6）平家の落人の村は僻地にある。こういう所になぜ村があるかを平家が敗けて、落人狩りを避けるためだと説明するのである。

た村の始まり、つまり神話である。この時代、新たな開発が進んだこと、そして山奥の村と里の人々との接触が表面化したことを思わせる。

それだけではない。『平家物語』は教養を広める役割ももっていた。先の冒頭に続いて、

遠く異朝をとぶらへば、秦の趙高、漢の王莽、梁の朱昇、唐の禄山、是等は皆旧主先皇の政にも従がはず、楽しみを極め、諫めをも思ひ入れず、天下の乱れむことをさとらずして、民間の愁ふるところを知らざッしかば、久しからずして、亡じにし者どもなり。近く本朝をうかがふに、承平の将門、天慶の純友、康和の義親、平治の信頼、おごれる心もたけきことも、皆とりどりにこそありしかども、間近くは六波羅の入道前の太政大臣平朝臣清盛公と申しし人のありさま、伝へ承はるこそ心も詞も及ばれね。

これは「盛者必衰」の例だが、中国の人物が次々挙げられても、知識をもつ者にしかわからない。こういう場合、知識人が聞き手だとしてもいいが、これが全国で語られていることを思うと、そういう知識をもっていない者たちが多くいると考えたほうがいい。するとあれはどういう人かと尋ねる者もいるだろうから、人々の共通の教養になっていく。『平家物語』にはこういう箇所が多い。したがって、琵琶法師は『平家物語』を語り歩くことで、全国に共通の教養を広める働きをしたことになる。もちろん、この語り出し部に示されているように、仏教を基本としてのことである。

教養

教養はものを考える基本の知識である。その教養が全国共通になることは、全国に共通の考え方ができていくことを意味している。古代とは異なる、仏教を基本とした共通の基本的な教養が成立していったのである。

日本という共同性

それは蒙古来襲＊7もあり、日本という共同性を作っていくことになった。その意味でも、『平家物語』は新たな時代の始まりを語るものだったのである。

しかし、語られているのは平氏の滅亡である。新しい時代が始まる明るさも希望もない。こういう場合、明るさや希望がないという見方が間違っていると考えるか、新しい時代の始まりを語るという考えが間違っているか、やはり新しい時代の始まりを語る語り方がこういうように語られる場合があると考えるか、三通りある。

中世後期の『**太平記**』＊8は南北朝期の戦乱を語りながら「太平記」と名づけられた。『平家物語』と少し違うが、三番目の見方を取りたい。

むしろこの前代の鎮魂こそ、新しい時代を語るという逆な思考が中世という時代を象徴しているのではないか。中世は、平安王朝の文化を受け継ぐことによって成り立っていた。中心には『**古今和歌集**』『**伊勢物語**』『**源氏物語**』があった。連歌、能、狂言など中世的といえる文芸、芸能が表面に出てくるのは後期の室町時代で、前期の特徴は説話集である。説話集は『**今昔物語集**』『**宇治拾遺物語**』などの話への関心に向かうもの、『**古事談**』『**江談**《ごうだん》**抄**』など宮廷や貴族社会の話、『**撰集抄**』『**発心**《ほっしん》**集**』などの極楽往生を求める仏教的なものがあった。つまり中世独特の文芸としては物語の原点たる説話以外、文学回復の目立った動きはなかったのである。

（7）文永十一年（一二七四）と弘安四年（一二八一）の二度の元の攻撃。

（8）『**太平記**』は徹底的に対立、戦いを物語る。それは、いうならば太平の世が訪れるための苦難、物語を語ると考えればいい。

したがって、新しい時代の始まりは負の側からしか語れなかった。それが平氏の滅亡という前時代の終わりを語ることであった。

3　なぜ語り物を書くのか

『平家物語』以降、『義経記《ぎけい》』『曽我物語』など、語り物文芸が書かれる。というより、語り物は語られているものだから、これらも語られていたものを書いた。先に引いた『徒然草』では、行長入道が平家物語を作り、盲目の僧生仏に教えて語らせたとあった。この「作る」は書いたのだろうか。書くことを作るとはいわない。しかも盲目だから読めない。教えたのは内容や粗筋だろう。

この『徒然草』の記事は、実際そうだとしても、語り物がどのようにして生まれたのかを象徴的に語っている。書くことで読むことができるが、読めないのだから書かないのである。この読めないは、文学を享受する新たな層、いうならば一般の人々を抱え込んでいるととってもいいが、積極的に王朝の物語文学を拒否する知識層ととりたい気がするくらいだ。語り物が登場するのは書かないことによってだった。つまり平安期の物語文学とは異なる、新たな物語がこの書かないことによって方向を示されたのである。

書かないで語る

にもかかわらず、『平家物語』にしろ『曽我物語』にしろ書かれることになった。なぜだろうか。

文字で記すことは変更がないように固定化されることを意味する。そうすると、語りの詞章が権威をもつことになる。語りは本来語り手たちが聞き手との関係などで、その場に合わせて、それなりに変えたりできる領域があった。語り手は聞き手に合わせて、聞き手を巻き込み、感動させるように動いていくものだったのである。文字化されるということはそういうリアルに動く部分が制限されていくことになる。

それも時代の問題のはずである。書かれるようになるのは、『平家物語』の語りがリアルに感じられる時代が終わりつつある時代のことだろう。これは鎮魂というモチーフが全体を覆っている状況が緩んできたことを思わせる。室町時代、中世後期は能楽が盛んになり、そのなかで鎮魂をモチーフとした夢幻能といわれる分野があるが、一方狂言という明るい演劇が能とセット*9で演じられた。中世後期は現実の側に価値を見出していった時代でもあったのである。それが下克上をもたらし、戦国時代を経て、近世の新しい秩序をもたらした。

能と狂言のセット

（9）この能と狂言を文体からいえば、文語体っぽい能と口語体っぽい狂言となる。

そして、能楽が足利幕府の庇護の元で盛んになったように、権威化が起こった。能も作者によって書かれることになったのである。それは舞台で行われたこととかかわるだろう。舞台はまさに権威を象徴するものだった。

といって、語りはさまざまな形でなされ続けた。琵琶法師のように民間を廻って語る者たちがいた。

書くことは権威化することであると述べたが、もちろんそれだけではない。書くことと語ることは別だということである。書くことの優位性が大きくなっていた。

九　徒然草はなぜ書かれたか

1　徒然草の時代

徒然草は十四世紀半ばに書かれた。鎌倉幕府が滅ぶ直前の頃である。鎌倉幕府の滅亡は武士たちが力をつけてきて、鎌倉幕府による所領の安堵に頼らなくてもよくなったことによるとみるのが最も基本と思う。自分たちで所領の争いを解決しようとしたのである。その解決法は合戦である。源平の合戦より、各地域の武士たちが成長して、地域ごとの合戦が重ねられて全国規模になっているという状況といっていい。

こういう状況は、鎮魂というモチーフを超えて、現実がリアルに感じられているはずである。先に王朝的な文化、律令による世界認識が覆いながら、現実は違っていることの落差を、実際のできごとそのもののリアリティで埋めるあり方を述べたが、その現実の側への価値の置き方が進んだといえばいい。鎮魂は相変わらず中心的なテーマだったが、より現実への志向が大きくなっていったのである。

現実への志向

現実への志向が大きくなることとは、目の前のことに価値を置く度合いが強くなることを意味するから、それぞれが比較的に狭い範囲に閉じられる傾向をもつことになるだろう。全体からみれば中心が弱くなる。この方向が室町幕府を絶対的な権力にしなかったのである。

二つの中心

もちろん、鎌倉幕府の成立は京と鎌倉という二つの中心を生み出した。鎌倉初期の紀行日記は『海道記』『東関紀行』『十六夜《いざよい》日記』*1と京から鎌倉に下る旅で、鎌倉の武士の出の者が書いた『信生《しんしょう》法師日記』*2も京からの旅から始まり鎌倉に留まるというように、二つの中心ができても旅の起点は京であり、したがって京が中心であった。しかし『信生法師日記』はその後鎌倉から信濃への旅が書かれる。鎌倉を起点とするものも出てくることになる。つまり鎌倉も中心の一つになった。このようにして、京が文化の中心でありつつ、中心が二つという状態が始まった。もちろん実際には鎌倉からの旅は前からあった。紀行文として書く場合のことである*3。

『徒然草』は鎌倉時代末期のものだから、まだ二つの中心が揺らぎながらも意味をもっていた。室町幕府以前だったのである。たぶん『徒然草』が書けたのはそういう時代だからこそだった。というのは、『徒然草』には確かな美意識があるからである。第一段は、

> いでや、この世に生まれては、願はしかるべき事こそ多かめれ。帝の御位はいともかしこし。竹の園生《そのふ》の末葉まで、人間の種ならぬぞやんごとなき。一の人の御有様はさらなり、ただ人も、舎人など賜はるはゆゆしと見ゆ。その子孫までは、はふれにたれど、なほなまめかし。それより下つ方はほどにつけつつ時にあひ、したり

（1）『海道記』貞応二年（一二二三）、『東関紀行』仁治三年（一二四二）、『十六夜日記』阿仏尼、弘安二年（一二七九）。

（2）俗名藤原朝業《ともなり》、元仁二年（一二二五）に京から鎌倉、嘉禄元年（一二二五）に鎌倉から善光寺の旅日記と在善光寺、在鎌倉などの日記。

（3）『土佐日記』は土佐から京、『更級日記』の始めは上総から京と、赴任地から京へ向う旅なのに、鎌倉期の紀行文は京からの旅である。

顔なるも、自らはいみじと思ふらめど、いとくちをし。

〔さて、この世に生まれてこうありたいと思うことが多くあるものだ。帝の御位はたいそう畏れ多い。天皇は末までずっと人間ではないのが尊いことだ。摂政関白も尊い。普通の人でも舎人をいただくのはすばらしいことと思われる。その子や孫までは官位が低くなっても品がある。それより下のほうは、それなりに時勢に合って得意顔なのも、自身はりっぱと思っているようだが、見ていてたいそう恥ずかしい〕

といっている。「ただ人」を普通の人と訳したが、貴族内部のことで、上流ではないということである。この部分の認識は天皇を中心とした上流貴族は高い文化を受け継ぎ守ってきているが、中流以下になると貴族としての品位を保っていないというように言い換えてみるとよくわかる。平安朝中期に頂点に達した王朝文化の優雅さは血筋によって上流貴族にのみ保たれているというのである。この上流貴族に保たれている優雅な文化が美である。しかし『徒然草』の書く美は、たとえば十一段の、

神無月の頃、栗栖野《くるすの》といふ所を過ぎて、ある山里にたづね入ること侍りしに、遙かなる苔の細道を踏みわけて、心細く住みなしたる庵あり。木の葉に埋もるる掛樋の雫ならでは、つゆおとなふものなし。閼伽棚《あかだな》に菊、紅葉など折り散らしたる、さすがに住む人のあればなるべし。かくてもあられけるよと、あはれに見るほどに、かなたの庭に大きなる柑子《かうじ》の木の、枝もたわわになりたるが、廻りをきびしく囲ひた

りしこそ、少しことさめて、この木のなからましかばと覚えしか。

［十月の頃、栗栖野という所を過ぎて、ある山里にたずね入ることがありましたが、遙かに続く苔の細道を踏み分けて行くと、心細く住んでいる庵があった。木の葉に埋もれている掛樋＊4の雫でなければ音のするものとてない。閼伽棚＊5に菊や紅葉などを折り散らして飾っているのは、さすがに住む人があるからだろう。このようにしてもいられるものだとしみじみと見ていると、向こうの庭に大きな蜜柑の木で、枝もたわわに実がなっているのを、周りを厳しく囲っているのに、少し興ざめして、この木がなかったならと感じたのだった。］

（4）地上に掛け渡して水を通すとい。
（5）仏に供える水や花を置く棚。

と、山里の奥にひっそり自然に溶け込むようにして隠棲しているのに共感したが、たくさん実をつけた蜜柑の木に厳重な囲いをつけているのに興ざめしたというような話にあらわれている。これは仏教的な執着せず静かに暮らすことに美を見出している。蜜柑に執着しているから興ざめだというのである。

徒然草は確か中学二年の国語の時間に二つの段を読まされているうちの一つである。私はまず山のなかなのになぜ蜜柑に囲いが必要なのかと思った。鳥に啄《ついば》まれないようにだろう。とすれば全体を覆わなければならない。そんな囲いが可能だろうか。したがって、この囲いは別の意味があるかもしれない。とにかくよくわからない話だと思ったのである。

それに先生が得々と話すのも嫌だった。もう一つが「高名の木登りといひし男」（百九段）の話で、高い所に登っているときは注意せず、低くなったところで注意する。高いところは自分で注意しているが、低くなると安心して気が緩むからというのである。これも理屈っぽくつまらない話だと思ったので、『徒然草』は好きになれなかった。

十一段の前の十段は、

家居のつきづきしく、あらまほしきこそ、仮の宿りとは思へど、興あるものなれ。よき人の、のどやかに住みなしたる所は、さし入りたる月の色も一際しみじみと見ゆるぞかし。今めかしくきららかならねど、木立もの古りて*6、わざとならぬ庭の草も心あるさまに、簀《す》の子、透垣《すいがい》のたよりをかしく、うちある調度も昔覚えて安らかなるこそ心にくしと見ゆ。

〔住まいが住む人に似つかわしく、望ましいのは、この世は仮の住まいとはいいながら、興趣あるものである。身分も高い人がゆったりと住んでいる所は、さし込んでくる月の光もしみじみと見えるものである。今風にけばけばしくないけれど、木立が落ち着いてことさら手入れしていない庭の草も趣深く、簀の子、透垣の具合も趣あり、ちょっと置いてある調度も使ってきた年月を思わせて落ち着いているのもなかなかと見える。〕

（6）できごとが経過して落ち着いているというのである。

などと、書いて、

後徳大寺の大臣の寝殿に、鳶ゐさせじとて縄をはられたりけるを、西行が見て、「鳶のゐたらんは、何か苦しかるべき。この殿の御心さばかりにこそ」とて、その後は参らざりけると聞き侍るに、綾小路の宮のおはします小坂殿の棟に、いつぞや縄をひかれたりしかば、かのためし思ひ出でられ侍りしに、まことや、「烏の群れゐて池の蛙をとりければ、御覧じ悲しませ給ひてなん」と人の語りしこそ、さてはいみじくこそと覚えしか。徳大寺にもいかなる故か侍りけん。

〔後徳大寺大臣の寝殿に、鳶をいさせまいとして縄をお張りになったのを、西行が見て、「鳶がいてもどうしてわるいでしょうか。この殿の御心はその程度だったのだ」と、その後は参上しなかったと聞きましたが、綾小路宮のいらっしゃる小坂殿の棟に、いつだったか縄を引いたことがあったので、その例が思い出されていましたところ、ほんとに「烏が群れ集まって池の蛙をとるので、それを御覧になって悲しみなさって」と、人が語ったのは、それならりっぱだと感じられたことだった。徳大寺でもどんな理由があったのでしょう。〕

と、同じような状況を語りながら、後徳大寺にも何か理由があったのだろうとしている。**西行**より後徳大寺大臣（藤原実定）を弁護しているのである。にもかかわらず、第十一段の山里の住まいではなぜ許容しないのだろうか。第十一段が第十段と続いているため、われわれ読者は第一段の天皇、上流貴族こそが優雅な王朝文化を伝えているという認識を思い合わせることになる。

　兼好は上流貴族と親交があったのだろうし、宮中に出入りしたことはあるのだろう。あってもなくてもいいのだが、『徒然草』は古代王朝文化への幻想を抱いている。その幻想が**醍醐天皇**の建武の中興と呼ばれる天皇親政をもたらしたのである。しかし、実際天皇親政になると、時代は違っていた。現実に鎌倉幕府を倒したのは武士たちであり、経済力は武士たちも蓄えていた。律令は機能できなかったのである。

2　徒然草はなぜ書かれたか

『徒然草』は、

つれづれなるままに、日暮らし、硯にむかひて、心に移りゆくよしなし事を、そこはかとなく書きつくれば、あやしうこそもの狂ほしけれ。

〔所在ないままに、一日机に向かって、心に次々に浮かんでくるたいしたこともない事を、脈絡もなく書き綴っていると、あやしく何かに憑かれている気分になる。〕

つれづれという状態

と書き始められる。この部分を現代語訳しようとするととても難しい。「つれづれ」という状態がまず問題だ。清水章雄さんが、外的な条件で籠もらされている状態における心をいう語としている*7。たとえば雨で恋人に逢えない状態、障り*8で籠もらされている状態など、鬱屈している。清水さんは私の大学院の歌物語を読む授業に長く出てくれていて、最初の頃読んだ『和泉式部日記』の書き出しから考えたという。

夢よりもはかなき世の中を、嘆きわびつつ明かし暮らすほどに、四月十余日《うづきとよひ》にも

(7)『大和物語』の注釈をしている際の発言。
(8)月経のことを「月の障り」といった。月経中は汚れと考えられていた。

なりぬれば、木の下暗がりもてなりゆく。築土《ついぢ》の上の草青やかなるも、人はことに目もとどめぬを、あはれとながむるほどに、近き透垣のもとに人の気配すれば、誰ならんと思ふほどに、故宮にさぶらひし小舎人童《こどねりわらは》なりけり。

〔夢よりもはかない二人のなかを嘆き暮らすうちに、四月十日余りになったので、木が茂って暗くなっていく。築土の上の草が青々としてくるのを、人はとりたてて気にもとめないが、私にはしみじみと見られていると、近くの透垣のあたりに人の気配がするので、誰だろうと思っていると、亡くなった宮に仕えていた小舎人童だった。〕

と書き出される。**和泉式部***9が恋人の為尊《ためたか》親王に亡くなられた翌年のことである。親王は六月に亡くなっており、一周忌もあけていないから、いわば喪に服している状態である。そこに為尊親王の弟の敦道《あつみち》親王が見舞いに言寄せて、近づいてくる。為尊親王に仕えていた小舎人童に手紙を持たせてきた。その敦道親王の言葉に、「いと頼りなくつれづれに思ひたまうらるれば」とある。式部がいわば忌み籠もりで鬱屈している状態を思いやっているのである。

物語は境界から始まる

このようにして敦道親王との恋愛が始まる。つまり物語は「つれづれ」の状態から始まるのである。初期の物語である**『竹取物語』**が京の郊外から始まり、**『伊勢物語』**は平城京の郊外から始まることを述べた。郊外は異郷とこの世の境界である。「つれづれ」の状態も人々にとっていわば平常と異常の境界の状態だった。「つれづれ」の状態は物語を語る場でもある。私も物語の発生を考えていた三十代の頃、**『延喜式』**に宮中に月

（9）十一世紀始めの歌人として名を残した。**『和泉式部日記』**は**『和泉式部物語』**としている本もある。王朝の貴族たちの生活、美意識などがよくわかる。だけでなく、作品としてもすぐれたもの。

の障りの女たちが籠もる「廬舎《ろしや》」*10があることを見つけ、そこも物語の発生の場だと考えたことがあった。廬舎に籠らされた女たちは「つれづれ」の状態におかれ、鬱屈した気持ちを払うために物語を語り合って過ごすのである。

本来「つれづれ」は籠もらされる状態があってしかたなく籠もっている鬱屈した心の状態をあらわす言葉だった。しかし平安期の用例をみていると、することもなく所在ない状態をいう場合も多く見られる。したがって、『徒然草』は、しかたなく籠もっているかどうかはわからないが、むしろ意図的に自分を「つれづれ」の状態に追いこんでいると考えたい。「日暮らし硯に向かひて」とはそういう状態に追いこんでいくことをいっていると思える。これはわれわれの社会の物書きの態度と同じである。

そうみれば、この書き出しは物書きとしての宣言のように読める。物書きとは自分の自立した見方を根拠にして、さまざまな事態、事象などについて書いて生活している者のことである。近代社会では経済的な収入を得、それで生活を成り立たせている者のことだ。江戸時代はそういう者もいたが、中世以前では収入を得てもそれを糧に生活しているとは言い難いところがある。したがって、書くことを生活の中心にしている者とでもいっておこうか。

したがって、『徒然草』はなぜ書かれたかといえば、物書きとしての自覚故という言い方ができると思う。物書きはこういうふうに存在するということを示したのである。この物書きの自覚は紫式部がそうだった。紫式部は物語文学の作者として『源氏物語』を書いたことを意識していた*11。兼好の場合は随筆というジャンルにおいてである。

（10）かりごや。休息や飲食に用いる建物。

（11）『紫式部日記』に、周囲の者が彼女を『源氏物語』の作者であることが知っていることを示す場面が三ヶ所もある。これは自慢しているというより、作者宣言をしているのだと思う。

批評

随筆は『枕草子』がそうとされているが、先に述べたように、『枕草子』は宮廷の女房たちの平均的な美意識を、女房たちの競い合いのなかで書いていったもので、物書きという意識ではない。『徒然草』は批評意識がある。それは先に述べた美意識である。

しかし批評は時代を超える普遍の側に立たなければ、時代が変われば価値をもたなくなってしまう。『徒然草』は今も通じる批評をしているといえるだろうか。

先にあげた十段、十一段は美意識による評価が公平ではないと述べた。しかし十段だけで読めば、人にはそれぞれの思惑、考えがあるからそうしているので、事情もわからずに評価してはいけないといっていることになる。そういう考え方はわれわれにもよく分かる。近代社会でもそうでない人はたくさんいるから、批評として成り立つといえる。

第三十七段を引いてみる。

朝夕隔てなくなれたる人の、ともある時、我に心おき、ひきつくろへるさまに見ゆるこそ、「今更かくやは」などいふ人もありぬべけれど、なほげにげにしく、よき人かなとぞ覚ゆる。疎き人の、うちとけたることなどいひたる、またよしと思ひつきぬべし。

〔朝夕隔てなく慣れ親しんだ人がふとした時に、自分に遠慮し、改まった態度に見えるのを、「今更このようには」などという人もいるようだが、やはりちゃんとしたりっぱな人だと思われる。あまり親しくない人がうちとけたことをいうのは、またよいと、その人に心惹かれるように思われる。〕

親しくなるとなんでもゆるされると思ってしまう人がいる。時に心遣いや遠慮も必要である。そうでないと長くつきあえない。かといってあまり親しくしていない人でも、うちとけたことをいうのも、またよいという。その人との距離が縮まる。これは人との関係の持ち方をとてもよくおさえていると思う。このようなつき合いは都市的なもので、普遍性をもっている。

第三十一段。

雪のおもしろう降りたりし朝《あした》、人のがりいふべきことありて文をやるとて、雪のこと何ともいはざりし返事《かへりごと》に、「この雪のいかが見ると、一筆のたまはせぬほどの、ひがひがしからん人のおほせらるること、聞きいるべきかは。返す返す口惜しき御心なり」といひたりしこそ、をかしかりしか。今は亡き人なれば、かばかりのことも忘れがたし。

〔雪の趣深く積もった朝、人のもとにいうべきことがあって手紙をやるというので、雪のことは何も触れなかった返事に、「この雪をどう見ましたかと一筆お書きにならない程度の、情趣を解さない人のおっしゃることを聞き入れるべきでしょうか。返す返す残念です」といってきたことこそおもしろかった。今は亡い人なので、こんなことも忘れ難い。〕

最後に亡くなった人の思い出として語っていることで、いい文章になっている。亡くなった人のことはいろいろ思い出し、しみじみしてしまうものだが、どれも自分のその人との関係における個的な想い*12である。この文章はこの個的な想いに価値を与えている。誰にも個的な想いがあるが、へたに書くと単なるわがままになってしまう。思い出を「かばかりのこと」、つまりたいしたことのないつまらないことといっているのは、そういう自覚を示している。そしてそれを亡くなった人の思い出として語ることで共感を呼び起こし、普遍性にもっていっているのである。

思い出

『**徒然草**』はこのように人が感じるだろうことを普遍性として語ることで、時代を超えて、共感を集めている。『**枕草子**』の物尽くしにそういう時代を超える共感が見出せることを先に述べたが、『枕草子』の場合は競う合うことで出てくるもので、『徒然草』のように、意識化されたものではない。繰り返すが、『徒然草』は第三十一段の「かばかりのこと」に示されているように、個別な感情に恥じらいをもっている。『枕草子』は競い合いだから、むしろそれぞれが自分の発言を自慢に思っている。

個別の感情

律令制はいまだに制度として価値をもっていたが、現実的なレベルでは機能していない時代、そして仏教の無常観の浸透によってこの世が空しいと感じられるのが一般化した時代、この個別的な感情こそがリアルなものだったのである。この三十一段はこの個別的な感情をとてもうまく普遍的なものにしており、**兼好**がすぐれた書き手であることをよく示している。

(12) 亡くなった人についてその思い出は個的なものであることが多い。というより個的であることがリアルにするのだと思う。

3　後の『徒然草』の評価

『徒然草』はずっと評価が高かった。たぶん最初に疑問を投げかけたのは本居宣長『玉勝間』*13だと思う。

兼行法師が徒然草に、花は盛りに、月は限なきをのみ見るものかはといへるは、いかにぞや。古の歌どもに、花は盛りなる、月は限なきを見たるよりも、花のもとには風をかこち、月の夜は雲を厭ひ、あるは待ち惜しむ心尽くしを詠めるぞ多くて、心深きも、ことにさる歌に多かるは、みな花は盛りをのどかに見まほしく、月は限なからむことを思ふ心のせちなるからこそ、さもえあらぬを嘆きたるなれ。いづこの歌にかは、花に風を待ち、月に雲を願ひたるはあらん。さるをかの法師がいへるごとくなるは、人の心に逆ひたる、後の世の賢しら心の、作り風流《みやび》にして、まことの雅心《みやび》にはあらず。かの法師がいへる言ども、此類多し。

〔兼好法師の徒然草に。花は満開の頃に、月は満月の頃ばかりを見るものだろうかといっているのはどうだろう。古い歌などに、花は満開を、月は満月を見るよるも、花のもとにいては風を嫌い、月の夜は雲を厭い、あるいは花や月を待ち望む気持ちを尽くす歌が多く、心深いのも、ことさらそういう歌が多いのはみんな花の盛りをのどかに見たいのであり、月は雲のかからないことを願う気持ちが切実だから、そうではない状態を嘆いているのであろう。ど

(13) 第一篇の刊行が寛政七年（一七九五）、第二篇が同九年、第三篇が同十一年というように木版で刊行されていった。

この歌に満開に風を待ち、満月に雲を願うものがあるだろうか。それなのにあの法師がいっているようなことは、人の心に逆らっている、後の世の「賢しら心」が作った風流であって、ほんとうの優雅な心ではない。あの法師がいうことには、このようなものが多い。〕

一行目の引用は『徒然草』百三十七段である。

花は盛りに、月は隈無きをのみ見るものかは。雨に向かひて月を恋ひ、たれ込めて春の行方知らぬも、猶あはれに情け深し。咲きぬべき花の梢、散り萎《しを》れたる庭などこそ、見所多けれ。（中略）万のことも始め終わりこそをかしけれ。男女の情けも、ひとへに逢ひ見るをばいふものかは。逢はでやみにし憂さを思ひ、あだなる契りをかこち、長き夜を一人明かし、遠き雲井を思ひやり、浅茅が宿に昔を偲ぶこそ、色好むとはいはめ。

〔花は盛りに、月は満月ばかり見るものだろうか。雨にあって月を恋い、簾を垂れこもって春が過ぎて行くのもわからないで花を思っているのも、かえって情趣深い。咲くだろう花の枝、散り萎れた庭なども見所が多い。（中略）どんなことも初めと終わりがおもしろい。男と女の恋のただ逢うことだけをいうものだろうか。逢わないで過ぎてしまった辛さを思い、かりそめの契を悔やんで、長い夜を一人で明かし、遠くの恋人を思いやり、荒れ果ててしまった宿で昔の恋を偲ぶことが色好みというものだ。〕

という美意識を批判しているのである。この美意識は平安末期から中世にかけての中心的なものだった。しかし王朝文化の斜陽のなかでこのような美意識が登場するのは当然である*14。風もないのどかな日の満開の桜、一点の曇りなき満月を求めるのではなく、風に散る桜、雲に隠れた月に美を感じる態度は、「後の世の賢しら心」がもたらした「作り風流」だというのである。そして、この文の最後に、『徒然草』の「人は四十路に足らで死なむこそ、目安かるべけれ」とあるのを引いて、

命長からんことを願ふをば、心汚きこととし、早く死ぬるを目安きことにいひ、此世を厭ひ捨つるをいさぎよきこととするは、これみな仏の道にへつらへるものにて、多く偽り也。言にこそさもいへ、心の内には、誰かはさは思はむ。たとひまれまれには、まことに然《しか》思ふ人のあらんも、もとよりの真心《まごころ》にはあらず。仏の教へに惑へる也。人の真心はいかにわびしき身も、早く死なばやとは思はず、命惜しまぬ者はなし。されば万葉などの頃までの歌には、ただ長く生きたらん事をこそ願ひたれ。中頃よりこなたの歌とは、その心うらうへなり。すべて何事もなべての世の人の真心に逆ひて、異なるを良きことにするは、外国《とつくに》の慣ひの移れるにて、心を作り飾れる物と知るべし。

〔命の長いことを願うのを心が汚いこととし、早く死ぬのを感じがいいといい、この世を厭い捨てるのをいさぎよいとするのは仏教にへつらうものであって、だいたい間違いである。ことばではそういっても、心の中では誰がそう思うだろうか。たとえまれにはほんとうにそう

（14）宣長はこういう歴史性を考慮していない。われわれもそういうことが多くある。自戒すべきだ。

思うことがあるだろうが、もとからの気持ちではない。仏の教えに惑わされているのである。人の本当の心はどんなわびしい身でも早く死にたいとは思わず、命を惜しまない者はいない。だから万葉集などの頃までの歌には、ただ長く生きるようなことを願うのである。中頃よりこちらの歌はそういう心が裏返されている。すべて何でも普通の世の人のほんとうの心とは逆になって、違うことをよいことにするのは外国の慣習に移ってしまったので、心を作り格好をつけているのだと知るべきである。」

と、元からあった「真心」が仏教など外国からの観念によって歪められてきたことを述べている。戦国時代を経過して、古代、中世の身分秩序が崩れ、経済力をもった分厚い町人層の登場によって、それまでの価値観が大きく変わろうとしていた時代であった。宣長は古代に戻ろうとしたのである。日本人の元の心を『古事記』から探ろうとした。日本人とは何かが問われた最初と考えていい。

日本人とは何か

このような思想が後に明治維新をもたらしていくことになる。そしてこういう思想はナショナリズムといわれるが、べつに日本だけのことではない。たとえば、革命後のフランスは、国としての同一性を何に見出していいのかが問われ、人種としてはどうか、フランス語はどうか、文化はというように研究されていったという*15。そういう過程で、形質人類学、フランス語がどのように成立するかという言語学、そして文化人類学が確立していったというのである。つまりフランス王が統治する国がフランスだったのだが、革命によって王制が廃止されたとき、何によって国家を成り立たせるかという事態に深

(15) 渡辺公三（一九四九〜）「19世紀のフランス市民社会と人類学の展開」（『歴史学研究』(665)、一九九四年一一月）。

刻に出会ったのである。王制は武力をもつ特権階級が国を守ったが、近代国家は国民が国を支えねばならなくなり、徴兵という制度をもつことになった。その時、自分たちの国を守るという感覚をもてなければならない。自分たちの国という共通の感情が国家には必要なわけだ。江戸期の日本の場合、それを儒教や仏教が入る以前の古代に求めたのである。もちろん、神代から始まり、天皇の事績を語る歴史書の『古事記』[16]が改めて意味を持ち出すことになった。

私は学生時代、詩の発生を知りたかったから、国家以前の歌、日本語の詩を求めていた。『古事記』は古代国家の歴史書だから、『古事記』以前である。それも日本という括りのなかにあったといえるかもしれない。といって、文学は言葉の表現だから日本語を手放すことはできない。むしろ国家以前から国家を見直すべきだと考えていた。

江戸時代は鎖国体制ではあるが、オランダとは通商をしており、また中国からも世界の情報は入っていた。知識人たちには世界という意識があったのである。

『徒然草』は近代ではまた高い評価を与えられている。たとえば近代批評の始まりといっていい小林秀雄は『無常といふ事』[17]のなかで、兼好に「誰にも似てゐない」態度を見出し、それを批評の根拠として書いているという評価を与えている。いうならば近代的な個を見ているといっていい。

ちなみに岩波の日本古典文学大系第二回配本は『方丈記　徒然草』だった記憶がある。私の本棚に並んだ最初の古典である。受験勉強で古典を読むならと、父の勤め先の生協で『平家物語上下』と一緒に一割引で買ってもらったのだった。文庫本がほとんどだっ

(16) 宣長は『古事記伝』を書いた。国学の始まりである。

(17) 先に『平家物語』の章で引いている。

た本棚に学の香をはなっていた。そのためその本は、まだちゃんと読んでいないうちに、詩を書く高校の友人が私の本棚から抜き取り、もっていってしまった。そしてなかなか返さないので、要求すると、兄の子が濡らしてしまったので買って返すといい、そのままになった。今持っているのは国文科に進学して古典大系を集め出してから買ったものである。

一〇　元禄期の文学

1　近世という時代

中世の末はまさに戦乱の時代であった。そして十六世紀後半、**豊臣秀吉**によって統一され、徳川氏の幕府が成立し、一六三八年の島原の乱を最後に平和な時代が二百年以上続くことになる。

この平和の時代は幕藩体制に支えられていた。幕藩体制は江戸に幕府があり、各藩を統括していたが、各藩は基本的に独自の政治、経済を行い、自立していた。しかし、各藩の大名は参勤交替という制度で三年ごとに江戸詰めを強いられた。そのため各藩の中心である城下町から江戸への交通路は整備され、街道の宿場町が発達した。つまり江戸を中心とした全国規模の交通網が整備されたのである。

参勤交替

学校の日本史で、参勤交替は各大名の経済力を弱める政策と習い、ずいぶん無駄なことをさせられたと思ったが、莫大な宿泊費、運搬費が宿場町、運送事業者に落ちるわけで、流通経済を発達させたのである。

そして各大名は江戸に邸宅を持たねばならなかった。このため江戸は大都市となり、食料の供給のため、江戸周辺は畑作地として開発され、近郊農業が発達した。

この大名たちの江戸生活も各藩の財政を圧迫した。大名たちは江戸ではただの消費者でしかなかった。藩主たちの三年に一度の江戸との往復と三年ごとの江戸生活という構造は江戸時代が消費社会であることを意味している。そしてその消費を支えるために各藩は開発と産業の振興を図った。その産業は商品を産み、貨幣経済をより発達させた。

観光都市

そして政治的な中心とは別に経済的な中心としての都市を生み出した。さらに、江戸幕府の将軍は天皇から征夷大将軍という称号をもらうことが資格だったから、相変わらず朝廷は存続し、位置をもっていた。その朝廷のある京もいわば文化都市として位置を占めていた。京の周辺には神社仏閣も多く、観光都市*1にもなっていった。

このような江戸期の文化を象徴するのは都市の町人層である。この層の文化が中世までとの大きな違いである。この層は士農工商という新しい身分制度のなかでは下の二つにあたる。文化の中心は支配層であるのが普通だから、その意味でもこの文化は世界的にみても独特のものである。それは、支配層が武士というむしろ基本的に華美を嫌う倫理的な階級だったということも関係していよう。もちろん戦乱は終わり、武士たちは武力をもって支配しながら、武力をもてあましており、平和の時代の武士としての自覚が武士道と呼ばれる倫理として誇りを支えていたのである。

武士道

町人層は身分的には下位であることによっていわば自由でありえた。しかも武士道からは経済的なことは利を得ようとするものだから嫌われるところがあり、商人たちに委

(1) 京の観光都市化は江戸時代以前から始まっていた。「洛中洛外図屏風」はその雰囲気を出している。

ねられる度合いが深かった。産業を起こしても産物は商人がいなければ流通経済に載せることもままならなかったのである。したがって、町人層は蓄積した経済力によって自信をもっていった。もちろん町人層の大部分はそれほど豊かとはいえない都市民である。しかしかれらの中から職人が育ち、都市の生活や文化を支えていた。

最大の都市江戸は徳川氏によって開かれた。ということは、最初から外からやってきた人々によって構成されていたことを意味している。つまり江戸の文化はそれまでの文化伝統に縛られることなく、方々からのさまざまな人々によって新しく作り出されていったものであった。しかも江戸は大名たちの屋敷が多く、武士たちが多かったから、他の都市と違う独特の文化を創っていった。しかも将軍のお膝元である。「宵越しの金は持たねえ」にあらわされている気っぷのよさはそういう環境のなかから生まれた、町人たちの誇りの表現であるに違いないが、江戸が消費社会であることをよくあらわしている。

一方大阪は商人が中心の都市、古くから港があり、交通の要所であった。平和の時代は物資が集まり商業活動の盛んな最大の都市になったのである。町人文化は大阪から始まる。**井原西鶴**の登場は大阪だからこそと思われる。というより、大阪が西鶴を生んだ。

2　元禄という時代

井原西鶴、**近松門左衛門**、**松尾芭蕉**は少しずつずれるが、元禄（一六八八〜一七〇四）

を中心とした時代に登場した。五代将軍綱吉の時代である。

いわゆる鎖国令が一六三五年、天草に集まったキリシタンの籠もった原城攻撃が三七年、そしてその年キリシタンが厳禁される。というように、十七世紀前半に江戸時代の方向が決定し、太平の時代となる。

鎮魂

中世の最大のモチーフは鎮魂だった。しかし後期になると、一方で現実的な関心が前面に出て来ると述べた。その関心が統一へ向かわせる活力にもなったのである。しかし戦国時代がもっとも死者が多かったはずだ。鎮魂はやはりリアルな課題だった。鎮魂はいつまでも続くモチーフだが、近世の町人文化が育つには鎮魂を裏側に追いやる現実主義的なたくましさがなければならないだろう。

十七世紀後半の寛文六年（一六六六）、中国を中心に朝鮮の怪異譚を翻案した話がほとんどの**浅井了意**『伽婢子《おとぎぼうこ》』＊2が刊行される。われわれが子供時代から知っている怪談『**怪談牡丹灯籠**』（**初代三遊亭円朝**の創作）の原案も載せられた怪奇な話を集めたもので、戦国の各地の死者、霊が多く語られている。なかに、次のような中世の終わりを象徴的に語っているともいえる話がある。巻六の五話「白骨の妖怪」という話である。

美濃（現在の岐阜県）の長間佐太は軍役で上京し、任が解けても北山の柴を売って暮らすようになった。ある時、北山からの帰りが遅くなり、夜中に蓮台野を行くと、道の傍らの古塚が突然崩れて開いた。「佐太は心もとより不敵にして、力も強かりければ、少しも驚かず、立ち止まりて見れば、内より光出てあたりまで輝くこと松《たい》

（2）**浅井了意**（?〜一六九一）。「婢子」を幼児を守る人形とし、了意は子供に語る話としてこの『**伽婢子**』を書いたという。

明《まっ》のごとし。一具の白骨ありて、頭より足までまったく続きながら、肉もなく筋も見えず、ただ白骨のみ頭手足連なりて臥してあり。その他には何もなし。この白骨にわかにむくと起きあがり、佐太にひしと抱きつきたり。佐太はしたたかものなれば、力にまかせて突きければ、のけざまに倒れて頭手足はらはらと崩れ散り、重ねて動かず。火の光も消えて暗闇になりたり。いかなる人の塚とも知れず。次の日、行きて見れば。白骨砕け、塚崩れてあり。」

中世の話だと、古塚から出た死者は通りかかった人に祟るので、たとえば「諸国一見の僧」*3が鎮魂するというようになる。ところがこの話では「妖怪」として退治されてしまっている。古塚だからいつ頃のものかわからないが、京は天下を取る最重要の地だから、その周辺にはこのような塚がたくさんあったのではないか。そういう塚を壊して京の郊外が観光地になっていくのである。『**洛中洛外図屛風**』がすでに**豊臣秀吉**の時代に作られているが、京案内のようなものであったに違いない。そうだとすると、秀吉によって戦争は終わり、京は瞬く間に復興したのである。

十七世紀後半には戦国時代を体験した者たちがほんの少数になり、戦国の記憶も薄れ、太平を謳歌するようになった。しかしそうなるには死者たちの扱い方が問題だった。特に身元不明の死者たちを鎮魂しないと、その霊がさまよい、祟りを及ぼしかねない。そういうなかで、『**伽婢子**』が書かれたのである。『伽婢子』は死者たちの話を集めたといっていいほど、多くの霊が登場する。この話が示しているのは、生者を襲う死者を「妖怪」

（3）夢幻能に、諸国を見て廻っている僧がその地の救われていないで時には祟りを及ぼす霊魂から、どうしてそうなったかを聞き、鎮魂する話が多くある。

として退治することだった。死者への悼みから鎮魂というモチーフを、死者をわれわれとは異なるモノとしてみなす感じ方で遠ざけたといえばいいかもしれない。もちろん悼みや鎮魂というモチーフがなくなることはありえない。人は自らがいずれ死ぬ存在であることを知っているし、感情がある限り、生きてきたこの世への愛着、そして親しくしてきた人々、特に親族への哀惜がなくなることはないからである。

幽霊

近世はそういう想いは幽霊として表現をもつことになる*4。『牡丹灯籠』がその初期のものといっていいだろう。

(4) 高田衛『餓鬼の思想』。

出版文化

十七世紀は出版印刷が広まった時代である。それ以前にも仏教の句など多量印刷がなかったわけではないが、朝鮮半島からもたらされた活字*5による印刷、そして木版印刷が出版文化を大衆化する。その大衆文化とかかわって、本には物語を中心に挿絵が入るものだった。活字がありながら木版印刷になっていったのは絵と文字を同時に印刷できるからである。この印刷によって、大量とはいえないまでも、本が商品として作られるようになった。ということは購買し、読む層が成立していることを意味している。これが町人層である。そうなると、文学が町人を対象としたものとして書かれるようになっていく。それまでは貴族、僧侶そして武士が読者層だったから、まったく新しい読者層が登場したのである。この読者層は特定の階級に属するというより、武士も貴族もなりうるものだった。つまり都市に生活する者の共通の関心が作品を作っていったのである。

(5) 「古活字」と呼ばれている。キリシタン版『伊曽保物語』(『イソップ物語』の翻訳)など残っている。

十七世紀後半このようにして、元禄時代を中心にして、**西鶴**、**近松**、**芭蕉**というまったく新しい文学者を出すことになった。

3　井原西鶴の浮世草子はなぜ書かれたか

西鶴は『**好色一代男**』で好評を得て人気作家になった。この作品は主人公世之介のさまざまな女との情事を書いたもので、王朝文学においては情趣であった恋をもっと乾いた性として書いている。恋愛から情を除けば性が前面に出て来るわけで、西鶴は『**源氏物語**』の**光源氏**のパロディとして書いているといっていい。人の救済をテーマにして時代を超えてしまった『源氏物語』が書かれ、以降物語文学は衰退していった。中世には説話文学や語り物文芸が物語文学のテーマである人生などを引き受けようとした。しかし書く文学は停滞が続いた。そういうなかで、西鶴は『源氏物語』を意識し、物語文学の再生を試みたともいえるのである。

その時、情趣をなるべく排除することが『源氏物語』を頂点とする平安期の物語文学から逃れることであったという言い方ができる。そして情趣の方向に向かわないことが情事を性の方向に導いたといってもいいだろう。性は身体の問題である。平安物語文学は性だけでなく、登場人物の身体の特徴、髪以外、たとえば太っている痩せている、背が高い、低いといったようなことはほとんど書かない。さらに食べることも書かれない。身体の具体性を書かないことによって、あたかも書かれていることが内的な世界であるかのようにみえるのである。しかし思想的なこと、社会的なことは直接書くことはないから、内的な世界は情趣としてしかあらわれない。日本の文学がきわめて抒情的なのは

性

身体

情趣

そういう身体を書かない、思想を書かない、社会を書かないというような禁忌性によって書かれているからなのだ。それは日本語の性格などということは決してなく、王朝貴族社会という特殊性のなかで作られていったものであった。そして王朝貴族社会が崩壊した後も、その文化を上位に戴くことで成り立ってきたのである。

したがって、王朝文学の影響から免れるには、その情趣性を排除することが一つの方法であった。西鶴がとったのはそういう方法だったのである。性具を羅列*6してみせたりするのはまさにそのあらわれとみていい。そして文体もじめじめしたところがない。『好色一代男』の書き出しを引いてみる。

桜も散るに嘆き、月はかぎりありて入佐山、ここに但馬の国かねほる里の辺《ほとり》に、浮世の事を外《ほか》になして、色道二つに寝ても覚めても夢の介とかえ名呼ばれて、名古や三佐、加賀の八《やつ》などと、七つ紋の菱に組みして*7身は酒にひたし、一条通り夜更けて戻り橋*8。ある時は若衆出立、姿をかえて墨染の長袖、又はたて髪かつら、化物が通るとは誠にこれぞかし。それも彦七が顔して、願くは咀み殺されてもと通へば、なを見捨て難くて、その頃名高き中にもかづらき、かほる、三夕思ひ思ひら身請けして、嵯峨に引き込め、あるは東山の片陰又は藤の森ひそかに住みなして、契りかさなりて、このうちの腹より生まれて世之介と名に呼ぶ、あらはに書きしるすまでもなし。知る人は知るぞかし。

（桜も散るのを嘆き、満月も必ず没して入るものだが、その入佐山）但馬国金掘里の辺に、

（6）『好色一代男』の最後の場面、世之介は好色丸に乗船して行方知らずになるのだが、閨房用具（今の大人のおもちゃ）を多種多様に持っていく。りんの玉、おらんだ糸、なまこ輪、水牛の姿、錫の姿、革の姿と並べられている。残念ながらどんな物かわからないが、「姿」は張形のことだろう。

（7）七つ紋の菱を印とする仲間と組んで

（8）京一条堀川にかかった橋。渡辺綱《わたなべのつな》が鬼女の腕を斬ったといわれる戻り橋。それが縁で化物が通るという表現を出した。

語り物の文体

この世のことは二の次にして、女色、男色の色道に寝ても覚めてもうつつをぬかし、夢の介とあだ名を呼ばれ、色男たちと仲間を組んで、身は酒漬けで、夜更けまで遊んで帰る。ある時は若衆姿、変えて墨染め姿、又立て髪の鬘をし、化物が通るというのはこのことだなあ。それでも平気な顔をして、願わくは噛み殺されてもと通うので、女も見捨てがたくて、この頃名高いなかでもかつらぎ、かほる、三夕を思い思いに身請けして、嵯峨に引きこもったり、あるいは東山の片隅又は藤の森らひっそり住んで、共寝を重ねているうちに子が産まれ、世之介と呼ばれる、家名をはっきり書くこともない。知る人は知っているだろう。」

世之介誕生までを語る。父夢の介が「色道」にうつつをぬかして、遊女に産ませた子である。恋愛的な情が少しも語られていない。世之介も同じで、「色道」を極めようとする。一読しただけでは文脈が通り難いが、「入佐山」は「但馬」の枕詞という。「一条通り夜更けて戻り橋」は、戻り橋は一条にあるので、やはり枕詞として「一条通り」といい「戻り橋」を呼び起こし、「戻り」に家に戻ることをかけている。このような文体は語り物の道行き文などによく見られるものである。「化物が通るとは誠にこれぞかし」なども語り物に見られる。「浮世の事を外になして」のように接続助詞「て」が多用されているのも、次々に展開していく口誦の言葉で、やはり語り物類からきている。

　このように、文体は語り物類を受け継いでいる。このことは逆に中世後期が口誦の時代だったことを確かにする。いうならば書き言葉は停滞してしまっていて、物語を書くのに直接受け継ぐものとしては語り物など口誦のものがリアルだったのだ。『平家物語』

など語り物文芸が書かれたことも、受け継ぎやすい条件になっていた。
西鶴は語り物など口誦の文体によって、情趣を排することで『**好色一代男**』を書いた。書き出しの引用部でわかるように、この文体は滑稽さを入れることで軽いものになっている。この情趣を排することは深刻にならないことに繋がっている。それは定説になっていることだが、西鶴が俳諧をよくしたことと関係しているだろう。

この文体によって、西鶴は『**日本永代蔵**』など、これまで書かれなかった経済的な題材を書くことが可能になった。大晦日に借金を返すのに四苦八苦する人々を書いた『**世間胸算用**』もそういう文体ゆえに書けたのである。もちろんこの経済問題は、都市民にとって切実なものだった。

貧

「貧」*9が没落した貴人か清貧としてしか書かれてこなかったのは、主人公が限定されていたからである。いわば物語の主人公は英雄だったのである。英雄は人々の想いを代表する者である。しかし都市民である町人層の成立は、日々の暮らしがもっとも切実である現実を書くことを求めた。英雄ではない、いわば普通の人々を主人公とする物語を要求したのである。

このように考えてみると、西鶴がなぜ『好色一代男』を書き、『日本永代蔵』『世間胸算用』を書いたかがわかる。王朝の禁忌に囲まれることで書き得た人生などのテーマを、王朝以来の文学の中心にあった情趣を排除することで、物語文学を再生しようとしたのである。それは町人たちの求めるものであり、又町人である西鶴自身がこの世をリアルに感じることであった。

（9）「貧」は神仙思想の移入によって万葉集で小さなテーマになっている。この世に価値を置かない思想は当然「貧」が態度になるのである。

4　近松門左衛門は浄瑠璃をなぜ書いたか

近松は武家に生まれた。父は浪人して京に住んだ。近松は若い頃、堂上貴族の一条家に仕えることがあったらしい。歌舞伎、浄瑠璃作者も町人と呼ぶなら、町人層に武士出身者もいた例になる。

歌舞伎などの芸能に携わる者は河原者《かわらもの》*10と呼ばれ、いわゆる被差別民だったが、江戸期には常設の小屋が設けられ、役者は都市に位置をしめるようになっていった。そして台本の作者も近松によって社会的な位置をもった。ただ人気役者に合うものを書いていた。そういう芝居において台本が作品として自立したのは近松『曽根崎心中』からであるといわれている。

（10）河原は境界の空間、つまり私有地ではないので、浮浪者などが住みこんだ。

作者を記す

購読者

このように、西鶴もそうだが、作者が記されることは印刷文化と関係していると思われる。出版された本は不特定多数の購買者である読者に提供されるのだが、本を選ぶのは読者の権利である。そこで、書名、作者名がその選択枝になった。購買者が作者によって本を選ぶことが始まったのである。

普遍的な人間

これは作者は読者を意識して本を書くことを意味している。その読者は不特定多数だから、町人層を読者として想定するか、より普遍的な読者、つまり普遍的な人間、時代や社会を超える人間に向けて書くかである。たとえば平安期の物語文学は貴族社会の子女に向けて書かれるのが普通だった。そういうなかで、『源氏物語』は時代を超え、現代に生きるわれわれ、さらに翻訳されて世界の読者に向けて書かれている。

現代でいえば、国語の教科書は各学年ごとの履修に向けて学校向けに書かれるし、サッカー誌はサッカーファンに向けて書かれている、というようなものもあれば、不特定多数の読者に向けたものとしての小説がある。ちなみに、本書は不特定多数の読者に読まれることを目指している。

江戸期の物語類は基本的に町人層を読者として書かれている。しかし、たいていの作品は時代や社会を超えるものをもっているものである。それは町人層という庶民でありながら、都市民として捉えれば必然的に貴族、武士や僧侶も含んでしまう、階層を超える要素をもっているからである。この町人層が近代社会の庶民になっていくのである。

『曽根崎心中』は、元禄十六年（一七〇三）に実際にあった心中事件*[11]をに取材したもので、その一月後に上演が始まっている。粗筋は、

醤油屋平野屋久右衛門の手代徳兵衛は遊女のお初と言い交わした仲だが、久右衛門は徳兵衛の人柄を見込んで妻の姪を押しつけようとし、徳兵衛の継母に金を渡す。徳兵衛はその金を取り戻すが、親友の油屋九平次に窮状を訴えられ、その金を用立てる。しかし九平次は約束の期日にも返そうとせず、かえって、たまたま出会った徳兵衛に対し、数人の連れに自分を強請《ゆす》る者とつげ、衆目のなかで暴行する。それを偶然その場に客と来ていたお初に目撃される。徳兵衛は恥をかかされ、久右衛門に金も返せず、お初と心中する。

（11）元禄十六年（一七〇三）四月七日、大阪曽根崎天神の森であった心中事件。

というもので、当時ヒットした理由は分かる。徳兵衛は主人、継母、親友という自分を成り立たせているすべての者に裏切られ、愛するお初と死ぬほかない状況に追いこまれるのである。そこに金銭が絡んで、当時の町人が置かれた状況が示されている。

しかし細部が詰められておらず、展開に無理がある。同じようなテーマの『**冥土の飛脚**』を重ねて考えると、親友の九平次は遊女より気質のよい女と所帯をもち、店を継いだほうがという考えから、また同じように考えている主人の久右衛門に頼まれて、こういう態度に出たというように設定したほうが、思い合う気持ちのずれという一つの普遍的なテーマが出てきて、この世の人間関係がよくえがかれ、心中に至る葛藤、過程が説得力をましただろう。周囲の人々の気持ちを裏切ってでも、どうしても恋の想いに引き寄せられてしまう心の葛藤、不思議さがリアルになる。

しかしこの心中に至る恋をわれわれには恋愛というには躊躇《ためら》われるところがある。相手の女は遊女なのだ。**西鶴**の『**好色一代女**』も基本的にそうだった。江戸期の物語では普通の女は恋愛の対象にならない。これは男女の関係が家に閉じられていることを示している。結婚が家の問題であるという社会的な観念がそうさせているのである。実際は町人たちは恋愛結婚をけっこうしていたはずだ。にもかかわらず、恋愛物語が遊女とのものであるのは、武士的な家観念が社会的になっているからだろう[12]。それだけではあるまい。結婚は結局は日常生活に絡め取られていくものだ。恋愛の対象としての女たちのいるのが遊里だった。江戸時代、遊里は日常とは隔離された世界として確立していっ

（12）結婚後の夫婦の情愛と恋愛とは別のものである。

たのである。遊里はいわゆる売春宿ではない。恋愛文化のみで成り立っている夢の世界だった。

遊里は夢の世界

『**曽根崎心中**』は、そういう遊里の恋愛が一般社会と対立してしまって起こる悲劇を書いたのである。それは人々が恋愛という夢を抱き、その夢に殉じたいという想いが、舞台という、やはり非日常的な空間で実現されることでもあった。遊里は男の夢だが、芝居の空間はむしろ女たちを中心とするものだった。

芝居の空間

5　松尾芭蕉は『奥の細道』をなぜ書いたか

芭蕉も武士の出である。**西鶴**や**近松**が大坂、京と関西であったのに対し、芭蕉は江戸に出て活躍した。

かれらの共通性として俳諧がある。近松も若い頃京で**松永貞徳**門下の俳諧師についていたという。西鶴は一定時間に多くの句を詠む矢数《やかず》俳諧をしている。俳諧が江戸期の文学の元にあるといっていいほどだと思える。

俳諧は連歌の発句が独立したものである。和歌の基本形は上の句で自然の事象である〈景〉を、下の句で人の〈心〉を詠む形で、この〈景〉と〈心〉が並列されることで、本来は自然の事象は人の心と同じ状態を意味していることをあらわす表現だった。しかし、普通の言葉の表現としては、この形は上の句と下の句の間に意味的な断層をもたらされている。

多摩川に曝す手作《てづく》りさらさらになにそこの子のここだ愛《かな》しき*13

〔多摩川に曝している手作り布、その布がさらさら音を立てている。さらにさらにどうしてこの子がこんなにいとしいのだろう。〕

「多摩川に曝す手作り」が〈景〉だが、「さらさらに」を喚び起こす序詞である。その「さらさらに」が意味をもって、「この子のここだ愛しき」という〈心〉を導いている。このような音によって詩にする方法を、**近藤信義**さんは「音喩」*14と名づけている。

この「多摩川に曝す手作りさらさらに」という文脈と、「さらさらになにそこの子のここだ愛しき」という文脈はまったく意味的な関連はない。その二つの文脈が「さらさらに」によってかろうじて繋がるのである。

したがって、日本語の詩はこの二つの文脈の断層を作ることによって詩にするという方法をもっていた。和歌は最初から二つに分かれる性質を内包していたのである。その意味で、一首の歌の上の句と下の句を別の人が作る単連歌は古くからあった。

われわれが普通連歌といっているのは五七五・七七・五七五・七七・……と続いていく鎖《くさり》連歌のことである。

雪ながら山本霞む夕べかな　宗祇
行く水遠く梅匂ふ里　肖柏

(13) この「なにそこの子のここだかなしき」は**ドリカム**の「ねえ　どうして―泪が出ちゃうんでしょ」とそっくりの表出である。ドリカムは万葉のこの歌から想をえたといいたくなるくらいだ。

(14)『**音喩論**』(一九九七年)。

川風に一むら柳春見えて　宗長
舟さす音もしるき明け方　宗祇
月や猶霧わたる夜に残るらん　肖柏
（水無瀬三吟何人百韻注）

というように続く。初句は、**後鳥羽院**の「見わたせば山本霞む水無瀬《みなせ》川夕べは秋と何思ひけん」（**新古今**）をふまえたもので、峰には雪があるが、麓は春霞がかかっているすばらしい夕暮れだと詠み、それを受けて、遠い山からは雪解けの水が流れて来て、梅が匂っている里よ、と里の春の光景にし、三句は、その川辺の柳の浅緑の枝が川風に靡いていると受け、四句は、川の舟の棹さす音が聞こえる明け方に展開している。早春の夕方の景が里に展開し、さらに川辺の柳から川に焦点が合わされ、月、霧は秋のものとして詠まれるから、秋の明け方に展開したわけだ。

競い合い

このように、連歌は前の句を受けて、像を作り、その受けた句だけを受けて、また新たな像を作り、と言うようにして、次から次へ展開していくことを目指している。これは世界は動いているものだという認識を表現しようとしたとみていい。参加したそれぞれが全体を目指しているわけではなく、前の前の句に重ならないように気をつけながら直前の句につけていくことをするというように、その句ごとの競い合いに関わるだけなのだが、その結果全体があらわれるという構造である。これはこの世界の構造そのものではないか。

発句

この連歌の最初の句を発句《ほっく》といい、それが俳諧として独立し、後に俳句と呼ばれるようになった。したがって、俳句は最初から世界のほんの一部をあらわすにすぎないという諦めの表現であった。和歌も、四季歌が時節の移り変わりに対応して詠まれるように、動いている世界に対応するものだが、〈心〉が付くように人につれて動くことの表現である。俳句は〈心〉を付けないことで、〈景〉だけが捉えられ、人がどう動いたか、感じたかは投げ出されたままになる。

俳諧歌

このような俳句の表現の特徴を自覚して詩の方法にするにはしばらく時間がかかった。俳諧という名で呼ばれたように、初期の俳句は滑稽を求めた。すでに『古今和歌集』に「俳諧歌」*15と立てられている。情趣を求めるのとは異なる、おかしな歌をそう呼んで集めている。俳諧歌はずっと読み続けられてきた。それは正統的な歌に対してパロディ的な、いうならばもどき*16的な意味をもつからである。近世初期、新しい文学を求めるには王朝以来の和歌の情緒から逃れる必要があったのである。

しかし滑稽だけでは詩の本来もつ衝撃力や情緒などを求めることはできない。芭蕉は新しい詩を求めていくのに、まず五七の音数律をいかに破るかを考えていたように思える。有名な、

枯枝に烏の止まりけり秋の暮れ

の二句目は九音である。初案は、

（15）巻十九「雑体」にある五十八首（一〇一一～一〇六八）のうち、一首だけ紹介する。「山吹の花色衣主や誰問へど答へずくちなしにして」一〇一二（山吹色の衣よ。持ち主は誰だと訊いても答えない。口無しなのだから）。くちなしは山吹色。

（16）日本の芸能において、主役を揶揄（やゆ）したり模倣したくて滑稽を演ずる役をいう。

枯枝に烏の止まりたるや秋の暮れ

と十音であった。さらに極端に、

夜ル窃《ひそか》ニ虫は月下の栗を穿《うが》ツ

櫓の声波ヲ打つて腸《はらわた》凍ル夜やなみだ

のような、六七六、十七五のような破調[17]というより、三句というだけで、五七とは異なる句を作っている。これらはむしろ漢詩に近い。最初の句は、真夜中、虫がひっそり栗を食べて穴を空けているという意だが夜にそんな光景が見えるわけはないから、虫の栗を噛む音が聞こえるということになる。もちろんそんな音は聞こえるわけもなく、それくらい静かなのである。鮮烈だが静謐な光景が浮かぶ。和歌では詠めない情景である。確かに芭蕉は和歌的な感受性から逃れようとしていた。

紀行文を書き出す

芭蕉は『**野ざらし紀行**』(貞享三年〈一六八六〉)以降、紀行文を書き出している[18]。「枯枝に」「夜ル窃ニ」の句は延宝八年(一六八〇)、「櫓の声」は天和元年(一六八一)のもので、こういう試みは紀行文の前だった。そして境地を開いたとされる「古池や蛙飛び込む水の音」が貞享三年(一六八六)で、紀行文が書き始められた年である。以降極端なものだけでなく、字余りの句はほとんどない。

こう整理してみると、紀行文が蕉風の確立に関係していそうなのが分かる。芭蕉は和

(17) 一応「櫓の声波ヲ打つて/腸凍ル/夜やなみだ」とした。

(18)『**鹿島紀行**』貞享四年(一六八七)。『**奥の細道**』元禄七年(一六九四)。『**更科紀行**』宝永元年(一七〇四)刊。『**笈の小文**』宝永六年(一七〇九)刊。四本の「紀行文」が出されている。

五七調から脱する

歌的なものとは異なる詩を求めたが、結局は五七調に戻ったのである。その格闘を評価したいと思う。たぶん五七調の詩から脱しようとした最初の詩人だった。しかし、芭蕉はやはり敗れたといわざるをえない。というのは、紀行文のなかに俳句を入れる方向に向かったからだ。『奥の細道』は次のように書き出される。

　月日は百代の過客にして、行きかふ年も又旅人なり。舟の上に生涯を浮かべ、馬の口とらへて老をむかふるものは、日々旅にして旅をすみかとす。古人も多く旅に死せるあり。予もいづれの年よりか、片雲の風に誘はれて、漂白の思ひやまず、海浜にさすらへ、去年《こぞ》の秋、江上の破屋《はおく》に蜘蛛の巣をはらひて、やや年も暮れ、春立てる霞の空に白川の関越えんと、そぞろ神[19]のものにつきて心を狂はせ、道祖神の招きにあひて取るもの手につかず、股引の破れをつづり笠の緒つけかへて、三里に灸すうるより、松島の月心にかかりて、住まふ方は人に譲り杉風《さんぷう》が別所に移るに、

　　草の戸も住みかはる代ぞ雛の家

表八句[20]を庵の柱に懸け置く。

「月日は百代の過客」は李白の「夫れ天地は万物の逆旅《げきりょ》、光陰は百代の過客なり。而して浮生夢の如し、歓を為すこと幾何ぞ」(「春夜桃李の園に宴すの序」)によるという。この世に生きているのは幻に過ぎないという認識は、詩に拘《こだわ》った者にはふさわしくない。したがって、このように書くのは詩にこだわるのを止めた態度を意味していると見るべ

(19) 他に用例がないから、無精に旅に出たくなった心の状態を「そぞろ神」に誘われたと表現したものと思われる。

(20) 百韻の連句は懐紙四枚に書くが、その第一葉の表に発句から八句までを書き、表八句という。

きであろう。「古人も多く旅に死せるあり」の一人である**西行**は歌に拘って作っているのではない。自然に口をついて出てくるかのような歌を詠んでいる。そういう境地に自分を置くことを目指したのである。旅はその方法だった。

弥生の末の七日、曙の空朧々として、月は春雨にて光おさまれるものから。富士の峰かすかに見えて、上野谷中の花の梢又いつかはと心細し。むつまじきかぎりは宵より集ひて、舟に乗りて送る。千住といふ所にて舟をあがれば、前途三千里の思ひ胸にふさがりて、幻の巷《ちまた》に離別の泪をそそぐ。

　行春《ゆくはる》や鳥啼魚《なきうを》の目は泪

是を矢立《やたて》の始めとして、行道なほ進まず、人々は途中に立ち並びて、後《うしろ》かげの見ゆるまではと見送るなるべし。

先に続く、出立の場面である。若い頃初めて読んだ「行春や」の句に鮮烈な印象を抱いたので引きたくなった。この句は、文脈からは、鳥が鳴くことと魚の目の泪が別れを惜しむことを象徴しているととれる。表現としては鳥と魚が対になっていることは珍しい。そこに俳諧的なものを見ていいと思う。

安東次男『澱河歌《でんがか》の周辺』（未来社、一九六二年）は、**李賀**[*21]の「題帰夢（帰夢に題す）」[*22]を引いて、「魚目」を「不眠の（しかも充血した）目」とし、芭蕉を中心とした師弟の目ととるのがおもしろいとしている。

(21) **李賀**（七九一～八一七）。中国唐の詩人。

(22) 長安　風雨の夜
書客　昌谷を夢む
怡々　中堂の笑い

この安東次男の『澱河歌の周辺』は芭蕉、蕪村、アルチュール・ランボー、シャルル=ピエール・ボードレールなどの詩を中心としたエッセイで、特に蕪村と芭蕉のエッセイがとてもおもしろく、学生時代芭蕉や蕪村の読み方を教えられた。古典だけでなく、書物の読み方は書物によって教えられることが多い。気づかない読み方をしてくれている。

私は「行春や」の句を『澱河歌の周辺』以前に知っていたのだが、前から魚は体に比して目が大きく、そして目はいつも潤んでいるように見え、何か訴えているように感じられていたから、その感覚が芭蕉にもあり、この句を作らせたと思っていた。だからこの句に過剰に思い入れをし、行く春を悲しむ想いを表現しているのだが、何か不気味なものを感じているように思えていたのである。不眠の充血した目だなんて思いもしなかった。

その時は『奥の細道』を読んでいたわけではなかった。その文脈からいえば、私の読みは読み過ぎで、旅への出立の別れを、季節の別れと重ねて表現していることになる。すると、当然のことなのだが、ある作品のなかの俳句を読むのと、独立した俳句として読むのとでは内容が変わる可能性があるといえる。特に短詩の場合その可能性が高い。

芭蕉がそんなことをわからぬはずがない。では、紀行文はなぜ書かれたのだろうか。『奥の細道』の出立の場面でいえば、散文は弟子たちとの別れの情緒を出す方向で書かれている。そこに和歌ならば別れの辛さを詠まれる。ところが、俳句は「魚の目は泪」と、鳥の対としてはふさわしくない「魚」が詠まれ、しかもその「魚の目の泪」と、和歌で

小弟　潤泵を裁つ
家門　厚垂の意
我が飢腹を飽かしむるを望む
労々　一寸の心
燈花　魚目を照らす
（長安の風雨の夜、一人の書生は昌谷の夢をみた―なごやかなわが家の座敷の笑い声。弟は谷川のこぶなは草を摘ひ家の人たちの愛情のこもった期待。私がみんなの空腹を満たせる身分になるのを祈っている。疲れきった小さな心。灯心の燃え残りが魚のように開いたまま眠れぬ者の目を照らしている。）

は詠まれることのないものに展開している。そこに宵から集まり、徹夜で別れの宴をした知人、弟子たちの不眠の充血した目を見るとすれば、やはりちょっとした笑いが浮かぶだろう。そうでなくても、別れを悲しむ気持ちを立ち止まらせる。つまり、この句によって、和歌の入る文の湿っぽさとは異なるほうに導いているのである。この句を受ける「是を矢立（旅で作る句）の始めとして」は、これからの旅が和歌的な情緒を求めるものとは違ったものであることを表明しているように思えるのである。

和歌的な情緒を排除する

芭蕉は新しい詩を求めて、字余りの句、というより五七調を破る句を作った。紀行文以降定型を守る方向に向かっていることを考えると、紀行文のなかに俳句を置いてみることによって、和歌とは異なる詩としての五七五の俳句様式を確立していこうとしたと思われる。それは俳句の詩としての自立だった。

このように読むと、紀行文を書いたのは、和歌と俳句を差異化するためだったことがわかる。俳句を詩として自立させようとするには、五七調につきまとう和歌的な情緒を排除する必要があったのである。旅は「景」を詠むにふさわしい状況である。そして五七五は和歌の「景＋心」の「景」に当たる部分である。つまり「景」の自立が旅で試されていったのだ。

又、清水流るるの柳は葦野の里にありて、田の畦《くろ》に残る。この所の郡守戸部《こほう》某の、この柳見せばやなど折々にのたまひ聞こえ給ふを、いづくのほどにやと思ひしを、今日この柳のかげにこそ立ち寄り侍りつれ。

田一枚植《うゑ》て立ち去る柳かな

『**奥の細道**』の殺生石[23]に続く葦野の部分である。**西行**が「道の辺に清水流るる柳かげしばしとてこそ立ちどまりつれ」（**新古今**、夏）と詠んだと伝えられる柳を見に行っている。この柳は謡曲『**遊行柳**《ゆぎょうやなぎ》』では白川の関近くにあることになっているが、「朽ち木の柳」とされている。その西行ゆかりの柳を、郡守戸部某の誘いで見に行ったのである。西行の歌は川の畔の柳の木陰が涼しいので休み、つい時間が経ってしまったという内容である。

「田一枚」の句は、「田一枚植て」は農夫である。早乙女《さおとめ》[24]といっていいかもしれない。「立ち去る」は主語は詠み手とみるべきだろう。そうみると、あの西行ゆかりの柳の木陰で休んでいて、ふと気づくと早乙女が田を一枚植え終えていた、という内容になる。西行が時間の経つのも忘れた、その柳の木陰の涼しさを、**芭蕉**も同じに味わったのである。

しかしこの「植て立ち去る」は連語のように感じられるのが普通の日本語の流れである。「植て」と「立ち去る」で主語が転換するというのは言葉の曲芸をみているようだ。これが五七五、十七音に切り詰めた表現ゆえの俳句の方法だった。つまり「心」を表出しないで、「景」だけで詩情とでもいうべきものを表現する方法である。この方法はいうならば「植て」と「立ち去る」の間に断層を作ることによって可能になる。読み手は普通連語と読んでいる「植て立ち去る」にその断層を発見することで、植えてまでが誰

（23）栃木県の那須湯本近くにある。

（24）稲がよく稔るように、田植の初めに儀礼的に田植する女のこと。

かが見ていた景であり、その誰かがぼんやり見ていたことに気づいて、そこから立ち去ることになり、その見ていた時間の経過と、気づいた自分の心をおもしろがっている気分が伝わってきて、表現された詩情とでもいえるものに触れることができるわけだ。

しかし、このような読みは『奥の細道』の文脈から導いていけることである。その文脈から外して、この句だけで読んでみよう。

たとえば、「植て立ち去る」を作り手の行為ととってみる。そうすると、西行ゆかりの柳の側で田植えをし、去ったとなる。次に田植えするのは農夫で、作り手はそれをみていた誰かで農夫が一枚だけ田を植えて去っていくのを西行ゆかりの柳の下で見たと解することもできる。この場合はまだ田植えされていない田が残っており、農夫は一休みしに行ったとも、一枚しかない田ともとれる。作り手は農夫で、自分の一仕事を西行ゆかりの柳が見ていてくれたというような句になる。

このようないくつかの読みをこころみてみると、それらはそれなりにおもしろい。したがって、俳句はさまざまな読みを許容するものであるといえるだろう。すると、芭蕉はそれを意識して、一定の方向の読みを紀行文によって示したという言い方ができるだろう。しかし、『奥の細道』の文脈においても即座に最初に示した読みに到達するわけではない。いくつかの知的な操作が必要なわけだ。したがって、すぐ詩情に出会うのではない。この知的な操作が俳句のおもしろさでもあるのだ。和歌にもこのようなことがないわけではないが、俳句は意図的にしている。和歌より短詩であることがそういう知的なおもしろさをうみだすのである。

先に「田一枚」の句を『奥の細道』から切り離した読みを試みたなかで「植て立ち去る」のは農夫で、農夫が一枚の田の田植えをきれいにして、去っていき、後に柳だけが残っているという像を示した。まさに「景」の句である。この読みでもなかなかの句である。

そこに芭蕉はなぜ『奥の細道』を書いたかがみえてくる。芭蕉はここに「心」を籠めたかったとみてみる。そう考えることで、『奥の細道』のこの句がよく分かる。西行の和歌は、旅をしてきて、清水が流れる川の辺の柳の木陰で少しと休んだのに、あまりに気持ちよくて時間が経ってしまつたという内容である。旅にある一時の安らぎが漂う。芭蕉の句は、あの西行と同じに時間を忘れてしまったその心境自体を表現しようとしている。つまり「心」をである。しかし、「景」のみで、心情をあらわす語はいっさい遠ざけられている。「植て立ち去る」は動作だけだ。西行の歌にゆかりの柳ということがあるからこそ、柳の木陰で休み始めた時は田植えを始めたときだったが、一枚の田が植え終わって、時間が経ったことを知り驚いた「心」が表現したかったことだと分かるのである。

和歌と対等の詩情

したがって『奥の細道』は俳句に「心」を与える役割になっているといえる。そうなって俳句は和歌と対等の詩情を表現できたのだ。しかし、これでは紀行文が必要になってしまうではないか。「田一枚」は紀行文がなくてもいい句である。芭蕉は「行春や」の句も「魚の目」がわかりにくいが、このわかりにくさは多様な読みを許容してしまおうという方向を思わせる。だいたい連歌は和歌の上の句と下の句との断層を拡大したものだった。むしろ俳句を多様に読めるものとして詩にする方向を選んだと思われる。このような詩は解釈を無意味にするだろう。この解釈の無意味化は大衆化に繋がる。俳句は町人など大衆の求める詩だったのである。

俳句を作る人は数百万といわれるものになった。和歌は数万、現代詩は数千という。日本語は世界でもっとも多くの詩人を生んでいる。もちろんこの数は日本語を豊かにしている。

二　近代はどう表現されてきたか

1　近代とはどういう時代か

近代とは世界の均質化、つまり宗教や政治体制、産業、風土などの違いはあっても、世界はどこも大差ない社会だという認識が一般化した時代とでもいえばいいかもしれない。その意味で、世界史をおおまかにいえば、地域性が濃く、その地域の人々の繋がりが強い古代、地域を超える宗教などによる結びつきでより広い地域の繋がりをもつ中世というような言い方で違いをまとめられる。

人間優位

その地域性や宗教性を超える均質性を支えるのは人間という概念*1以外にない。人間は宗教や思想、いわゆる民族、人種、生活が異なっていても同じという考え方によって、世界が大差ないものとして捉えられた。これが近代である。もちろんこれは人間優位の考え方になる。人間優位は人間を中心に置く考え方であり、当然他の物、土地にしろ、生物にしろ、すべて人間が利用してもいいものとなる。たとえば、山も崩して開墾し、従来そこで暮らしていた猿や猪が作物を荒らすと、「駆除」の対象になる。網でごっ

(1) たとえばアイヌ語では、アイヌは人の意という。同じ言葉を話し、同じ文化をもつのが人で、アイヌからみれば日本人は人ではなかった。

そり獲れる魚を獲りすぎないようにすることが資源確保などと呼ばれる。

個性

そして人間中心の考え方は、人間それぞれの違いにも関心が向かい、いわゆる個性が問題になる社会をもたらす。そしてその個性が才能として選別されて、その能力を育て発揮される場をつくる。というようにだけ書けばいい社会である。しかし、才能のある人はほんの一握りに過ぎず、またあらゆる才能が活かされるのではなく、お金になるものだけが選び出される。そして身分制は否定されたが、経済的な資産によって新たな階層がつくられていく。上の階層には誰でもなれるような幻想を与えることで、なれなかったのは自己責任であるかのようにみなして、後ろめたさを解消しようとする。スポーツでいえば、そのお金は才能のない大多数の人々、またお金にならない才能をもつ人々が観覧料として払う。私もサッカーを見るのが好きでお金を払う側である。

ありがとう

最近気になるのは、たとえばスポーツを見て元気をもらえて、ありがとうなどという場合が多いことだ。元気をもらうためにお金を払うのである。なのにお礼までいう。何か商品を買えば、売った側がお礼をいうものだ。われわれよりずっと高給取りの選手の給料を支えているのはわれわれなのに、われわれがお礼をいうのはおかしいではないか。

消費者の側がお礼をいうようになったのはつい最近のことと思う。ありがとうは消費経済社会を象徴する。

文学作品、芸術品などは人を感動させるものとして入手する。それと同じように、スポーツを見る。感動も消費経済に組み込まれている社会なのだ。

近代を準備した幕藩体制

日本は直接的には欧米の脅威で近代を目指した。しかし江戸幕府の幕藩体制はようやく矛盾が溜まって変革を求める状況になっていた。各藩の財政は逼迫し、開墾だけでなく、独自の産業を起こし、産物を都市に持って行って売るなど、藩を超える流通が必要になっていた。たとえば新潟の村上では鮭の養殖*2というか、現在の卵を取り出し、稚魚を育てて放流し、また戻ってくる習性を利用した漁業が始まっていた。

幕藩体制について、学校教育で教えられたのは、武士の切り捨て御免のような身分制の理不尽さ、封建制、鎖国など、いうならば負の位置づけばかりだったと思う。しかし、幕藩体制は各藩が自立的な国だったわけで、今でいえば地方分権が中心の体制だった。しかも江戸、大坂の大都市と、京、名古屋、福岡などの中都市、そして各藩ごとに城下町と、都市が日本国中にあり、行政、文化の中心だった。そして参勤交代などで都市はつながっていた。

さらに各藩は武士である大名が国主だから、質実剛健的な武士の倫理がそれなりにあったとすべきだろう。文化の中心は一応京の天皇だったが、幕府の統制下にあり、町人が前面に出てきた。たとえば同時代のフランスのブルボン王朝には権力と富が集中し、パリの宮廷が文化の中心であったが、幕藩体制では、確かに江戸が中心だが、文化は大坂、京も中心だった。そして貴族が中心だったフランスとは異なり、都市の町人たちも文化の中心だったといっていい。そして町人は大商人だけでなく、小さな商人、技術者など多層だった。日本料理が世界文化遺産になったのは、高級料理屋から庶民の飲み屋、

（2）村上藩の下級武士**青砥武平治**が、三面川《みおもてがわ》で鮭の天然繁殖法を世界で初めて考案した。「種川の制」。

小料理屋など、庶民の料理まで繋がって料理文化をなしていたからである。しかも町人たちも武士も対等に客だったから、身分の高い者への対応が町人にも及んでサービスも発達した。

また参勤交代によって、地方の武士たちは江戸に行くことになり、江戸の文化が地方に広がった。**山口仲美**によれば、特に江戸の遊郭の言葉が地方に伝えられたという。近代に必要な共通語の準備もできていたのである*3。さらに教育が普及した。十八世紀には全国津々浦々に寺子屋があったという。

（3）『日本語の歴史』（二〇〇六年岩波新書）

欧米技術の移入

このように、近世には確実に近代化は進んでおり、欧米の来航がなくても新しい体制が造られた可能性もないわけではない。しかしそんなことをいってみてもたいして意味はない。日本の近代は世界との関係において成立する。十六世紀にヨーロッパとの直接の接触が始まり、十七世紀前半に鎖国体制になっても、中国とオランダとの接触はしていたわけで、中国との関係が世界性だった時代は終わり、世界が地球規模になっていた。そういう地球規模の世界のなかに日本を意識化するのがナショナリズムで、国学思想が近世中期には生まれている。**本居宣長***4はそういう思想家の一人だが、一方で近代的な用例の分析に基づく古典の注釈も始めている。

（4）本居宣長（一七三〇～一八〇一）。『古事記伝』を書いた。純粋な日本を想定しており、近代のナショナリズムに繋がっていく。（一四二頁脚注参照）

釜石の製鉄博物館に行ったことがある。かつて新日鉄釜石はチャンピオンとしてラグビー界に君臨したことがあったので知っていた。その博物館で学んだことである。釜石には明治のごく早い時期に製鉄所を作り、外国の技術者を招聘していた。ところが高温に耐える釜を日本の土でヨーロッパ風に作ってもうまくできなかった。その時日本の製鉄技術者の工夫によって、釜が可能になり、製鉄所として動き始めた。しばらくして外国人の技術者は帰国したという。このように、日本では外国の技術者が招請されてもたいてい自前になった。渡来した技術を自分たちのものにするだけの基盤をもっていたのである。他のアジア諸国と違って、日本が頭抜けて近代化していったのは、幕藩体制に培われた技術があったからである。

そして文学においても、江戸時代は今の大衆小説に当たる黄表紙、青表紙、合巻、人情本、読本など挿絵入りで次々に出版された。みな木版本*5である。それらは貸本文化として定着した。それだけでなく、儒教や国学関係のもの、紀行文、随筆なども出版された。ということはそれだけの需要があったことを意味している。十九世紀前半には識字率は七割とも八割ともいう。

(5) 古活字本と呼ばれる活字本もあったが、木版本が制した。たぶん絵入りのものが多かったためと思う。

近代が受け継いだ文化

近代日本は町人文化の蓄積を受け継ぎつつ、支配階級であった武士たちの倫理が市民層に入り込んでいった。家の観念は武家の制度を受け継いでいるとみなしていいと思う。

私の家はケーブルテレビに入っており、毎年夏になると戦争特集があって古い映画を観ている。一九四三年生まれで戦後社会をみてきた私は子どもの頃、太平洋戦争の兵士の体験譚を読み、帝国海軍の軍艦の模型を作っていた。こういう体験は私だけではなかったようだ。そういうなかで、特攻や玉砕のことを読む度に腹立たしかった。母の姉の夫*6の属していた部隊もむちゃな敵前上陸で全滅したと聞いている。捕虜になるのは恥

(6) 中尉だったと聞いている。母の父も近衛兵だったことがあったという。遊びにいって軍刀を見たことがあった。

という考え方から死ぬのも嫌だった。そういうことを思い出し、怒りと悲しみでたまらなくなる。こういう考え方、感じ方は武士のもの、それも三百年近く続いた太平の世におけるきわめて観念的な武士道のものである。それを国民皆兵《かいへい》で、兵士にさせられた素人に強いている。武士は身分制社会における支配者である。職業軍人ならまだしも、徴兵された兵士に強いるのは許せない。何十万人もよけいに亡くなったのではないか。そういうことを命令していった上層部は許せないと思ってしまう。これは近代の軍隊ではないと思える。こんな軍隊は近代戦で負けるのが当然だ。

こういう支配する側の倫理の受け継ぎとは違って江戸時代の町人文化、都市文化の蓄積が受け継がれ、豊かな生活文化や文学、芸術などが近代社会には形成されていった。

近代における自己

先に述べたように、近代は世界のどこでどういう生活をしていようとも、どういう思想をもっていようと、どういう信仰をもっていようとも同じ人間であるという見方を基本とする社会である。そういう社会では、自分がどこに帰属しているか曖昧になる。幕藩体制下の藩の武士だとすると、藩に帰属している自己、武士という藩を超える身分制の上位にいる自己、先祖によって武士なのだからその先祖以来の家に帰属する自己などと幾重にも自己とは何かを決定しているものがある。日本人というような概念はそれほど確かなものではない。たぶん、藩と家が最も重いと思われる。ところが、近代社会になると、一番大きな人間から始まり、東洋人、日本人、東京人、職場、家族など、その層がさらに複雑になる。たとえば植民地を考えれば、そこの人々は支配される人々だから一段低くみなされるわけで、一番大きな人間という概念は不確かである。そして現代では企業が国家を超えているところがあるから、日本に帰属しているという想いはそれほど重くなくなる。私は三年前に武蔵大学から退職した。でも二十数年間勤めてきたからそれなりの愛着があり、自分の主な仕事は在職期間中だったので、帰属意識がそれなりにある。しかし私の場合、文学研究者という場所も私がよって立っているという意味で、精神的には一番重い。というわけで、人は幾重にもなっているさまざまな共通の場所に帰属しており、さらにまた人によって違う場所をもっている。

この二十年くらい、盛んに家庭こそが帰属する場所として最も重いようにいわれてきている。たとえば、二〇〇〇年代の最初の頃だったと思うが、羽根直樹という囲碁の棋士が本因坊のタイトルをとった時のインタビューで、女のインタビュアーがこの喜びをまず一番に誰に伝えたいですか、というようなことを訊き、羽根が地元のお世話になった人たちと答えると、家族の人にはどうですか、とさらに訊いたことで、このインタビュアーは妻といわせたかったとわかった。これではインタビュアーは失格である。答えを予想しているのなら、インタビューは要らない。この場合、この答えによって羽根という棋士はなかなかの男だと思ったから、インタビュアーの意図に反して成功したとはいえる。羽根のいいぶんは家族が自分を支えているのは当たり前で、人前でいうことではないということである。私的なものとそうでないものを区別している。

こういうインタビューは野球のヒーローインタビューなどでしばしば聞くようになっ

ていた。子が誕生したばかりだと、子と答えさせようとする。これは放送局全体でマニュアルを作っているとしか思えない。人が帰属意識を薄くしているので、家族の価値を宣伝しようということだろう。

この家族は愛する人という言い方となって、今でも生きている。たとえば、娘が殺された場合、犯人を殺さねばすまないと思うことが支持されている。復讐で人を殺すのが許されると秩序が乱れるから、国家が代わりに裁判で殺す。事故を起こした者が生きているのに亡くなった娘はいないのは許せないというようなことが平気でいわれる。裁判員制度が導入されたのも、この被害者の気持ちを裁判に反映されるためである。人間という共通性を支えていた生命の尊さ*7も薄くなっている。

裁判員制度

生命の尊さ

もちろん家族、愛する人は私的なもので、最小の帰属する場所である。**吉本隆明**的にいえば、個人における対の問題であって、社会の問題ではないのだ。その家族や愛する人のことを社会がいわなければならないくらい、個人は孤立していることになる。これが近代の最も深刻な問題である。

この孤立はそれぞれの層の帰属感が弱くなっていることを意味している。私についていえば、時には先に述べたそれぞれの層においての自己との関係を考えることになる。人間としての自己は、たとえば誰かを下にみなしていないか、差別していないかというように。日本人としての自己については、日本語、日本文学、文化などよく考える。自分が帰属しており、自分の感性にもそうとう古典などで染み込んでいると思う。しかし日本国民だということは国家とは何かというように負の側から考える。政治や権力が嫌

(7) よく子供にも命の尊さを教えるなどというが、一方で生命をもつ動植物を利用するものとしかみない社会ではリアルではない。

いだからだ。だから帰属意識は希薄といっていい。こういう思考は自己とは、自分とは何かという問に繋がっている。これが近代における自己ということである。

身分制度

　別の角度から整理しておこう。近代社会はそれまでの身分制を否定し、一応四民（士農工商）平等を打ち出した。士農工商は職業によって身分が決まる制度だから、身分制から解放されることは先祖から続いてきた職業から解放されることを意味する。しかし身分は社会における自分の位置を決めてくれていたのだから、身分から離れ、平等になることは、自分の位置を不確かにし、根拠を失うことになる。自分が選べるからいいと簡単にいってはいけない。だいたい人が選べることはごく限られている。財産、学力、性格、さらには家柄、人間関係などで最初から外されている場合が多い。さらに自分が選ぼうとすることは人も選んでいることが多いから、人と衝突し、競争を強いられる。

　このようにして、近代社会は生きる根拠を失った孤独な個人を生み出す。もちろん孤独な個人はいつの時代にもいる。社会の矛盾は個人にあらわれるからだ。近代は個人の軋轢、これは人間は一人一人異なることによっておこらざるをえないことだが、多数の人々に意識される時代である。このことは当然のことながら、自分は何者かという問を引き出してしまうだろう。

作られた自己

　しかし、構造主義*8以降、自己という捉え方は揺らいできている。自己に固有性というようなものはほんとうにあるのだろうか。遺伝子まで考えていいが、そこまでいわなくても、成長していく過程でさまざまな知や考え方、感じ方まで擦り込まれていく。そういうようにして作られていった自己以外あるのだろうか、というわけだ。固有かど

（8）構造主義はどの社会にも通じる基本的な構造の見方を明らかにしたことで、マルクス主義などの歴史観を否定した。私はその考え方を身につけたうえで歴史を考えているつもりである。

うかは置いておくにしろ、他と違う自分を意識することはしばしばある。そういうことにどの程度の価値を置いていいのかは分からないが、それに拘《こだわ》ってしまうこともあるだろう。

自分の心の三方向

私は自己の固有性自体への拘りはほとんどない。先に、吉本の共同幻想、対幻想、自己幻想という考え方を、自分の心の共同体に向う心、対に向う心、自分に向う心というように読み換えることによって自分の心が説明できるようになったということを述べたが、吉本の幻想論は自己幻想の固有性を導くのに対して、私は人間の共通性として三つの方向に向う心をもつと考えているのである。そして、これらを場合場合、場面場面に応じて動いているものと考えており、自分に向う心が固有性を求めるほうに向うことが重く考えられても、それを時代社会の問題として考えている。だから吉本が文学芸術を自己幻想としてみるようには考えない。むしろ、文学、芸術は時代の抱えているものの深層に向うものとして考えているわけだ。こうして吉本も近代という時代の考え方として歴史化される。

2　近代の探偵小説

近現代は推理小説で語る

私は小学校時代の怪盗ルパン、シャーロック・ホームズから始まり、千冊を遙かに超える推理小説を読んでいると思う。そこで、近現代は推理小説で語ってみたい。

近現代の文学はいわゆる純文学を中心に語られてきた。それが誤りだというのではない。推理小説はいわゆるエンターテインメント、大衆小説だから、時代の風俗、志向、嗜好に応えているとみていい。したがって、その時代の関心がよくあらわれている場合が多い。そこで、推理小説を中心に語ることによって、どのような時代社会がみえるのか、純文学ではみえにくいものが出てくる可能性を考えてみたいのだ。

悪漢小説

負の心

推理小説は論理で犯罪の犯人を推し量る過程を追うものを基本とするが、その犯罪を悪と言い換えるなら、悪そのものを書いていくものもある。悪として取り出すなら、江戸期に石川五右衛門や児雷也物が流行った。ヨーロッパの悪漢小説*9の流行から少し遅れるが、だいたい同じ時期である。悪人への関心は、社会が現実には突破しようのない閉じられたものと感じられることによるといえばいいだろうが、個人の負の側の心への関心をいいたい。負の心とは怠けたい、自分だけ得したい、憎い、妬ましいなどと感じる心である。誰でもが抱くもので、文学には当たり前に出てくるものである。私小説は心の真実を書くという意識で、意図的に偽悪的に心を取り出して書いた。そうではなく、悪が関心の対象になるには、やはり悪への共感があると考えるべきだろう。負の共感である。

悪への共感

近代社会はむしろ悪への共感を呼び起こした。善悪を絶対的なものにするのは宗教である。法律が人間の定めたものならば、絶対的ではありえない。たとえば人殺しが絶対的に悪といえるとすれば、戦争で殺すのも悪でなければならない。自分たちの社会を守るためにはしかたないと、むしろたくさん殺した者が賞賛されるのである。法律が市民社会を守るものと考えれば、市民とみなされない者、その社会にとって危険な者は殺さ

(9) 十七世紀から十八世紀にヨーロッパで流行した。悪事を犯した者が、告白するスタイルのものが多い。この自己を語る告白のスタイルが近代小説を準備したといっていい。私は集英社の『世界文学全集』第六巻『悪漢小説集』(一九七九年)で読んでいる。

れても当然となるだろう。

市民社会は生命の尊さという観念的な正義を掲げる。しかし人間以外の生物は人間に利用されるだけの存在にされている。なぜ生命をもつもののなかで人間だけが許されるのか？　という問いには答えられない。

というわけで、生命の尊さなどは空々しいと、たぶん誰でもが薄々は気づいているはずだ。結局自分を守ることが正義ということになってしまうだろう。正義と言いにくいなら愛する者のためなどとなる。こうなると近代社会は隠されている悪に気づいてしまう人々を大量に生み出すことになる。負への共感をもたらすのだが、それが社会に潜在的に抱えられているという意味で、負の共同性という言い方がいいように思う。推理小説はそういう近代という社会にこそ登場した。

負の共同性

もちろん、社会は浄化装置というか、悪が現実にあらわれる犯罪に対して、解決する装置をもたねばならない。それが警察組織であり、探偵である。警察や探偵が犯罪を暴き解決する過程が推理小説として書かれることになったのである。社会は必ず犯罪を追い詰め断罪することによって秩序が回復することになるわけだ。つまり社会は推理小説によって、負の共同性からいくらでも生まれる犯罪を必ず解決することで、秩序が保たれているという幻想をもつことを必要としたのである。

世界最初の探偵小説

世界最初の探偵小説は一八四一年、アメリカの**エドガー・アラン・ポー**[10]の『**モル**

(10) エドガー・アラン・ポー（一八〇九～一八四九）。

グ街の殺人事件』である。**吉田健一**によれば、**ポー**は読み切りの短編小説とその作品を載せる雑誌という体裁まで作り出し、近代の小説を生み出したという（筑摩書房、『世界文学大系』33、一九五九年、解説）。そして作品内に作品を成り立たせるものはすべてあるのが近代小説だということを述べている。実際、『**モルグ街の殺人事件**』は事件を解決していく推理の材料がすべて提示され、その手がかりを組み立てて結論を導いていく小説である。

吉田がいう、近代小説が読み切りの短編小説で、雑誌という媒体によって書かれるという指摘は、小説が商品であること、雑誌によって利を得る出版社が成り立っていること、そして購入する読者層があることを語っている。

この雑誌を購入する読者層の成立は、イギリスの**コナン・ドイル**のシャーロック・ホームズ物が読まれていったことに典型的に示されている。しばらく前まで武蔵大学で同僚だった、十九世紀から二十世紀の英文学の研究者である**佐野晃***11によれば、ホームズ物はロンドンへの通勤列車でちょうど読み終える長さであるという。この通勤列車の読書は近代小説を大衆に広げていったことを意味している。

ホームズ物の第一作『**緋色の研究**』（一八八七年）で、ホームズがワトソンに、普段からの観察についての例として、いつも登ってくる階段は何段あるかと訊かれる場面がある。もちろんワトソンは答えられない。実家の私の部屋は二階だったから考えたが分からない。たぶん誰だって分からない。それ以来しばらくは、階段を登るごとに数えるようになった。ホームズを読んだ人の共通体験だと思う。

（11）**佐野晃**（一九三五〜）は近くは『**イギリス文学辞典**』（研究社、二〇〇四年）の散文・小説の項目を中心的に執筆するなど、イギリス文学の博学者で、**コリンズ**『**月長石**』についてなど教えていただいたことが多々ある。

尚、イギリスでは一八八一年、『**ティットービッツ**』という一ペニーの週刊誌が創刊され、大ヒットし、その流れのなかにシャーロック・ホームズが登場する。その成功に、各週刊誌が探偵物を掲載した。なかに一人女流作家の**バロネス・オルツィ**がいる。彼女は『**紅はこべ**』で有名だが、『**隅の老人の事件簿**』（一九〇五）がある（翻訳は創元推理文庫、一九七七年）。

重要な手紙を隠すのにむしろ他の手紙と一緒に状差しに入れておくというのもあった。ホームズ物はそういう普段の生活に観察、推理があることを示したのである。物語によって観察やそれに基く推理、つまり科学的思考を身近にした。

探偵小説はアメリカで始まった

探偵小説はなぜアメリカで始まったのだろうか。アメリカは近代からしかない社会である。**ポー**は一八三九年に**『アッシャー家の崩壊』**という旧家が跡継ぎもなく没落するという小説も書いている。旧家の没落はヨーロッパにこそ似合う。するとヨーロッパ文化の没落の暗喩ではないかと思いたくなる。アメリカは近代らしい新しい文学を求めていたのである。探偵小説はまさにそういう要求に応えるものだった。

しかし、探偵小説は**ディケンズ**、**コリンズ**そして**ドイル**とイギリスに引き受けられ、二十世紀前半に**アガサ・クリスティー**を頂点とする黄金時代と呼ばれる時代を迎える。アメリカではハードボイルドに展開していき、**ダシール・ハメット**、**レイモンド・チャンドラー**、**ロス・マクドナルド**と都会の乾きと哀愁を漂わせる文体とジャンルを生み出し、二十世紀半ばから世界中に影響を与えていく。

日本最初の探偵小説

今では推理小説が一般的だが、かつては探偵小説と呼ばれていた。探偵が登場し推理したからである。**江戸川乱歩**の明智小五郎、**横溝正史**の金田一耕助など、今でも有名な探偵がいる。シャーロック・ホームズも探偵だ。

その探偵小説の最初は**黒岩涙香**《るいこう》（一八六二〜一九二〇）の**『無惨』**（明治二十二年〈一

八八九〉）という[*12]。ホームズ物と同時期である。驚くほど早い。この小説に「探偵」という語が出て来る。

刑事巡査、下世話に謂う探偵、世に是ほど忌わしき職務は無く又これほど立派なる職務は無し。忌わしき所を言えば我身の鬼々しき心を隠し友達顔を作りて人に交り、信切[*13]顔をして其人の秘密を聞き出し其れを直様官に売附けて世を渡る。外面如菩薩内心如夜叉とは女に非ず探偵なり。切取強盗人殺牢破りなど云える悪人多からずば其職繁昌せず、悪人を探す為に善人迄も疑い、見ぬ振をして偸《ぬす》み視《み》、聞かぬ様をして偸み視、人を見れば盗坊と思えちょう恐き誡めを職業の虎の巻とし果は疑うに止らで、人を見れば盗坊で有れかし罪人で有れかしと祈るにも至るあり。此人若し謀反人ならば吾れ捕えて我手柄にせん者を、此男若し罪人ならば我れ密告して酒の代に有附ん者を、頭に蝋燭は戴かねど見る人毎に呪うとは恐ろしくも忌わしき職業なり。立派と云ふ所を云えば斯くまで人に憎まるるを厭わず悪人を看破りて其種を尽し以て世の人安きを計る所謂身を殺して仁を為す者、是ほど立派なる者あらんや[*14]。

警察官のことを俗語では「探偵」[*15]といっていたようなのが分かる。刑事がどう思われていたか、また「世の人の安きを計る」という役割が述べられているので引いた。動詞の例も見られる。

（12）『日本探偵小説全集Ⅰ』東京創元社、一九八四年所収

（13）「信切」は今は「親切」と表記する。第二次世界大戦後、国語審議会が設置され、かなづかい、表記、当用漢字などが定められ、表記法が固定された。それ以前の本を読むと工夫があってそれだけでけっこうたのしい。

（14）原文は歴史的仮名遣い。『日本探偵小説全集Ⅰ』によった。

（15）**夏目漱石『吾輩は猫である』**に「探偵」の語が出てくる。引用した『**無惨**』の書き出し部も「探偵」は世間で嫌われていたことが書かれているが、漱石も嫌っていたといわれている。

彼奴が経験経験と経験で以て探偵すれば此方は理学的と論理的で探偵するワ。

という例で、現代でもしばしば見られる、経験に基づく勘に頼る捜査か科学的な捜査かという対立が語られている。

たぶん探偵は近代に造られた翻訳語と思うが、明治二十二年に俗語であったとすると、そうとう早く広まったことになり、疑問は残る。

自白と証拠

江戸期までは自白が重視された。それで拷問も行われた。自白は犯罪者の倫理に訴えるものである。最後まで嘘をつき通しては地獄に堕ちるだろう。そういう死後の世界や倫理に訴えるより、証拠を示し、科学的に捜査することで犯罪を明らかにするのが近代的な方向である。『無惨』でも、刑事の大鞆《おおとも》が殺された男が握っていた三本の毛髪を科学的に分析して、そこから推理し、犯人を逮捕するという展開になっている。引用した部分の話者である「理学的と論理的」な捜査をするといったのはこの大鞆で、「経験」で捜査するのは谷間田《たにまだ》である。その大鞆の推理をみてみよう。死体が所持品のなかったことについて、

（萩）フム爾《そう》だ。所持品を隠す位なら成る程髪の毛も取捨る筈だ。シテ見ると初から持物は持て[16]居無ったのかナ。（大）イエ爾でも有ません。持て居たのです。極々下等の衣服でも有ませんから財布か紙入の類は是非持て居たのです。（萩）併し夫

(16) 現代の表記では「持って」。同じ行の「有ません」も「有りません」。活用語尾が表記されない場合が多い。

は君の想像だろう。（大）何うして想像では有ません。演繹法の推理です。好し又紙入を持ぬにしても煙草入は是非持て居ました。彼は非常な煙草好みですから。（萩）夫が何にして分る。（大）夫は誰にも分る事です。私しは死骸の口を引開て歯の裏を見ましたが、煙脂で真黒に染って居ます。何うしても余程の烟草好です。煙草入を持て居ない筈は有ません。

と、句読点を補い分かりやすくしたが、推理していくことが語られている。（萩）は上司の萩沢警部、（大）は大鞆刑事である。大鞆は「演繹法[17]の推理」と自身でいっている。この場合、歯の裏が真黒なことからヘビースモーカーであることを判断し、ならば煙草入れを持っていると推理したことをいう。この小説には帰納法という演繹法の反対の論理的な思考法も出てくる。「論理的」の具体的な例である。

（17）一般的な原理から個別的な事柄を推理する方法。反対の帰納法はいくつかの事柄を総合して共通点を求め、それに基いて一般的原理、法則を導き出す方法。

日本語の文章は論理的な方向よりも情緒的な方向に向いてきた。そういうなかで、論理を主張し、実践しているわけで、近代的な知にとって必要な思考法であった。

この場面は会話のやり取りがリアルになかなかうまく書けている。この会話は現代のドラマや映画のセリフを彷彿させる。

文語体と口語体

引用したついでに文体のことにふれておきたい。最初に引いた部分は語り手の物語の導入部だが、文語体[18]で書かれている。そして事件の捜査の過程は、このように会話体で進行し、ほとんど地の文はない。導入部は文語体、実際の物語の展開部は会話体、つまり口語体という形は江戸期の戯作の文体である。この文体だと、物語の展開や会話

（18）文語体とは文章を書く文体である。古文のことではない。それに対し、口語体は口で発する文体であって、現代文ではない。そしてともに書くスタイルである。口語体は話すように書く文体ということになる。

のおもしろさを書くことはできても、登場人物の心理をえがくのが難しい。口語体の確立する以前の文体である。つまり、登場人物の心理を書く文体の要求が口語体をもたらした。

結局、『無惨』は「理学的」「論理的」と「経験」との対立が物語の展開にかかわることによって、論理が浮き立つようになっており、さらに科学的な捜査の勝利によって、新しい近代的な時代を印象づけ、探偵小説の始まりが宣言されたものといえよう。

新青年

江戸川乱歩[19]と夢野久作

探偵小説は**黒岩涙香**によって書き始められたが、大正期に活性化する。大正九年（一九二〇）に創刊された『**新青年**』が大きな役割を果たした。欧米の推理小説の翻訳が掲載されたからである。『新青年』には人類学などの翻訳も載せられ、人類学者**馬淵東一**[20]が育つなど、科学的な思考を普及する役割も果たした。

江戸川乱歩は『新青年』の愛読者でもあり、大正十二年四月号に『**二銭銅貨**』を載せることがデビューとなった。乱歩の『**探偵小説五十年**』によれば、大正十一年七月の増刊号には長篇**モリスン**「**十一の瓶**」の全訳、**ポー**「**盗まれた手紙**」、**ルブラン**「**深紅の封蝋**」、**ドイル**「**ソア橋事件**」などの短編が二十ほどずらりと並び、「世の探偵小説愛好家を驚喜せしむるに充分であった」という。

その『新青年』には、**小酒井不木**《ふぼく》（一八九〇～一九二九）「**痴人の復讐**」（大正十四年十二月号）、**甲賀三郎**（一八九三～一九四九）「**琥珀のパイプ**」（大正十三年六月号）[21]

（19）**江戸川乱歩**（一八九四～一九六五）。江戸川乱歩は**エドガー・アラン・ポー**に漢字をあてたと思えばいい。

（20）**馬淵東一**（一九〇九～一九八八）。社会人類学者。

（21）これらは創元推理文庫の『日本探偵全集』第一巻に収められているので容易に読める。

などが掲載されている。

「**痴人の復讐**」は、T医学専門学校の眼科教室の助手が、ふだんからのろまと罵る教授と、やはり傲慢で自分をばかにする緑内障の患者である女優に、健康のほうの目を手術させ、女優は全盲に、教授は責任を感じて自殺するという、復讐の話である。「異常な怪奇と戦慄とを求める『殺人倶楽部』」の例会で、「絶対処罰されない殺人」として自殺に追い込む話として、眼科医が語ったとしている。いわゆる完全犯罪である。**小酒井**は医者*22で、薬品名など科学的な知識を元にこの作品を書いた。

「**琥珀のパイプ**」は、犯罪者が犯罪者を利用して宝石を手に入れる話で、読者が入り組んでいる筋を楽しむ話といえる。「痴人の復讐」もそういってよく、探偵小説が論理を楽しむものだったことがよくわかる。**乱歩**は大正九年に「智的小説刊行会（智的小説の会）」を作っている。情や情緒を中心にしたのとは異なる論理を楽しむ文学が目指されていたのである。時代が論理的な文章を求めていた。

『**新青年**』が創刊された時代は、第一次世界大戦（一九一四〜一八）、ロシアにソヴィエト政権成立（一九一七）という世界史的な大動乱が終った時期で、比較的自由な雰囲気が漂っていた。「琥珀のパイプ」には軍備拡張論者と縮小論者の論争が書かれ、縮小論者の「吾人の持っている文化は今度の地震*23位で破壊せられるものじゃありませんよ。…（中略）…。恐らく日露戦役後に費やされた軍備費の半が、帝都の文化施設に費われていたら、帝都も今回のような惨害は受けなかったでしょう。もうこの上は軍備縮小あるのみですよ」という文化への信頼と軍備縮小が主張されている。この論争は話の

（22）『**新青年**』の読者には医者も多かった。探偵小説は科学小説だったのである。

（23）関東大震災。大正十二年〈一九二三〉――この震災のことを父に訊いたことがある。大阪から出てきた祖父は荒川区の町屋で町工場を営んでいた。小学校低学年だった父の記憶は、側の池が波立ち騒いでいた、ということだった。

展開とまったく関わらないものだから、書き手の主張と考えていい。科学への信頼が文化重視の考え方になり、国家は軍備よりも文化に予算を費やすべきだという政治論にまで至るのである。後の軍国主義の精神主義を考えると、この科学主義とでも呼べる思考はその後どうなっていったのか、考えていくべきだと思われる。

乱歩の**『二銭銅貨』**も知的な興味だけで成り立っているもので、「智的小説」と呼ぶにふさわしい作品である。貧乏のどん底にいる、どちらが頭がいいか競い合っている二人の若者の一人が、五万円の給料を盗み捕まったが金のありかは白状しない「紳士泥棒」の隠した金を、推理によって見つけ自分のものにするのだが、それは語り手が仕組んだもので、偽札でしかなかったという話である。「痴人の復讐」にしろ「琥珀のパイプ」にしろ、実際の犯罪であるが、「二銭銅貨」はまったく机上の話のわけで、知を楽しむとはこういうことだという主張がこめられている。

後の乱歩からいえば、**『人間椅子』**（大正十四年）のような、不気味さを漂わせる作品のほうが乱歩っぽい。『人間椅子』は、美人の閨秀作家の元に、椅子職人が自分の作った椅子の中に入り、その作家を座らせていて本当に恋してしまう。彼はたった一度逢ってくれと頼む手紙を送る。継いで二通目の手紙を送った際、この手紙に同封された原稿は「人間椅子」と名づける創作であることを告げるという話である。

椅子の中の恋！　それがまあ、どんなに不可思議な、陶酔的な魅力を持つか、実際に椅子の中にはいってみた人でなくては、わかるものではありません。それは、ただ、触覚と、聴覚と、そして僅かの嗅覚のみの恋でございます。暗やみの世界の恋でございます。これこそ、悪魔の国の愛欲なのではございますまいか。考えてみれば、この世界の、人目につかぬすみずみでは、どのような異形な、恐ろしい事柄が行われているか、ほんとうに想像のほかでございます。

まさに異様な世界である。誰も椅子の中に入って人を座らせる体験などもっていないに違いない。にもかかわにず分かる気がする感覚ではないか。マゾヒズムといってもい い[24]が、感覚、それも直接ではなく革を通しての感覚だけである。

ここには直接触れられないもどかしさがない。ということは、人との接触から疎外されていることの象徴というような意味づけを拒否している。やはり革とその向こうの人の動きに感じられる感覚が問題なのだ。論理の主張どころではなく、論理を求める健康さもない。**乱歩**はこういういわば異常な感覚そのものに価値を与えたのである。

異常心理

探偵小説は犯罪があって成り立つものである。『**人間椅子**』の場合、実際の犯罪はない。『**二銭銅貨**』もそうだった。空想の犯罪である。しかし『人間椅子』は、椅子に入って他人の家などに入り、窃盗することが目的だった。それが椅子に入って座った人を感じることに陶酔してしまった。もちろん家宅侵入、窃盗など犯罪になる。しかし乱歩は犯罪を悪としてみなすことより、異常な心理に焦点を当てている。

異常心理への注目は西欧の精神医学と関係する。一九〇〇年に**フロイト**[25]の『**夢判断**』が出されるが、患者として登場するのはほとんど女性である。なぜだろうか。産業革命

(24) **沼正三**のマゾ小説『**家畜人ヤプー**』(一九七〇年)が、女の椅子になる場面を書いている。

(25) オーストリアの精神科医**ジークムント・フロイト**(一八五六〜一九三九)による夢に関する精神分析学の研究。

によって新たな都市民が登場し、一夫一妻制の家庭が意味をもってきた。働き給料をもって帰る労働者に働く意欲を与える主婦が成立したが、彼女たちは栄養ある料理を作り、小ぎれいな服装をし、化粧して夫を迎えた。主婦たちは家庭に縛られることになったのである。この家庭が主婦にノイローゼをもたらした。それ以前は主婦も洗濯女などとして働いており、家庭に縛られる度合いが低かった。安定した賃金労働は家庭に縛られる主婦を生み出した。夫たちは働いた後でパブで酒を飲み、時には売春宿に行ったりする。主婦たちはそういう外と対抗するためにおいしい料理と美しさを求めなければならなくなったのである。十九世紀にその圧迫が精神的な病として表面化し、精神医学が発達した。ヒステリーやノイローゼという現象に対応する必要があったのである。

（近代主婦の誕生とノイローゼ）

（精神医学）

もちろん精神医学は科学として、精神世界を分析していった。正常という概念が成立することになって、異常という概念[*26]も成立したのである。いわばグロテスクというような心の状態も発見された。その精神医学という科学が日本にも入り、江戸川乱歩の世界となっていったわけだ。

その精神科学を真正面から扱ったのが**夢野久作**[*27]**『ドグラ・マグラ』**（昭和十年〈一九三五〉）である。

夢野久作は福岡でジャーナリストとしてすでに活躍していたが、やはり**『新青年』**で、大正十五年（一九二六）**『あやかしの鼓』**によって探偵小説作家としてデビューした。『あやかしの鼓』は鼓の音に魅入られた男の話で、百年前に、鼓作りの名人が、惚れた貴族の娘の結婚の輿入れの道具として鼓を贈るが、娘はその鼓の音に魅入られ一室に

（26）前近代社会では、異常な状態は、神憑り、狐憑きなどと外から何かが憑くことによって起こると考えていた。

（27）**夢野久作**（一八八九〜一九三六）。軍人となり、のち慶大に進む。僧侶、謡曲の教授、新聞記者などの多様な経験をもつ。大正一五年、応募した**『あやかしの鼓』**が当選、以後奔放な想像力を駆使して人間の意識裡に潜む課題を問うた異色作が多い。

こもり自害してしまう。その鼓が名器として伝えられ、鼓作りの子孫と、娘の子孫の出会い、そして死という展開をする。

探偵小説というより、不可思議な話である。『ドグラ・マグラ』はすでにその頃から書き始められていたらしい。この百年前と同じようなことが起こるという構図が『ドグラ・マグラ』ではより拡大されて、千年前の楊貴妃を巡る話を起源としている。これは人間は胎児の時に過去の歴史を体験するという発想に基づいている。

『ドグラ・マグラ』は精神病院を舞台にしている。事件としては、解放治療を主張し、病院を解放治療の場とした正木博士の、胎児の時に体験した先祖が起こした歴史的な事件を呼び起こして、同じシチュエーションで人を殺させるというものである。博士はいわば恨みをはらすわけではなく、また何の利益を得るわけでもなく、いわば学説の証明をしているだけだ。正木博士自身が「絶対的科学探偵小説」といっている通りである。

この解放治療場は舞台としては病院だが、「地球表面上が狂人の一大解放治療場になっている」といっているように、この世そのものと言い換えていい。というのは、

元来この地球上に生み付けられている人間は、身分の高下、老若男女の区別を問わず、指一本でも自分の自由にならぬか、又はどこか足りないか、多過ぎるかした人間を発見すると、すぐ「片輪」という名前を付けて軽蔑したり、気の毒がったり、特別扱いにしたりする事に決めている。同様に、頭のハタラキが本人の自由にならぬか、又は、頭の働きのどこかが足りないか、多過ぎるかした人間を見付けると、

早速、精神病患者、すなわちキチガイの烙印を押し付けて差別待遇を与える事にきめているようである。（中略）。普通の人間様たちの精神は、果たして、何もかも満足に備わっているであろうか。（中略）。実際の処を言うと、この地球表面に生きとし生ける人間は、一人残らず精神的の片輪者ばかりと断言して差支えないのである。

差別

と、健常者も非健常者も同列に扱う考え方*28をもっていることが語られているからである。

私が一浪の後一九六二年に東京大学に入学したとき、ある週刊誌に確か東大生の四割は精神的におかしいというような記事が載り、騒がれたことがあった。日比谷高校からストレートで入学した友人が自分もそのなかの一人ではないかと悩んでいたのを覚えている。私は自分もいわゆる異常なものはもっており、誰でもそうだろうと思っていたから、そういうことをいうと、自分はストレートで入ったからまだ子どもで、浪人した私は大人だといわれた。会話になっていないじゃないかと思ったが、こいつは何にでも悩んでしまうやつなのだと思った。教員になりたいという志望をもっていて実際なったのだが、いい教員になるかもしれないと期待していたところ、高校が受験一本やりになっていきつつあり、それに悩んだ同僚の教員が自殺してしまったのを機に、大学の教員になった。一九八〇年代のことである。

夢野久作は、人間は脳髄（頭）で考えるという考え方に対して、

（28）中学校時代、隣のクラスに、みんなが「火星君」と呼んでいる知的障害者がいた。いじめはなく、むしろみんなが自然に気を遣っていた。その呼び方に示されているように、なんとなく畏怖の感情を抱いていたと思う。
　ついでに「差別」を考えた最初の体験を述べておく。小学校時代、通学の途中に野っぱらがあり、「朝鮮人」と呼ばれる人たちの粗末な長屋があった。当時子供会運動が盛んになり、その朝鮮人の子も同じみどり会という子供会のメンバーだった。ふだんは登校もしないのに、どうしてだったか、運動会の子供会対抗リレーには出場した。その朝鮮人の子がアンカーで、サラリーマン家庭のひ弱な子ばかりでビリを走っていても、その子が最後にごぼう抜きに抜いて優勝した。その時だけその子は英雄だった。私はふだんはバカにしているのにおかしいと思った。

吾々が常住不断に意識している処のアラユル欲望、感情、意志、記憶、判断、信念なぞいうもの一切合切は、吾々の全身三十兆の細胞の一粒一粒毎に、絶対の平等さで、おんなじように籠もっているのだ。そうして脳髄は、その全身の細胞の一粒一粒の意識の内容を、全身の細胞の一粒一粒毎に洩れなく反射交換する仲介の機能だけを受持っている細胞の集団にすぎないのだ。

と、細胞の一つ一つがかかわっていることを述べ、全身三十兆の細胞は、

流れまわっている赤血球、白血球から、固い骨や毛髪の先端に居までも、吾々が感じている意識の内容をソックリそのままの意識内容を、その一粒一粒毎に、同時に感じ合って、意識し合っているのだ。

という。たとえば感情は全身の細胞の一つ一つが感じているものの集合だというのである。何かを感じつつ、一方でどこかで違和感を覚えている妙な感覚があるが、こういう考え方をすると納得できる。身体が活き活きしてくる。

夢野は欧米の精神科学に出会うことで、心に対し科学的な思考をすることで、こういう考え方をもった。そして思考することそのものを楽しんでいる。しかし、探偵小説としてはおもしろくない。したがって、いわゆる一般読者が楽しむものにはならない。

こういう夢野とは異なって、乱歩はむしろ大衆小説を目指していったといっていい。

先の『人間椅子』でいえば、腰掛けた方も腰掛けられた方もとてもエロティックな方向に展開しそうなのに、そうはならず、そういう人間椅子を作り入った幻想を書いた作品というようにしている。失敗しているというのではなく、展開の意外さでいいが、人間椅子の不気味さが、なあんだという程度に留められてしまうのである。乱歩の作品が軽く感じられるのは、このもっと展開できるところをせずに止めるからである。

大衆小説という言い方が成り立つのなら、この止めるところにその理由がある。『人間椅子』でいえば、女が座って、中の男の肌のあたたかさ感じ、とても座り心地がよく、人に包まれている、エクスタシーを感じるというように、女の側を書いて行けば、違った展開になって、女も男も破滅する危ない小説になりそうだ。この危なさは普段の生活を破壊させかねないものだ。自分のなかに無自覚だった感覚を覚醒され、そちらに引き寄せられてしまうかもしれないからだ。そうならないように止めるなら、それはいわば政治的で、倫理的な判断をしているからである。

通俗小説

そういう小説を私は通俗小説と呼んでいる。いわば文学外の意図、理由によって、小説が必然的に向かってしまうであろう世界を歪めるものをいう。ここ二、三十年のアメリカの推理小説にはそのようなものが多い。こういう場面ではこういうジョークがある、筋に関係なく性的な描写がある、ある程度の暴力が書かれる、権威に対してある程度の抵抗を書く、など決まった作り方をしているものが多いのだ。読者はそういうものを求めているという前提があるとしか考えられない。いわば推理小説のマニュアルがあるのである。これも、商品という面から小説を縛っているわけで、文学外を持ち込んでいる。

アメリカの推理小説

おかげで私はアメリカの推理小説はほとんど読まなくなった。楽しんで読んでいるのに、邪魔はされたくない。

推理小説には通俗小説ではない作品がたくさんある。

オカルティズム小説

小栗虫太郎（一九〇一〜四六）『黒死館《こくしかん》殺人事件』

夢野久作『ドグラ・マグラ』が書かれたのとほとんど同時に、**小栗虫太郎『黒死館殺人事件』**書かれた（『**新青年**』昭和十年〈一九三五〉〜十一年）。『ドグラ・マグラ』が精神医学、心理学などの理論が煩わしいくらい展開されるが、『黒死館殺人事件』は衒学的といえるほど、中世の神学、錬金術、神秘主義などが展開され、殺人事件を解いていく探偵小説の範囲を超えている。**澁澤龍彦**[29]が「キリスト教異端やオカルティズム文学の伝統も全く存在しない日本に、本格的なオカルティズム小説を打ち立てるという、まさに空中楼閣の建設にもひとしい超人的な力業の結晶」（『黒死館殺人事件』解説、桃源社、一九七一年）といっているのが当たっている。

探偵小説の科学志向は、欧米の科学の裏側ともいうべき、こういう世界も抱え込むことになったのである。そして小栗の博覧強記ともいうべき、このヨーロッパ中世の書物の渉猟は、明治以来の欧米の書物への関心と享受の凄まじさを感じさせる。

『ドグラ・マグラ』や『黒死館殺人事件』が書かれた昭和十年前後は、探偵小説の画期をなす時代だった。**黒岩涙香**に始まり、**江戸川乱歩**で一つのジャンルとして展開した探偵小説が、第三世代に入って定着したのである。**郷原宏『物語日本推理小説史』**（二

（29）**澁澤龍彦**（一九二八〜八七）。日本の古典も西欧の古典も同じ視点から論ずるエッセイがおもしろい。『**思考の紋章学**』（一九七七年）など。

探偵小説専門誌の隆盛

○一〇年）によれば、初めての探偵小説専門誌『**ぷろふいる**』が昭和八年に出、昭和十年に『**探偵文学**』『**月刊探偵**』、昭和十一年に『**探偵春秋**』、十二年に『**シュピオ**』というように次々刊行された。

そして昭和十年には**甲賀三郎**と**木々高太郎**の探偵小説は芸術かという論争があった。これも**郷原**の著書によるのだが、日本の探偵小説は明治には**泉鏡花**ら、大正期には**谷崎潤一郎**らと結びついた。いわゆる耽美主義的な方向が抱えられることでいわゆる文学的になったのである。いうならば犯罪を犯す心理を異常と捉え、その異常の美を書くということである。幕末の頃も土佐の**金蔵**[30]という絵師が緊縛された女や斬られて飛び散る血などの絵を描いて評判になったという流れがあった。幽霊の絵の流行もあった。フランスの**マルキ・ド・サド**のように思想化されないが、情緒としてあったのである。**涙香**『**無惨**』は科学的な論理によって事件を解決することだけに書き手の関心が向かっており、人間を書くことには関心がないから、もの足りない。しかし当時はそれなりの関心を集め、この種の論理によって事件を解決する探偵小説が書かれた。しかしこれでは謎解きパズルのようなもので、飽きられてしまう。そして口語体の小説というスタイルが定着していくと、当然探偵小説も人間を書く方向に向かっていく。**江戸川乱歩**が登場してくるのは、その口語体の定着と関係する。

私自身は小説という文学の様式によって書いている以上、人物や場面の描写に芸術性があらわれるのは必然的だと考えている。どこまで人間をみつめて書こうとするかという書き手の人間への眼差しだと思う。

（30）**金蔵**（一八一二〜一八七六）。芝居絵を描いた。私は『**絵金 幕末土佐の錦絵**』（一九六八年）で見ている。後に述べる『**黒死館殺人事件**』などの再刊が次々なされたが、『絵金』もその流れにある。

乱歩を経過した後の第三世代は、たとえば**蘭郁二郎**《らんいくじろう》（一九一三〜一九四四）の**『夢鬼』**（『探偵文学』昭和十年）は、極東曲馬団の芸のへたな醜い少年鴉黒吉が花形少女の葉子と関係をもつことで修練して空中ブランコの花形となるが、落下して芸ができなくなり、落下傘のテストジャンパーになり、再会した葉子を殺し、死体を抱いて落下傘で飛ぶというわばグロテスクな話である。醜い黒吉と美少女葉子との関係はマゾヒズム的なものであり、黒吉は空中に飛んでいる時に葉子の幻を見ている。この小説は事件の解決より、黒吉の心を書くことにある。つまり人間の心理への関心である。

グロテスク
マゾヒズム

蘭郁二郎は昭和十四年には**『地底大陸』**を出している。『地底大陸』は携帯用新兵器を開発しようとしている科学者鳥井龍作が海底の秘密基地に行き、それを奪おうとするロシアの手先と戦う話で、冒険小説といえるものである。海底基地に行く快速の海底鉄道など、ＳＦ小説としてもおもしろい。以降蘭はこの系列の小説を書いていった。いわば第二次世界大戦に向っていく時局に乗ったのである。

この蘭の『夢鬼』から『地底大陸』へが昭和十二年から始まる日中戦争、昭和十六年から始まる太平洋戦争に向かう時代をあらわしている。**郷原宏『物語日本推理小説史』**の巻末に付された「推理小説年表」によれば、昭和十五年から二十年まで推理小説に目立った作品はない。郷原は**乱歩**が検閲で書く気がしなくなっていくさまを書いている。

推理小説はなぜ必要か

ここで推理小説はなぜ必要か考えてみよう。

負の共同性

まず先に述べた悪への共感という負の共同性をあげねばなるまい。近代が競争することで個人の能力を引き出す社会であることは、敗れた者たちの恨み、妬み、憎しみ、などを抱え込んでいることを意味している。もちろん勝者の側にも後ろめたさがあり、また自分もいつ敗者の側に転落しかねないという危機感をもっている。犯罪がいつでも起こりうる社会なのだ。いや犯罪はほとんどの社会に起こりうる。近代社会は犯罪に人々が関心をもち、そして表現の対象になった。誰でもが犯罪を犯す可能性があるから、犯罪者が人々の負の部分を象徴することになるのである。むしろ犯罪者に共感し、それが読み手の心を浄化する働きをする。いわば社会の浄化にもなるのである。それゆえ推理小説は必要なのだ。

負の部分

社会の浄化

もちろんまず楽しむということがある。私は読み始めるとどうなっていくのか、どう解決していくのか、知りたくて、眠気をがまんして、結局最後まで読んでしまうことがしばしばある。読み終えると朝になっているというわけだ。これは物語のおもしろさを実感することでもある。

海外の推理小説

私は外国のものはなるべく方々の国、地域のものを読むことにしている。推理小説はたいてい現代の事件を書くわけで、その国の社会状況がある程度分かるからである。私の外国についての情報は推理小説によっている場合が多くある。たとえばスウェーデンの**ヘニング・マンケル**[31]で、東欧の労働者への差別、迫害が社会問題になっていることを知った。

楽しみながら人間について考えている場合がある。イギリスの**P・D・ジェイムズ**[32]

(31) **ヘニング・マンケル**（一九四八〜スウェーデン生れ）。ヴァランダー刑事を主人公とする警察小説がレベルが高い。

のダルグリッシュを主人公にしたシリーズはみんな読んでいるが、著者の人間認識がなかなかよく、むしろ哲学的な小説である。この小説は、マルクス主義はダメ、イスラムはダメというような一方に立ったイデオロギーはない。普通の生活において、マルクス主義、イスラムというようなものはほとんど関係ない。そしてそれが人間の共通性である。つまり人間の普遍性は生活にある。それは生まれ、成長し、恋をし、働き、子をもうけ、そして死ぬということを基本とした認識である。

　詩人でもある主人公のダルグリッシュ警視は、常に人間というものを見つめ、思索している。だから事件はどのように殺人に至るかが追われていく。したがって、読者は人間がこんな状況で憎み、苦しみ、結局殺人を犯さざるをえないという物語を受け容れる。人間の悲しさを知らされるわけだ。

　人は自分を振り返り、内省することなどあまりないのが普通だ。それは悪い状態ではない。何事もなく無事に生活しているのが幸せな状態なのである。だから内省しなくてはならないのは心に何かひっかかりがあるからである。何かしなくてはいけない、時間を無駄にしてはいけないなどと漠然と感じるのもそうだ。南米のアマゾンのインディオ*の村で、男たちが数人集まって、それぞれのハンモックを編んでいる映像を見たことがある。確か**兼高かおる**の世界旅行という番組だったと思う。男たちはほとんど何もしゃべらない。そしてハンモックが編み上がると、木に吊して横たわる。やはりほとんど何もしゃべらない。われわれだと、誰かがしゃべっていると思う。しゃべっていないと不安になったりする。永く暮らした老夫婦がほとんどしゃべらないことを思い起こすとい

（32）**フィリス・ドロシー・ジェイムズ**（一九二〇～二〇一四）。女流推理作家。緻密な描写等、彼女に限らずイギリスの推理小説のレベルは高い。それを映像化したテレビドラマもレベルが高い。学生時代、フランスのいわゆる純文学系の小説はレベルが高いが、推理小説はとてもイギリスにはかなわない。イギリスは、アメリカとは違った大衆社会があるように思える。

＊（109頁参照）

い。信頼関係があればいいのだ。心が通じていればいい。

われわれが言葉を必要とするのは、心が通じ合っている状態を作るためではないか。相手に向けて話し、それを受けて相手が話しというようにして、共通の話題によって共有される状態があらわれる。

内省

では、内省ではどうなるのだろうか。自分の心が自分にしっくりこない気がするなどということを感じた際に、自分に向けて話すことで、その状態から脱し、自分のしっくりしていない気持ちを回復することだとでもいえるだろう。

要するに、内省しなければならないのは、自分の心に違和感がある状態である。そして、特に個人に立脚し、人との差異を価値とする現代の社会、また情報過多の時代は、違和感を常に感じている状態をもたらすから、安定した、しっくりしている状態はなかなか難しい。そこで内省が必要になるのである。そのきっかけになり、また手がかりを与えてくれるのが書物である。したがって、おもしろく読みながら自分や社会について考えさせるものをもっている。純文学を読まない人でも推理小説を読む人はたくさんいる。推理小説は現代社会に必要なものなのである。

もちろん、推理小説だけでなく、文学や哲学的な書物はたいていそういう役割をもっている。

3　第二次世界大戦後の推理小説

第二次世界大戦（一九四一〜四五）の敗戦で、国力を消耗し、東京、大阪、名古屋などの大都市が消失した。私は昭和十八年（一九四三）生まれで、戦争の記憶はないが、戦後はよく覚えている。母の姉の夫は戦死しているが、たぶん家族親戚に死者のいない家はなかったと思う。

私は荒川区町屋で生まれ、世田谷の千歳烏山に転居したらしい。戦争中のことである。空襲の度に母に負ぶわれ、防空壕に隠れたそうだ。戦後、一時祖父の住む千葉県の横芝に暮らした。その頃から少し記憶がある。父が兄と私を自転車に乗せて九十九里の海岸に連れて行ってくれたこと。背の高い葦原を抜けると、目の前に広がる明るい海があった。初めて海を見たのだ。海は輝いていた。

小学校に上がる少し前に埼玉県の小室に転居した。父が勤めていた今のＫＤＤＩの前身ＫＤＤのさらに前身である国際無線の研究所があった。外国からの無線の受信所で、駐留軍がジープで訪れることがあった。ＭＰのヘルメットを被っていた。子どもたちは見に集まったが、私はなんだか悔しくて、近づかなかった。無線所は空気がよくなくてはいけないということで、田圃の真ん中の台地にあった。母は農家に行って着物を食べ物に換えてもらったといっていたが、受信所は周囲とはまったく異なる世界だった*33。社宅の中心にはテニスコートがあり、センターの建物ではたまにだが、ディズニーのミッ

（33）逓信省関係の特別な施設だったようで、この一画はモダンな様相を呈していた。小学校の同級生もほとんど農家の子で、友人もできなかった。

キーマウスなどの映画が観られた。社宅の子どもたちは丘を下りて川で魚採りをしたりもしたが、テニスコートの辺りで遊ぶことが多く、またそこに毎朝集まって集団で学校に行った。

小学校二年の時に、父の仕事の関係で三鷹に転居した。そこは改築前の一時的な集合住宅で、空き部屋がたくさんあり、遊び場となった。二年の時だったと思うが、同級生とその姉の三人でその空き部屋で遊んでいて、二人にズボンを脱がされ、姉にいじくりまわされたことがあった。恥ずかしく、いけないことをされている気がしたが、感じたことのない密やかな感覚が起こった。いわば初めての性的な体験である。しばらく後その建物は火災で焼けた。私たち一家も焼け出された。

天皇と駐留軍

三鷹での体験で触れておきたいことがもう一つある。住んでいたのは井の頭公園の近くで、道路の向こうは駐留軍の保養施設があった*34。フェンスで囲まれたなかは芝生が敷き詰められて明るく、白人の少女が眩しかった。その通りを天皇が通るということで、三鷹第四小学校の全校生徒が道の両側に並ばされた。天皇を見ると目が潰れるという噂で、みんな下を向いたが、私は後だったので天皇の乗る黒い車を見ていた。天皇は見えなかった。私の背はそのフェンスだった。前は天皇、後は駐留軍、なんかおかしいと思った。

兄が猩紅熱に罹り、父が入院した兄のために『世界童話大系第十巻印度篇』（世界童話大系刊行会、大正十四年〈一九二五〉）を買ってきた。退院後私がもらい、むさぼり読んだ。バラモン、クシャトリアなどエキゾティックな言葉を覚えた。今でも本棚に置

（34）今は宮崎駿の作品に倣って「トトロの森」という名の公園になっている。

いてある。

推理小説を読むようになったのは、夏休みなどに祖父母の家に泊まりに行かされ、貸本屋で、子ども向けの怪盗ルパンを借りては読んでいったことから始まる。たぶん全巻読んだと思う。小学六年の頃[35]には文庫でシャーロック・ホームズを買って読んだ。しかし最初に買って読んだ文庫本は**坪田譲治『子供の四季』**である。先生が雨の降る体操の時間、読んでくれた。待ち遠しくて、自分で買って読んだのだった。文庫本を自分で買うことは大人になった気がした。大人の感覚はやはり内容から**コナン・ドイル**だった。新潮文庫の全冊も今でも書棚にある。というわけで、大人の読書は推理小説から始まった[36]。

終戦直後のミステリー

終戦直後は本に飢えていた時代だった。そして、作家たちが書くことに飢えていた時代でもあった[37]。戦争期の統制に鬱屈していた作家たちは次々にさまざまな作品を書いていったし、読者たちも新しい思想、生き方を模索し、また活字を求めていた。

その辺の事情は**福島鋳郎『戦後雑誌発掘』**（一九七二年）、**『戦後雑誌の周辺』**（一九七八年）などに詳しい。特に取り上げておきたいのは、岡山出身の**青山虎之助**が新生社を起こし、**『新生』**という雑誌を始め、時代が知りたがっていた民主主義などの紹介をし、原稿料を大幅にあげ、作家の社会的な地位を上げたことなど、敗戦直後から社会への貢献としての出版社の使命を果たそうとしていたことである。

（35）小学校三年の頃、練馬区南西の外れにある電気通信研究所の社宅に転居。中一の夏まで五年近く住んでいた。

（36）二〇六頁からここまでを「**私の戦後史断簡**」①として掲載。以下の続稿は「私の戦後史断簡」として①も含めて、巻末に纏めて採録した。

（37）一九九〇年代になって、めっきり減ったのは古本屋だと思う。私の勤めた武蔵大学だけでなく、武蔵野音楽大学、日本大学芸術学部と三つも大学のある江古田の街には古本屋が五軒あったが、今はブックオフだけになってしまった。古本屋のある街は多かった。戦後の書物に飢えていた時代の名残だと思う。

いわゆる戦後民主主義の方向が定着していくなかで、それらは顧みられなくなっていったが、一九六〇年代半ば、戦前から戦後昭和三十年以前の推理小説、冒険小説などの復刊が桃源社によって相継いだ。それらは最初はおどろおどろしい装丁の箱に入っており、途中から売れ行きのためか箱がなくなるが、それらが並べられた私の書棚一段が異彩を放っている。全巻買っていなかったことが今になって悔やしい。

その書棚でもっとも古いのは昭和四十三年（一九六八年）八月の**国枝史郎『神州纐纈《こうけつ》城』**（一九二五年）である。他に著者一人各一冊だけあげれば、**久生十蘭《ひさおじゅうらん》『真説・鉄仮面』**（一九五四年）、**小栗虫太郎『黒死館殺人事件』**（一九三四年）、**蘭郁二郎『地底大陸』**（一九三七）、**橘外男『青白き裸女群像』**（一九五〇年）、**香山滋『海鰻荘奇談』**（一九四七年）、**横溝正史『鬼火』**（一九三五年）、**海野十三『火星兵団』**（一九四六年）、**高垣眸『銀蛇の窟』**（一九二八年）、**山中峯太郎『万国の王城』**（一九三三年）、**野村胡堂『岩窟の大殿堂』**（一九四二年）、**押川春浪『武侠艦隊』**（一九四〇年）などである。

これらはほぼ昭和四十年代に再刊されているが、最初の『神州纐纈城』の出た一九六八年は全国学園闘争、いわゆる全共闘運動が始まる年で、戦後史の画期をなした時期である。この戦前戦後のいわゆる大衆小説の復刊も、いわゆる純文学中心の文学観への疑いが表面化したことを示している。マゾヒズム小説の**沼正三『家畜人ヤプー』**（一九七〇年）が話題になったのもこの頃だった。

『家畜人ヤプー』は、明らかに日本人を意味しているヤプーが大きな白い肉体をもつ女の椅子になって奉仕するなど、欧米文化に対するマゾヒスティックな対応を書いた小説である。江戸川乱歩『人間椅子』をエロティックにそして思想的に書けば、こういう世界になりうる。ただ作者は日本の現状を比喩として書いているわけで、乱歩とは異なる。

香山滋『海鰻荘《そう》奇《き》談《だん》』

『海鰻荘奇談』第一部「肉体の復讐」は『宝石』昭和二十二年五月から七月まで連載、第二部「霊魂の復讐」は同誌昭和二十九年十一月に掲載された。

　加賀侯のお川漁師を曾祖父にもつ博士は、三十三の時十六の娘恵美を見初め結婚するが、恵美は他の男との間に真那をもうけ、出奔する。博士は李蛾と再婚し、五美雄をもうける。博士は恵美を恨んでおり、そっくりな真那を殺すことで復讐しようとし、巨大なプールでうつぼに、プールで泳ごうとした真那と異母姉を慕う弟の五美雄の内臓を食べさせ、皮と骨だけの死体にしてしまうという凄まじい話である。事件としては死体の異様さの解明と殺人の動機を推理するという展開となっている。

　舞台は博士が恵美のために、幅五百メートル、奥行き百メートル、一番深いところで十メートルという巨大なプールを造り、熱帯魚、天使魚《うお》各二万匹を放つなどした海鰻荘に限られている。そのプール自体が偏執的だが、殺し方の異常さも、ウツボの習性をよく知っている故に可能な殺し方自体も偏執的である。そして恵美への恨みによって娘に復讐するのもそうで、この小説は閉じられている世界を書いている。

　このグロテスクさと閉じられた状況が敗戦後のやり場のない怒りの表現になっている

と思う。

橘外男《そとお》『青白き裸女群像』[38]

『旬刊ニュース』昭和二十三年三月から翌年五月まで連載されたもので、昭和二十五年に単行本として刊行された。

エロティシズム

この小説は、フランスを舞台にして、二十二年前に行方不明になった娘が天刑病《てんけい》（今でいうハンセン病）に罹って見る影もなくなって帰ってきて、父に何があったかを話し、父が警察に相談に行くことから話は始まる。召使たちに守られて暮らしている、現代には埋もれている中世の城の城主が、絵のために女を拉致し、従わないと殺すというようにして、裸女たちの迫力ある絵を描いていたのである。

グロテスク

城主も天刑病に罹っており、拉致されてきた女を犯し、また女は病原菌を注射され、必要なくなると召使いたちに自由にさせ、というような、いわば異常なエロティシズムが芸術と結びついていくわけで、**芥川龍之介**が元にした**『宇治拾遺物語』**の、不動明王の向背の火炎をリアルに描こうと自分の家に火を付けた絵師の話[39]など、古くからある絵のために周囲を犠牲にする話の流れにあるが、むしろグロテスクなエロティシズムが主題になっている。

そして天刑病患者の城ということは、中世以来の澱んだ血を暗喩し、この代で断絶、滅びることを意味している。滅びとグロテスクなエロティシズムと美は敗戦直後の日本の負の状況の表現といっていいだろう。**田村泰次郎『肉体の門』**（一九四七年）もあった。

(38) 橘外男（一八九四～一九五九）『青白き裸女群像』（一九五〇）

(39) 三十八話「絵仏師良秀、家を焼くるを見て悦ぶ事」。芥川『地獄変』（大正七年）。

サディズム
マゾヒズム

私は昭和二十一、二年頃の上野駅前を覚えている。その頃は父の仕事の関係で埼玉県の上尾におり、常磐線で上野に出たのである。雑踏のなかに傷痍軍人が物乞いし、浮浪児が隠れ覗いていた光景だ。活気の裏側に不気味なものを感じ、怖かった。

戦後社会は復興していくなかで、日本は間違った戦争をした、日本人は付和雷同し、自分の考えをもたないなど、さまざまに否定的なことが語られ、日本文化自体に否定的な雰囲気があった。**桑原武夫**「**第二芸術論**」（一九四六年『**世界**』）といった伝統的な定型詩である俳句否定論などが真剣に受け止められた*40時代であった。つまり、日本人は自己否定を強いられていたのである。

この『**青白き裸女群像**』がフランスを舞台にするのも、負の側からの欧米憧憬だろう。サディズムにしろマゾヒズムにしろ、西欧近代が生んだ思想だった。

『**顎十郎《あごじゅうろう》捕物帖**』*41を書いた**久《ひさ》生《お》十蘭《じゅうらん》**の『**ノア**』（一九五〇年）という戦中の日本を書いた小説もある。「人道小説」と銘打ってある。赤十字の職員としてアメリカから日本に赴任した日本人の話である。一緒に帰国した親戚が次々憲兵に殺され、自身もフィリピンで死ぬという筋書きで、憲兵の非道さ、軍隊の退廃が書かれている。視点をアメリカに住み、赤十字という国際的な機関で働いている男に置くことで、軍国の理不尽さに翻弄される人間を書いているわけだ。

久生十蘭は、フランスを舞台にした『**真説・鉄仮面**』（一九五四年）も書いており、戦後欧米の精神が心の拠り所となっていた状況がみえる。しかし、戦前の一九三五年、**夢野久作**『**ドグラ・マグラ**』や一九三四年、**小栗虫太郎**『**黒死館《こくしかん》殺人事件**』があるように、

（40）短歌はこの問題を今だに引き受けている感がある。

（41）他に場所がないので時代小説の「捕物帖」に少しだけ触れておく。**岡本綺堂**『**半七捕物帖**』が嚆矢で、大正六年（一九一七）から始まった。**野村胡堂**『**銭形平次**』が昭和六年（一九三一）、**横溝正史**『**人形佐七**』などがある。

戦後の知の無国籍性

エンターテインメント小説では欧米の知や論理が求められていたといっていいと思う。

その蓄積と敗戦が戦後社会の知の無国籍性[42]をもたらした。上層では欧米志向が濃いが、日本には誰かが世界中のどこかの地域への関心をもっており、日本国全体ではあらゆる地域への関心となるだろう。そして知の領域では、日本文化の深い蓄積の影響を受けながら育ち、欧米の思想も身につけるから、たぶんもっとも普遍の側に知を延ばすことのできる地域といえるだろう。日本ほど国家意識の薄い国はないのではないか。その反動が危機意識がどうのこうのというような最近の動向をもたらしている。

横溝正史[43]―僻地を書く

横溝正史も**『恐ろしき四月馬鹿』**を**『新青年』**大正十年の懸賞に応募してすることでデビュウした。十九才の時である。私は**『真珠郎』**（**『鬼火』**〈昭和十年〉に収録）がとてもいい作品と思うのだが、ここでは第二次世界大戦敗戦の戦後という時代をどのように表現したかを中心に考えておきたい。

終戦が昭和二十年八月十五日だが、翌年一月に**『宝石』**から依頼され、四月から**『本陣殺人事件』**の連載が始まっている。戦中は書くことができず、戦争が終わり、「ものに憑かれたように」書いたという（角川文庫『本陣殺人事件』解説、大坪直行、一九七三年）。

『本陣殺人事件』は横溝が疎開していた岡山県の山村を舞台にし、村の本陣[44]を勤めたような旧家の跡取りが、花嫁として迎える女が処女ではなかったことを知り、結婚式

（42）明治以来の欧米志向、そして敗戦による日本の近代化の未成熟という自覚から、より欧米志向が強まり、にもかかわらず、日本の文化の蓄積の深さをもっているゆえ、たぶん世界的に最も無国籍的な状況が生まれた。それは知を普遍的に高いレベルに押しあげることにもなった。

（43）**横溝正史**（一九〇二〜八一）。

（44）江戸時代、街道の宿場におかれた大名、公家、幕府役人など貴人の宿泊旅館。

の夜殺し、自分は他殺に判断させる工作をして自殺するという事件で、「封建的」な旧家の悲劇を書いたものである。いかに旧弊の土地で、殺した男が潔癖であろうが、処女でないと分かって結婚相手を殺すという不自然さが残るが、探偵小説としては、殺人のあったのは閉じられた部屋で、犯人がいかに入り出ていったかを解く密室殺人物である。探偵小説のおもしろさはこのような知的遊戯を中心にしうる。

横溝を取り上げたのは、戦後という時代をよく表現しているからである。昭和二十一年、『**宝石**』に発表された『**本陣殺人事件**』のあとに書かれた『**獄門島**』は、『本陣殺人事件』を解決した探偵金田一耕助の次の事件であり、以降金田一耕助物が書かれていくが、『本陣殺人事件』が昭和十二年十月で、耕助二十五、六歳の時、『獄門島』の事件は昭和二十一年のことで、耕助三十四、五歳になっている。獄門島に来た理由は、招集されて二年間は大陸に、そして南方の島から島へ、ニューギニアで終戦を向かえたが、そのニューギニアで戦友になった鬼頭千万太が復員船で病死した時、自分が死ぬと三人の妹が殺されるから守ってくれといった遺言のためであった。

戦死ではないが、戦争による死、復員という戦後の社会にリアルな設定がされている。そして獄門島という閉鎖的な地方社会の相続という、新しい社会の打破すべき「封建的」[*45]な習俗ゆえに起こる事件で、戦後社会が抱えた問題を背景にしている。

物語としてのおもしろさは、三姉妹の絞殺された後の死体のそれぞれが**芭蕉**他の、

鶯の身をさかさまに初音かな（**榎本其角**）

むざんやな兜の下のきりぎりす（松尾芭蕉）

封建的

(45) 中国の、天子が天下を諸国にわかち、国ごとに諸侯を置いて分権的に統治させる政治支配の制度を封建制という。

「封建的」という言い方は、前近代的な古い制度や考え方に対し、否定的に使われた。

　一つ家に遊女もねたり萩と月（松尾芭蕉）

のそれぞれの句に基づいた、梅の古木に逆さに縛られた花子、釣り鐘の中に置かれた雪枝、萩の花がふりかけられた月代というふうに、死体が異様な状態にされているところなどが共通である。猟奇殺人のような雰囲気がかもしだされている。『本陣殺人事件』もそうだが、土俗的なものと重なって、僻地の伝統的な社会に澱んでいるものの雰囲気をよくとらえている。

疎開

　この土俗的なものは、横溝自身の疎開体験に基づいている。僻地は爆撃から最も遠い世界である。したがって、疎開[46]は戦争も遠いものにし、古くからのものが澱んでいる僻地を見つめる機会となった。探偵小説は**江戸川乱歩**に象徴されるように、都市を舞台にするものが多く、都市的なものといっていい。横溝正史は暮らしていた僻地で見聞きした世界を探偵小説の舞台にし、新しい領域を拓いた。

　その世界を「封建的」とはいっているが、伝統社会を徹底的に否定的に書いているわけでもない。獄門島の唯一の寺である千光寺の了然和尚は地方の僧らしく、村社会をあたたかく見ているところがある。鬼頭の本家で唯一生き残った早苗は、耕助の誘いを断り、復員してくる若い男の誰かと結婚し、家を存続させていく決心をしている。村や家は変わるが島の社会は続いていくのである。

　昭和二十五年から『**キング**』に連載された『**犬神家の一族**』も同じように地方の名家を舞台にし、復員した跡継ぎを中心にして展開する殺人事件を金田一耕助が解決する探偵小説である。以上の三作だけでなく、『**八つ墓村**』『**悪魔の手鞠歌**』と、横溝正史の地

（46）疎開は、戦争中、爆撃が激しくなるにつれて、都会の人々がその難を逃れるため地方の親族、知り合いを頼って転居することをいう。学童疎開といって、小学校単位で疎開することもあった。

方の村を舞台とした、金田一耕助物の探偵小説は戦後社会のなかで、読まれ、映画化されたものも多い。私が読んだのは昭和四十から五十年代だが、少しも古びておらず、むしろ文庫に入って、その時期に多くの読者を獲得した。急速に経済的繁栄の時代に入り、一方で崩壊していく村落への追憶や哀惜、傷みなどの想いが横溝を求めたのである。

松本清張[47]——戦後と旅

第二次世界大戦後、朝鮮戦争（一九五〇〜五三）の特需によって、日本経済は急速に復興していった。そういうなかで、一九五〇年代半ば、**松本清張**が登場する。清張は『**或る「小倉日記」伝**』（一九五二年）で芥川賞を受賞した作家である。

一九五八年三月から『**宝石**』に『**ゼロの焦点**』の連載が始まる（一九六〇年三月まで）。金沢の名家の、社会活動もしている主婦が戦後立川で駐留軍相手の売春をしていたのを知られ、殺人を犯すという話で、能登の寒々した光景を背景にして、戦後社会の混沌や悲劇を鮮やかに書いている。

私の母の姉の夫は婿に入ったのだが、陸軍中尉で、無理な敵前上陸を決行し、玉砕している。母の実家は米問屋を営んでいたが、戦中に米が配給制度になって、没落した。叔母は小さい女の子を二人抱えて、戦死した夫の農業を営む実家で何年か暮らしたが、大店の主人であった祖父には馴染めず、一家は祖母の実家の近くに引っ込み、叔母が父の知り合いの人の紹介で製糸会社の女子寮の寮母をやったりして家計を支えていた。

たぶん戦争で亡くなった家族親戚のない家はないといっていいほどだったと思う。そ

（47）松本清張（一九〇九〜九二）。

して戦後、生活に苦労した者は多かった。そういう戦中、戦後の体験は日本人に共通のもので、清張の推理小説は人々の心をうつものであった。

他にも戦後だけでなく、戦中にも犯罪の原因を求めた作品*48があり、犯罪が社会的なものであることを書いていることになる。さらに社会というものの不条理だけでなく、政治や企業の社会悪も書いて、社会派と呼ばれる領域を拓いた。

社会派

それだけではない。清張には読ませる短編がたくさんある。それらは普通の人の微妙な心理を書いて、とてもリアルに感じられる。たとえば、**『地方紙を買う女』**（一九五七年）は、召集された夫を待って暮らしている東京の女が、生活が苦しく水商売をしているうち、悪い男に弱みを握られ、関係ができたが、夫が復員するので、層雲峡でその男を心中にみせかけて殺す。事件にならないですむか気になって、連載されている小説を読みたいという理由でその地方の新聞に購読を申し込む。それを聞いた、その小説を書いている売れない作家がとても喜び、しばらくして編集者にその女のことを訊くと、まだ連載中なのに購読しなくなっているとわかり、不審に思って、結局その女がなぜ地方紙を買っていたかを探り出してしまうという話で、女の心理がとてもよく分かり、同情したくなる悲しい話である。売れない作家が調べてしまうという設定もうまい。

この話も戦後を書いている。戦後でなくても成り立つ話だが、昭和三十年代にはリアルである。

『ゼロの焦点』は能登の海が重要な場面になっているが、これは新婚の夫が出張先で行方不明になり、東京で暮らしている妻が調べて行くというようにして、事件に迫って

（48）**『Dの複合』**（一九六五～八）など旅の雑誌の編集者が、戦争中、貨物船の船長をしていた父が船主が法に外れる物資をその船で運んでいるのを知ったため殺される。その息子が戦中の儲けで資産家になっている元船主に復讐する話である。

いく。このように、清張の作品には、旅がしばしば出てくる。『Dの複合』（一九六五〜八年）は文筆業の男が旅の雑誌の編集者に連れられて、天の羽衣や浦島伝説のある地を訪ねることが、戦中の事件の被害者である父の復讐になっていくという話だ。

教養書の全盛

旅行雑誌の創刊と旅行ブーム

なぜだろうか。清張が旅が好きだったからというのは止めよう。一九五〇年代は朝鮮戦争の特需で豊かになっていった時代である。豊かさは家事を楽にする器具を購入したりすることに目が向かいがちだが、器具は大量に製品化されることによって普及する。一九五二年には世界文学全集が新潮社から、昭和文学全集が角川書店から、一九五三年には世界思想大系が河出書房から、一九五五年には世界大百科が平凡社からというように、教養書とでも呼べる書物が次々刊行され出した。もちろん購入層が形成されつつあったのである。そして旅行雑誌が、一九五二年『トラベルクラブ』、一九五一年『旅と宿』、一九五二年『旅の手帖』『温泉と旅行』『オール旅行』、一九五六年『ハイカー』、一九五七年『旅行春秋』と、立て続けに刊行され出した。旅行がブームになっていったのである。私自身も高校の頃、しばしば登山に誘われた。上高地など、人でいっぱいだったのを覚えている。

旅への関心

清張の推理小説はそういう時代の旅への関心と関係しているのである。そう考えてくると、横溝正史の僻地も関係しそうである。旅行ブーム以前だが、疎開体験が地方そして僻地へ目を向けることになり、旅行と繋がっていったのである。『Dの複合』は珍しい土地への旅、つまり僻地の旅だった。

『Dの複合』は地元の伝承を求めている。これは民俗学と繋がっていく。古典研究も皇国史観[*49]から解放され、科学的な研究が始まっていた[*50]。マルクス主義の解禁も大きい。歴史を民衆のものとして取り戻そうという動きが生まれた。「歴史と民族」というようなテーマで学会は論争したりしていた。そういうなかで、伝統的な日本の生活文化を研究する民俗学も活気をおびてきていた。

民俗学の流行

森村誠一[*51]『人間の証明』(一九七六年)

森村誠一は『**高層の死角**』(一九六九年)で江戸川乱歩賞を受賞した。パーティーの会場などにも活用する超高層ホテルが建設され出した頃のことである。この作品も松本清張が拓いた社会派と呼ばれる社会問題を題材にする推理小説の流れのなかにある。一方、清張の旅行して地方の風土や伝説に触れるという設定は**西村京太郎**[*52]に受け継がれ、トラベルミステリーと呼ばれるジャンルを作った。

トラベルミステリー

森村誠一『**人間の証明**』は、黒人米兵との間に生まれアメリカで成長した男の子ジョニーが成人して、家庭問題評論家として名のある母親の八杉恭子を訪ねるが、母は過去が知られるのを恐れて殺してしまうという悲劇である。清張の『**ゼロの焦点**』と似ている話だが、戦後の混乱した時代に生まれた子が成長して母を訪ねてくるという展開が、清張の時代との違いを思わせる。『人間の証明』は次の時代の話なのだ。事件は一九七五年に起きている。

父の帰還命令でジョニーは父に連れられアメリカに行き、ニューヨークのハーレムで黒人差別と極貧の生活に苦しめられ、母との思い出を唯一の心の支えとして生きてきた。

(49) 日本を天皇を中心とした特別な国だとみなしたうえでの歴史観。

(50) 日本文学研究の方法としては**西郷信綱**、**益田勝実**らの「歴史社会学派」が登場する。

(51) **森村誠一** (一九三三年〜)。

(52) **西村京太郎** (一九三〇〜)。は『**四つの終止符**』(一九六四)で聾唖の少年を、『**天使の傷痕**』(一九六五)でサリドマイドベイビーをというように社会派として出発したが、国鉄の「ディスカバリー・ジャパン」キャンペーンに応じて『**寝台特急殺人事件**』(一九七八)を書き、以降トラベルミステリーの代表的作家となった。

全国学園闘争

自己否定

フーテン
ヒッピー

また事件を追及する刑事棟居は、子どもの頃アメリカ兵に強姦されそうだった若い女を助けた父をアメリカ兵によって殺されている。このような設定は、ベトナム戦争によって影がさし、黒人解放を行った民主主義の国というアメリカ幻想への疑問が表面化してきていた時代をあらわしている。七〇年日米安全保障条約の改定反対闘争もあった。そういう時代が投影されているのである。

一九六八年からは全国学園闘争*53があった。この学生の全共闘運動は既成の党派から離れ、戦いたい者が主体的に戦うというもので、ある程度経済的に恵まれた層、大学進学率が高くなって以降の学生たちを基盤としている。生活のための闘争ではないのである。東大全共闘は「自己否定」*54というスローガンを掲げ、大学院生たちも参加していた。

私のいた東京大学国語国文の院生たちは自治会を結成し、学の自立、思想の自立を考え、研究室の鍵を預かる研究室員、助手、他大学の助教授、そして東大助教授、東大教授というヒエラルキーを否定して、研究室の自主管理をした。この学の自立、思想の自立という考え方は欧米思想も相対化してみる立場を確立していった。

物語にもどって、八杉恭子は将来を嘱望される政治家郡陽平と結婚しており、大学生の恭平と高校生陽子の二人の子をもつ。恭平はフーテン、ヒッピーを気取り、すさんだ生活をしている。これは森村が意識した一九七〇年代半ばの若者の姿である。そして恭子はそういう子の実態を隠し、家庭問題評論家として名を売っている。つまり恭子は戦後をなんとか生きぬき、高度成長期に豊かさを築いてのし上がっていった世代であり、

(53) 早稲田大学の授業料値上げ反対闘争から、東京大学の医学部、文学部の学生処分撤回闘争、そして日本大学の民主化闘争というように、多くの大学、学部がそれぞれの問題を掲げて学園を封鎖、自主管理するなどしていき、高等学校にも広がった全国規模の学園闘争。全共闘は全学共闘会議の略称。

(54) この社会に問題があるとすれば、自分もその社会を支えているのだから、自分自身を検討していかなければならないという考え。

ジョニーに象徴される戦後の混沌は現在を壊すものであった。

『人間の証明』というタイトルは、八杉恭子が隠してきた過去を引き受けることである。角川文庫「新装版あとがき」によると、『人間の証明』は七百七十万部売れたという。この異常ともいえる売れ行きは、戦後という体験と高度成長期の豊かさの裏側につきまとう後ろめたさが、八杉恭子とジョニーを生み出したかのように思わせたからであるに違いない。時代がこの母と子を求めていたのである。もちろんこの痛みは反省から変化へに結びつくものではなかったが。

『人間の証明』は出版後一年にして映画化され、ヒットする。一九七八年に毎日放送でテレビドラマ化されたが、さらに一九九三年、二〇〇一年、二〇〇四年に製作放映されている。

人気の理由の一つに**西条八十**《やそ》*55の大正期の詩「**ぼくの帽子**」

母さん、僕のあの帽子、どうしたんでせうね
ええ、夏、碓氷《うすひ》から霧積《きりづみ》へゆくみちで
谷底へ落としたあの麦わら帽子ですよ

の朗読がある。連なる緑の山のなかを麦藁帽がゆらゆらと落ちていく画面がとても印象的だった。幼い頃の思い出が母への情愛として表現される場合は多い。この場合も西条八十の詩は思い出として母と麦藁帽子を出すことでリアルな像を可能にしている。

(55) **西条八十**（一八九二〜一九七〇）。詩人、早稲田大学仏文科教授。童謡・歌謡曲の作詞も多い。

4　現代の推理小説

高村薫『マークスの山』（一九九三年）

悪漢小説

高村薫は[56]『黄金を抱いて翔べ』（一九九〇年）で、日本サスペンス大賞を受賞してデビューしたとしていい。銀行から金塊を盗む話で、いわば悪漢小説である。

主人公幸田は昭和三十五年（一九六〇）生まれで、この話の現在は平成二年（一九九〇）と設定されている。昭和五十四年（一九七九）、大学二年の頃から、左翼系過激派グループが必要とするもの、たとえばロケット砲を作る資材などを盗みなどで調達し売って稼いでいた。その頃の知り合い北川を中心とし、幸田、元北朝鮮のスパイのモモなどと金塊強奪をする。

その左翼グループ青銅社との接触のなかで、幸田は「北だろうが南だろうが、国家はみんな嘘つきだ」と思うようになる。「北」「南」は朝鮮のことだが、もちろん朝鮮だけでなく、日本もアメリカも国家はすべて「嘘つき」だ[57]というのである。これが悪漢を主人公にした理由といっていい。日本推理作家協会賞を受賞した『リヴィエラを撃て』（一九九二年）も元スパイを主人公にしたもので、国家権力というものに抗する姿勢が貫かれている。

『マークスの山』は直木賞を受賞した。高村は立て続けに次々に受賞していた。『マークスの山』は刑事合田雄一郎シリーズの第一作である。

（56）高村薫（一九五三〜）。合田雄一郎物には『照柿』（一九九四）『レディ・ジョーカー』（一九九七）など。

（57）それ以前からアナーキズム（無政府主義）があったが、国家権力、さらにはあらゆる権力が嫌いという感じ方は七〇年代の全共闘運動を経過して一般化したと思う。今は権力に無神経になっているが、知や芸術の世界だけは非権力であって欲しいと思う。

江戸川乱歩の明智小五郎、**横溝正史**の金田一耕助など、探偵が事件を解決していくものは日本では現実的ではない。探偵が活躍する場があまりないのである。日本では警察が力を発揮している。初期の頃は探偵小説と呼ばれたように、探偵が活躍する場合が多かった。シャーロック・ホームズが大きな影響を与えたからである。**松本清張**は『**ゼロの焦点**』が夫の行方不明によって妻が調べていくように展開し、『**Dの複合**』が旅の雑誌に原稿を依頼された作家が調べていくというように、当事者が探偵役になっている。読者と近い普通の人のわけで、事件とそれに対する対応が身近になってくる。しかし警察の調査、化学分析などが常に重要な役割を果たし、それがなければ解決に至らない。

刑事が主人公となって事件を解決する小説が主流になるのは一九九〇年代にはいってからと思う。**森村誠一**『**人間の証明**』は棟居刑事を主人公とした一連のシリーズになっている。**大沢在昌**《ありまさ》[58]の新宿西署の警部鮫島の「新宿鮫シリーズ」[59]もいまだに続いている。

『マークスの山』は、昭和五十一年（一九七六）、堰堤工事の従業員岩田幸平が人付き合いが嫌いで、夜は一人南アルプスの山小屋で泥酔して明かしているが、吹雪の夜に、獣と誤り人を殺してしまうことから始まる。その頃同じ北岳の麓で自動車の排管を使った心中で、男の子水沢裕之が生き残る。昭和五十七年（一九八二）、水沢は一酸化炭素中毒の影響で病んでおり、病院に収容されている。離婚歴のある看護婦高木真知子がやさしく対応しているが、水沢は暴力をふるう看護師を殺してしまう。平成元年（一九八九）、北岳の登山道近くで白骨死体が発見される。側に岩田の時計が落ちており、出所

(58) **大沢在昌**（一九五六〜）。
(59)『**新宿鮫**』は一九九〇年、吉川英治文学新人賞を受賞した。シリーズ化し第十作『**絆回廊**』（二〇一一）と続く。

していた岩田は逮捕される。近くで強盗事件が起こり、豆腐屋に引き取られている水沢が逮捕される。平成四年、都立大裏で元暴力団員の畠山宏が殺されている。続いて王子で法務省刑事局次長の松井浩司が同じ凶器によって殺される。弁護士の林原雄三が、かつての依頼人である畠山に恐喝をしてきた犯人を殺すように依頼し、畠山が逆に殺されたのだった。松井と林原はN大の同窓生、しかも山岳部で繋がっていることが分かる。合田は恐喝される原因を探っていく。

というように複雑に展開していく。時々水沢裕之の側から書く場面が挿まれており、読者は水沢が犯人であると想像できる。しかしなぜというところが分からないし、強盗先の浅野剛宅から盗んだものが恐喝のネタであることは読者には分かっても、そのネタが何かは分からない。また最初の殺人も分からないまま進んでいくため、最後まで緊迫感を持続させられて読まされてしまう。

この話の物語の現在は一九九二年に設定されている。つまりこの小説が書かれた年である。そして事件の原因は一九七六年である。恐喝された五人は一九六七年にN大に入学した世代で、全国学園闘争が一九六八年から七〇年だから、その真っ直中に在籍していたことになる。大学理事長の息子だった木原郁夫は左翼系学生のスパイ活動をしており、それが直接的に事件の原因になっている。しかしかれらの学生生活は登山が中心で、学園闘争の影は微塵もない。そしてかれらの結びつきはそれぞれが弱みをもっており、それを連鎖的に知り合っているところにある。遺書にその時代を書いている浅野が木原のそういう行動を知ったのが一九七六年だった。

この五人は一九九〇年代にはそれぞれの分野でエリートとして生きている。木原が密告した同窓生の野村久志は京大の大学院に進学したが、公安につきまとわれ、小さな出版社の編集者として生活せざるをえず、気分を晴したくキタダケソウを見たいと五人と北岳に同行する。木原は野村が近づいてきたのは自分が公安に密告したことを疑っているのではないかと林原と殺す計画を立てるが、野村は「みな（＝この五人）自分とは別世界の者たちだと信じ、別世界の者たちと話をしたくて山へ登ったのではないか」と浅野は思った。水沢裕之も高木真知子もそうだ。エリートとそうでない者、**高村薫**はエリートでない者の側に身を寄せている。

裕之が真知子に唯一未来の希望を語ったのは、真知子と北岳に登り向こうの世界を見ることだった。裕之は北岳山頂の道標の下で凍死して見つかる。死体は隣に真知子の看護服、カーディガン、サンダルを置いて、座って向こうを見つめた姿だった。この小説の主人公は裕之と真知子といってもいいほどだ。

学生運動の終焉

刑事の合田は裕之が強盗で逮捕された一九八二年の時三十前後とされているから、一九五〇年近くの生まれだ。すると大学卒業が一九七〇年前後で、やはり学園闘争の時に在学していたことになる。いわゆる全共闘世代になる。しかし合田にも学園闘争の影は書かれていない。高村自身は一九五三年生まれで、学園闘争の頃は高校生だった。したがって、合田より少し下の世代で、上の世代を見る位置にある。だいたい高村自身と同世代として設定されているのだ。

『黄金を抱いて翔べ』は、幸田は一九六〇年生まれで、大学生時代は一九七〇年代後半であった。学園闘争は終わり、学生運動は急速に影を潜め、新左翼の赤軍派は革命運動を外国に求め北朝鮮、イスラムの過激派に近づき、一方セクト間のいわゆる内ゲバの殺し合いが時代の末期を象徴していた。つまり学生、労働者からも市民からも遊離していたのである。一九六八年から始まった学生の闘争は結局「国家はみんな嘘つきだ」に行き着いたといっていい。私にとっては、あらゆる権力を消滅させることを据えないものは信じられないということだった。

国家はみんな嘘つき

そういうモチーフがこの『**マークスの山**』にも活きている。高村は一九七〇年以降の社会を書いた。そこにはやはりエリートではない者たち、権力を求めない、権力から疎外された者たちへの悲しい眼差しがある。裕之は両親の自殺によって一酸化炭素中毒により、精神を病んだ。看護師山崎を殺した際も罪を問われていない。そして裕之の犯罪は罪を犯したエリートたちから金を取ることだった。考えてみれば、殺人は暴力団員の畠山を除けば岩田のもの、そして裕之のものだけで、二人とも病んでいた。強請られたエリートたちは計画はしたが、手を下したわけではなかった。犯罪が必然性として行われるのではないのだ。ということは、たとえば、**松本清張**『**ゼロの焦点**』や**森村誠一**『**人間の証明**』の過去を知られないために犯す殺人とは違って、必然性としての殺人ではないといえる。必然性としての犯罪は犯人の過去を辿ることで説明できる。しかし岩田にしても、裕之にしても説明できない。犯罪は不条理なものとなった。世界的にいえばオカルトが流行るようになっていたことと通じている。もちろんこれは個人と社会との関係が不安定となり、個人の犯罪に至る条件が共同性をもてなくなった状況をあらわして

不条理な犯罪

いる。自分の位置が定められない社会、居場所がなくなってきた社会を示している。

一九九〇年代以降の推理小説は警察小説が多く書かれているのが特徴といっていいだろう。もちろん刑事が主人公の小説自体は最初の探偵小説である**黒岩涙香**『無惨』がそうだが、それを警察小説とは呼べないだろう。警察小説といいたいのは警察という組織が意識されているものを区別したいからだ。一九六〇年代、スウェーデンの**マイ・シューヴァル**と**ペール・ヴァールー**の「マルティン・ベックシリーズ」[*60]がマルティン・ベックを中心としながら、グループを構成する刑事たち一人一人も存在感を与えられて書かれた。警察は個人の特別な能力があったにしても、手足となって動く周囲があるから事件を解決する。だから組織のなかに置いて主人公を書くことで、リアルな刑事が浮かぶのである。この「マルティン・ベックシリーズ」は世界的に影響を与え、アメリカでは**エド・マクベイン**の「87分署シリーズ」[*61]が登場する。

学生反乱

マルティン・ベックのシリーズは、一九七三年は除いて、一九六五年から一年一作のペースで書かれ一九七五年まで続いた。この十年は第二次世界大戦後の社会が大きく変わる時期に当たっている。一九七〇年は日本では全国学園闘争から七〇年安保闘争があった。パリのカルチェラタンを学生たちがバリケードを作って占拠するなど、世界レベルでの学生反乱があった。そしてヒッピーと呼ばれる既成の価値観にとらわれない若者文化が広がった。もちろんベトナム戦争があり、アメリカが初めて負けた。そういう世界に共通する流れのなかで、スウェーデンの社会も変わっていくが、その変化が書かれる年代記になっている。

（60）**マイ・シューヴァル**（一九三五〜）、**ペール・ヴァールー**（一九二六〜一九七五）。共作一九六五年『**ロゼアンナ**』に始まり、一九七五年『**テロリスト**』に終るシリーズ。

（61）**エド・マクベイン**（一九二六〜二〇〇五）。アメリカの推理小説家。

少し違うが、髙村薫の「合田雄一郎シリーズ」も組織が強く意識されている。特に髙村は企業の組織も意識され、組織のなかの人間という問題も書かれているといっていい。人は組織のなかに存在しているからだ。探偵小説が多く書かれているのはアメリカだが、職業として成り立っているだけでなく、個人の能力に最も価値が置かれている社会だからである。そのためアメリカは組織と個人の能力との関係を意識化している社会である。

アメフト

一九七〇年代初めてアメリカンフットボールを見た時にそう思った。花形はクォーターバックであり、ランニングバック、ワイドレシーバーなのだが、クォーターバックを潰した相手のディフェンスが誇らしげに大喜びする。スターであるかのようだ。それは与えられた自分の仕事を達成したことの表現である。つまりどんなに地味な仕事でもそれがあって組織は成り立っているわけで、その地味な仕事をこなすことにも価値を与

組織と分業

えていることを示していると思えた。組織は分業によって成り立ち、最も機能するのは自分の分担部分をそれぞれが最もよくこなすことである。アメフトは守備のディフェンスだけでなく、攻撃のディフェンスもいる。分業が徹底しているのである。イチローの

大リーグと日本野球

おかげで大リーグ野球を見るようになり、同じようなことを思った。外野が飛球に飛び込み後ろにそらせて走者を進めることになっても、日本の野球のように非難はされない。守備として最大の努力をしたとして認められる。その場面における適切さではなく、失敗はあっても各自が常に最大の努力をしていることのほうが最終的には有効であるという考え方である。それゆえどんな仕事でも誇りをもって最大限努力できる。

アメフトも野球も、分業を徹底し、攻撃と守備を交互に行うという共通性をもつが、

ともにアメリカで生まれた、社会をうつすスポーツである。アメリカは近代社会しかないから、最も近代的な国家である。この二つも最も近代的なスポーツである。しかも見るスポーツとして発達している。大部分の人は英雄にはなれない。観客たちはその大部分の普通の人々である。かれらは分業化されたアメフトの選手のそれぞれのプレーに分業の職場における自分を感じることができるのだ。

南北戦争

この近代の組織の効率的なあり方に気づいて制度として完成していったのがアメリカなのだ。講義で、南北戦争は奴隷解放という人権問題より、工業を中心とする北部と農業を中心とする南部の対立で、北部の労働効率と生産した商品の購買層を作る*62ための戦争だったと話したことが学生の反響を呼んだことがあった。人権の主張は立て前だけではないが、それだけで動くわけではなく、実質的な利益の問題と裏表になっている。そしてこの「人権」という正義はいまだに使われている。われわれは正義が掲げられたとき、社会全体のなかに置いて考えてみるべきなのだ。

オリンピックという見世物

私はアメリカが嫌いなわけではない。大リーグを見るようになって、日本の野球を見なくなった。見世物としてもとてもよくできている。今年は冬季オリンピックがあったが、オリンピックは世界最大の見世物になっている。見世物は最高の技術を見せるものである。だから高い報酬を得る。日本の選手たちの収入はどうなっているのか、少しも明らかにされていない。普段の生活費だけでなく、今のスポーツは選手の周囲にコーチだけでなく、数人の世話係りを抱えなければならない。そうとうの額になるはずである。これを支えるのは税金だと思う。だったら私たちが払っているわけで、税金として見物

(62) 無理に働かされる奴隷労働は効率が悪い。奴隷を解放し、労働者とすることで、効率をあげ、さらに賃金を与えることで購買者にしていくのである。

プロとアマ

料を払って見ているといっていい。だから無惨に負けて、精一杯やった、楽しんだなどといわれると、お前の下手な技術と楽しみのためにお金を払ったのではないといいたくなる。選手はそれで生活をしているのだからプロという自覚をもつべきである*63。日本の選手はアマチュアが多すぎる。アマチュアは自分の楽しみでやっている人をいう。楽しみは自分でお金を払ってするものだ。アメリカの選手は違う。社会における個の自覚が違う。

アメリカは探偵が活躍する

個の自覚は必然的に組織と対立する。それでアメリカは探偵が主人公の推理小説が多くなるのである。最も近代的な社会ゆえ、逆に警察組織に反撥する探偵が主人公になる。ハードボイルドと呼ばれるニヒルな探偵の態度はアメリカが生み出し、その流れは**ダシール・ハメット**、**レイモンド・チャンドラー**、**ロス・マクドナルド**、**ビル・ブロンジーニ**、**マイケル・Z・リューイン**と質の高い探偵小説が続いていく。このハードボイルド小説は世界中の都市に流行していった。

組織と個人

しかしヨーロッパや日本では警察小説のほうがリアルだった。その警察小説が一九九〇年代以降流行するには理由があるはずである。本書では「社会の関心」があらわれるという言い方をしてきている。それが組織と個人なのである。頭抜けた個人がいなくなり、組織によってこそ社会が維持されていると感じるようになっている。一見逆のようにみえるが、そうではない。個人の能力を活かす場があるのは組織のなかのどこかにだけだ。個性的な服装などといわれてもほとんど同じような服装をした人々がたくさんいることでよくわかる。私は個性とはその人の固有性と思ってきた。しかし現代はそんな

(63) サッカーのJリーグが始まった時、鹿島アントラーズはブラジルから**ジーコ**を呼んだ。ジーコはプロとして自覚を選手に植えつけようとしたという。鹿島が圧倒的なタイトル獲得数をもつのもプロとしての自覚と関係していると思う。

個性などないと考えられ、個性さえ経済社会に利用され、消費されている。自分の能力が活かされるのは整えられた制度のなかのどこかにすぎない。才能や能力がせいぜいその程度でかまわないという認識が一般化した。それは新しい制度を作ろうとするのではなく、既成の制度のなかでの新しい見方によって居場所をみつけるという方向でしか考えなくなったことを意味している。そういう一種の閉塞状況の象徴が組織なのである。

警察小説の流行──堂場舜一『雪虫』（二〇〇一年）

堂場舜一『雪虫』は、元捜査一課長、新潟中《なか》署長の祖父、やはり捜査一課長を努め現在魚沼署長である父、そして自身が新潟県警の刑事と三代続く警察一家の物語である。主人公鳴沢了はその三代目の二十九才の刑事である。事件は、戦後の昭和二十三年に始まり三十年に解散した天啓会*64という宗教団体の教祖であった七十八才の老女本間あさが殺され、さらに天啓会の元幹部が殺され、そして祖父も殺されかかることがあり、天啓会で教祖が犯した殺人を、脳に障害のある津山秀夫に被せた五十年前の事件の、津山の弟佐藤秀夫の復讐だったというものである。

祖父は、本間あさの夫の戦友で、その戦友から亡くなる際に妻のことを頼まれていた。天啓会の教祖となった本間あさは言い寄っていた米屋を殺してしまったが、祖父は、街の八割を焼き、死者千五百人を出した終戦直前の八月一日の長岡大空襲で家族のうち一人だけ生き残った孤児で、あさに助けられていた津山を犯人にしたら大した罪にならずに済むことを考え、あさを助けたのだった。しかし戦後社会が落ち着き、天啓会が解散

（64）終末思想をもって人々をひきつけたという。希望のなくなった終戦直後の時代、新興宗教が方々で起こった。

し、幹部たちもそれぞれ家業を継ぐなどしていったとき、津山が真相を明らかにしてしまうことが気になり、殺してしまう。

ところが津山の弟の佐藤文治も生き残り、遠い親戚の佐藤家に引き取られていた。文治は事業を成功させ、息子に家業を譲って、末期癌のこともあり、弟のことが気になっていて事情を調べ、復讐をするのである。そして祖父は了に過去の罪を明らかにされ、自殺する。父はそのことを知っていたが、沈黙を通し、了は家族のことゆえ公表できず、新潟県警を去っていく。

了は二十九才である。この小説が書かれている時二〇〇〇年が現在とすれば、了は一九七一年生まれとなる。一九七〇年前後の一、二年を含めて七〇年といっておけば、七〇年は戦後史の上で画期をなすことは述べた。思想的に、戦後抱え込まれたさまざまなものが意識された時期だった。つまり了は戦後をまったく知らない世代として設定されているのだ。したがって、その戦後をまったく知らない世代が戦後を知るというのがこの小説の主題とみることもできる。

三代という世代は歴史を構成する最小の単位である*65。祖父の話を生で聞くことができ、自分の身体と心の繋がりを祖父の時代まで遡らせることができるからである。

堂場はなぜそうしなければならなかったのだろうか。**堂場**は一九六三年生まれである。戦後の大きな決算の一部ともいうべき一九七〇年を小学校時代に見ていた。ヘルメットを被りタオルで覆面し棒を武器にした学生集団が機動隊と衝突する場面、それは近代としては遊びと思えるほどのばかばかしい戦闘だっただろう。そこに鉄パイプ、火炎ビン

（65）最初に述べた共同体の原理を思い起こして欲しい。

が登場してくる。そして浅間山荘に籠もり銃で機動隊と戦う場面となる。これらをテレビの報道で見ている。その前には「総括」と称する仲間内のリンチ殺人、セクト間の殺人があったことが事件後明らかにされた。新左翼各派は過激派として庶民から遊離していく。ヘルメットに棒程度の学生集団は、たとえば本郷の東大の前の商店の人々は主義主張がどうこうではなく、けっこう好意的に見守ってくれていた。

一九七〇年当時、高校生だった者たちは高校でも運動があったことは記憶していよう。それより下の堂場の世代はそれらを含め、奇異な目で見ていたに違いない。内ゲバ、総括と酷いという印象が深いかもしれない[66]。そうであってもなくても、何故かという問いがあってもおかしくない。その問いが『雪虫』では七〇年に向かうより、さらに遡って戦後に向かった。戦後は一旦何もかもが失われ、無から再出発せざるをえない社会だったからである。

長岡大空襲、そして戦後明らかになった米軍の新潟への原爆投下の計画も重なり、天啓会の終末思想が若い人たちの心を惹きつけた。了が彼らに天啓会の話を聞くと、みな最初は嫌がるが、懐かしさを見せ、悪くいわれると怒る。それは了を納得させない。つまり時代に生きた者と現代に生きている者との断層を感じさせる。しかし、書き手はそう書いているだけで批判的ではなく、受け容れている書きぶりである。

この話は現代の事件の原因が敗戦後の混乱の時代にあったという。これを敷延すれば、現代は戦後社会から作られていったということになる。この認識は現代が抱えている問題をよく押さえている。戦後どういう問題があり、どういうふうに考えられたか、どう

(66) 二〇〇〇年代に入ってからのことだが、卒論の合否を決める学科会議で、卒論の指導をちゃんとしなかったため不合格者を出した教員を私が批判すると、後で「全共闘の総括」みたいで嫌だったといわれたことがあった。どうも赤軍の事件をいっているらしいと気づくまで時間がかかった。全共闘も赤軍など新左翼各派の区別もつかないし、「総括」とは個人を攻撃することだと思っているらしい。たぶん下の世代はそうだったのだと気づかされた。

いうようにしようとしたか、など実際に解決されたかどうかではなく、考える時がきているると思っている。戦後を生きてきた私には、今抱えている問題はだいたい戦後から七〇年代頃までに考えられてきたと思える。ただそれらが受け継がれていないのだ。

堂場は次の「鳴沢了シリーズ」第二作目の『**破弾**』（二〇〇三年）で、一九七〇年に事件の原因がある話を書いている。過激派内部の殺人だ。堂場にとっては内ゲバ、総括、浅間山荘事件とリアルであったに違いない。

浮浪者が暴行を受けた後姿を消す。警視庁の多摩署の刑事である了が担当させられる。その浮浪者は三十年前学生の頃、過激派の小セクトに属していたが、そのセクトのメンバーの一人が殺される。結局その頃そのセクトのシンパであった女子学生立川香里がセクト内部の争いで殺されており、彼女は了の大学時代のラグビー部の先輩であり、中学の教師をしている沢口裕生の初恋の人であったゆえの、沢口の復讐だった、という話である。

七〇年の学園闘争、安保闘争敗北後の労働運動も急速に落ち込んでいった*67。戦後の財閥解体、農地解放といういわば社会主義国のような政策で日本は平等社会を造ってきた。労働争議も賃金格差の少ない状態をもたらし、たぶん資本主義国で最も経済的な格差がない社会になった。そういう戦後社会から、世界経済の規模で競争力を持つためには国内を競争させる必要が起こり、国鉄が国営企業から私企業に変えられていったのが一九八〇年代である。全国津々浦々まで交通網を作るという発想は負担が大きく、利益のあがる路線以外は切り捨てることになった。この転換が象徴するのは平等から利益

(67)「労働」という言葉も死語になりつつある。

数年前だが、高校に非常勤講師のアルバイトをしている院生が、夏休みに講習を頼まれたというので、お金より論文を書く時間がたいせつだろうというと、いえ、お金はもらえないというのを聞いて唖然としたことがあった。労働に対してペイが払われるのは当然だろうというと、怪訝な顔をした。

優先へである。七〇年代は大きな転換点だった。
暴行を受けて姿を消した浮浪者である沢口のかつての妻はこう語っている。

あの人にも、昔は夢があったんだと思いますよ。それを途中で投げ出したのが、自分でも許せなかったんでしょうね。

どういう夢か語られていないが、格差のない平等の社会へという夢といっていい。マルクス主義はそういう未来社会への夢の根拠になっていた。人々が共通に目標にすることのできる夢である。私はマルクス主義者では決してないが、未来の理想社会の像を示してくれたことは意味があったと考えている。もちろん、世界史は一九八九年の東西ドイツの統一、一九九〇年のソヴィエト連邦崩壊と続いていく。社会主義国の崩壊はマルクス主義が現代社会に対応できないことを明らかにした。

社会主義国の崩壊

しかしすでに一九七〇年代、大学院の院生であるわれわれは**吉本隆明**が批判したように、マルクス主義の芸術論は芸術だけでなく、学など人間の精神活動とでも呼べるものについて間違っていると考えていた。文学、芸術そして学などの精神活動は自立的であると考えていたのである。戦後のマルクス主義の時代は一九七〇年代には確実に終焉に向かっていた。

しかしマルクス主義の衰退にともなって、むしろ歴史的な思考は嫌われてきた。歴史が必然性としてあるのではなく、偶然が支配する面が大きいという考え方が出てきた。

保立道久『平安時代』（岩波ジュニア新書、一九九九年）は為政者たちの個人的な事情*68が政治に関係したことを述べていて、それなりに説得力がある。

私が納得するのはスポーツの世界である。たとえばサッカーの優勝がかかった試合で、0対0でロスタイムに入り、ペナルティエリア内でディフェンスが相手を倒し、PKになったが、キーパーの飛ぶ方向とキッカーの球の方向がたまたま一致し、止められ、延長戦でPKを与えたチームが勝ち、リーグ優勝をしたとすると、サッカー史にそのチームの名が刻まれる。PKが決まっていれば歴史が変わっていたことになる。

社会の意志が憑依する

しかし歴史のすべてがそうなわけではない。歴史の転換期には必然性があって、体制が変わる。そういう時、それこそ個人が指導者となって社会の意志が取り憑いた新しい社会を造っていくことが起きる*69。個人の意志ではない。優れた為政者は自分の意志ではなく、それこそ社会の意志で動くのである。

警察の歴史

個人の意志や事情、偶然で歴史があるとすれば、歴史を振り返る必要はない。しかし自分は親に育てられ、自己形成していっている。それを振り返ることも最小の歴史ではないか。それは最もリアルに感じられる歴史である。自分史を書くことが流行したが、自分を振り返ることが自分を知ることに繋がる。その自分をさらに親、祖父母と繋げていけば、より理解するためには祖父母の時代を知らねばならなくなるだろう。そうして個人を元にしてリアルに歴史が形成される。つまり、自分史は歴史の原点に戻り、歴史にリアルさを取り戻そうとする欲求なのだ。現代社会の潜在的な関心といっていいと思う。

（68）病気の時の気分や人間関係などで為政者の対応が変るという。

（69）たとえばヒットラーもあの時代のヨーロッパのいわゆる後進国の潜在的に共通の心性が押し上げたものである。

佐々木譲と横山秀夫[70]

佐々木譲『警官の血』（二〇〇六〜七年）という警察小説もある。これは安城清二、民雄、和也の親子三代の警察官の物語である。**堂場**は鳴沢了を主人公にして現代の殺人事件の原因としての過去の殺人事件を調べて祖父の時代に遡るものだが、佐々木の『警官の血』は三代にわたる警察官の一代ごとに時代をうつして書かれていくものである。いうならば第二次世界大戦後の警察の歴史である。

浅草で生まれ育った一代目清二は北部仏印から復員し、昭和二十三年（一九四八）に上野警察署から勤務を始めている。国家警察から民主警察になった際の採用だった。そして昭和三十四年（一九五九）三十五才の時、天王寺駐在所勤務になって、上野署勤務の時に上野公園で起こったおかまが殺された事件、住んでいる長屋の裏で起きた国鉄職員の少年の殺人事件を探っていたが、近くにある文化財の五重塔の火災の夜に京成電車に轢かれて亡くなる。二代目民雄は高校卒業後、昭和四十二年、警視庁に採用されたが、公安部から北海道大学に入学し学生運動のスパイをするようにさとされ、昭和四十四年、共産主義者同盟赤軍派の武装訓練を密告し、精神的に病む。昭和六十一年、父と同じ天王寺駐在所勤務となり、父の死因を調べる。麻薬中毒の男に人質にされた少女を救うが射殺され殉職する。三代目和也は都立大卒業後警視庁に勤める。新人の時警務に誘われ、平成十二年（二〇〇〇）捜査四課に配属され、係長をスパイする。結局祖父、父の本当の死因を祖父の同期の警察官だった早瀬から聞き出す。父は上野公園のおかま殺

(70) 佐々木譲（一九五〇〜）。横山秀夫（一九五七〜）。

しが早瀬だと突き詰めて殺され、父は早瀬に迫ったが、早瀬は祖父の北部仏印の戦争体験が早瀬のレイテ島の地獄のような戦争体験とはまったく違い、祖父にはそういう体験がないから、「正義感」だけで罪を暴こうとしたといい、父はそれを聞いて精神的に参って、麻薬中毒者に射殺されるように行動した、いわば自殺だという。早瀬は正義が「相対的」なものだといって居直る。そして和也は自らもその警察の正義は「相対的」なものだと考えて行動していく。

警察組織そのものを問題にした**横山秀夫『陰の季節』**（一九九八年）も登場する。この作品は一九八八年度松本清張賞を受賞した。

警察小説は犯罪事件を解決しようとする刑事が中心になるのが当然だったが、『陰の季節』は管理部門の警務課の警視二渡真治を主人公として、内部の目から警察を書いている。

定期人事異動の名簿を作成の大詰めの頃、定年後の天下り先の社団法人に天下った元刑事部長尾坂部が辞めないといっているため、そのポストに天下ることになっていた定年を迎える幹部の行き先がなくなるので、なぜ辞めないのか調べていくという話である。

尾坂部は未解決の事件はわずか二件だけだったが、うちの一つであるＯＬ暴行事件は自分の娘が被害者で、証拠はないが、犯人を心理的に追い詰めていっている途中で辞めることができなかったのであった。

この小説は警察内部の「事件」を中心としている。つまり事件といっても組織内部の軋轢であり、どこの組織にもありそうなものである。そこに、この場合はＯＬ暴行事件がかかわってくるにすぎない。したがって、二つの事件が同列に扱われ、いわゆるどちらの犯罪が重いということはない。

単行本の『陰の季節』には「黒い線」という短編が収められているが、これも、若い婦警の平野瑞穂が描いたひったくり犯の似顔絵がそっくりだったため犯人逮捕が迅速で、新聞に婦警のお手柄として犯人の似顔絵と写真が載せられたが、婦警になり世に尽くすことを子どもからの夢としていた平野は、翌日失踪してしまうという「事件」を、婦警全体の世話役の七尾友子の目から書いている。七尾は二渡《ふたわたり》の部下で、人事係であり、捜査する刑事ではない。

この話も、失踪の理由は、ひったくりにあった老女は目が悪くて犯人の顔をよく見ることができず、ほんとうは似顔絵は似ていなかったのだが、上司が写真を渡して描き直させたことにあること、そっくりですぐ分かり通報したと報道された商店主は前から目をつけていたことから通報したということを七尾が調べていって気づくという展開をする。やはり婦警の失踪という組織内部の「事件」とひったくりという二つの事件が同列に扱われている。

身近な事件

われわれは生活しているなかで、数々の「事件」に出会っている。私の書棚からしばしば本が紛失する。探して初めてないことに気づくわけで、何度も記憶を辿って探すが、結局見つからない。この「事件」と近所の人がひったくりに会ったという事件は、恐怖や強制という違いがあるが、私にとってそれほどの違いはない。われわれにとって身近な「事件」と直接かかわらない事件とでは大差ないのである。横山が書いたのは、そういう当事者にとってのリアルさのレベルといっていい。もちろん組織というレベルの違いは大きいのだが。

このような感じ方が横山の警察物の読者を獲得していった。いわば自分を中心として周囲に起こることだけがリアルに感じられる時代の表現として受け容れられたと考えていいだろう。

もう一つ、組織がある。ＯＬ暴行事件の犯人は結局睡眠薬自殺し、この事件は結局解決したわけではないが、尾坂部としては決着をつけたことになり、天下り先も辞め、話としてはおさまる。二渡が尾坂部のことを調べていく過程で、かつて尾坂部の部下だった同期の他の課の刑事である前島に現役の頃のことを訊いたりしている。もちろん前島は悪くはいわない。縦の関係における結びつきだが、この同期の結びつきは他の話でも必ずといっていいほど出てくる。これは組織が縦の繋がりと横の繋がりによって動いていることを語っている。警察も組織としてあり、しかも他の組織と大差ないのである。

「黒い線」の平野瑞穂の事件にふれたが、瑞穂は精神的に不安定になり、半年ほど休職した後、秘書課広報係に転属になっている。その瑞穂を主人公とする『顔』（二〇〇二年）という連作がある。その三作目「疑惑のデッサン」は自分と同じに、犯人の写真そっくりの似顔絵を描き、婦警のお手柄として警察の宣伝に利用される三浦真奈美とのことを書いている。瑞穂は真奈美の精神的な負担を心配し、元上司に抗議するが、元上司に、瑞穂の事件で元課長は降格と同じ扱いをされたことを持ち出され、女は嫁にいけばいいが、男はそうはいかないと嫌みをいわれる。瑞穂は、警察は男社会で、婦警はいいように利用されていると考えている。しかし真奈美は、瑞穂のように能力のない自分はむしろそれを利用していこうとしているという話である。

瑞穂はデッサンのうまくない真奈美がどうしてこの似顔絵が描けたのかという疑問ももっている。瑞穂はほんとうのことが知りたいのだ。著者の横山は、組織はさまざまな考えの人がいて成り立っているが、こういう欲求が警察を支えているといいたいのだと思う。というのも組織の一つにすぎないものとしての警察の内部を書いてきた横山にとって、平野瑞穂を警察の理想、原点として書きたかったのだ。

ただし気になるところがある。**『動機』**（二〇〇〇年）に収められた、日本推理作家協会賞短編部門を受賞した「動機」で、警務課企画調査官の警視貝瀬正幸は刑事一課盗犯係長の警部補益川剛と揉め、自分たちは街を守っているが、「てめえはなにを守ってんだ」と罵られ、即座に「そんなもん家族に決まってるだろうが」と応える場面がある。そして益川も「俺も同じですよ——突き詰めて言やあ家族だ」と、かんたんに心を通じ合わせてしまうのだ。こういう考え方が前面に出てきたのは一九九〇年代も終わりのほうだと思う。

戦艦大和
家族のため

私がショックだったのは映画の**『男たちの大和／YAMATO』**だった[71]。母のため、愛する人のため、家族のため死ぬと、大和は沖縄への行きの燃料しか搭載せず、沖縄本島に乗り上げ砲台として戦うという特攻行為だった作戦に参加させられた兵士の死を美化する宣伝文句がテレビで流れた。私が子ども時代に見た**『戦艦大和』**[72]は「天皇陛下万歳」といって死んでいく兵士だった。いわば戦争の悲惨さを語るもので、兵士への

（71）監督は**佐藤純彌**、二〇〇七年、原作は**辺見じゅん『決定版 男たちの大和』**（一九八四年）。

（72）監督**阿部豊**、原作は**吉田満**（一九二三～一九七九）**『戦艦大和の最期』**。大和と同じ型の戦艦に武蔵がある。こちらは**吉村昭『戦艦武蔵ノート』**（一九七〇）がある。

鎮魂になっていた。愛する人のためだとすぐ鎮魂に結びつかない。自分が大和で死ぬことが家族を守ることに結びつくのにはいくつかの論理の段階を踏まなければならない。私は「天皇陛下万歳」に納得などしないが、国のために死ぬというのは共同体のレベルだから、同じ共同体に生きて、今映画を見ている者たちは死んでいった兵士たちの鎮魂として映画を受け止めることができたのだ。そして、国が天皇とイコールであったことの表現として受け止め、近代国家としておかしいと考えることになり、戦死した兵士たちへの悼《いた》みがよけい深くなる。

ところが、この映画だと、天皇や国家はとんでしまって、家族、愛する人を守る戦争となってしまう。このような考え方は、国家がリアルに感じられなくなった社会に起こったものとして分かるが、家族のことは他人にいわれることではない、当たり前のことである。共同体の問題ではないのである。さらに「国民は天皇の赤子《せきし》」という戦前の国家観を家族的国家観と呼べば、愛する人は天皇といってよく、ほとんど地続きだろう。

つまり、家族や愛する人のために戦死するという考え方は最近になっていわれ出した歴史的なものにすぎないのである。「家族を守る」という考え方も近いといっていい。許容されるとしたら、家族を守るために働くということだろう。それは警察の仕事というよりごく普通の職業である。したがって、やはりこの考え方は歴史的なもの、つまり普遍的なものではない。たとえば、東日本大震災の時、職を放棄して家族の元に走った警察官がいたらどういわれただろうか。自分を犠牲にして他人を救おうとした消防団員の話を聞いている。警察官が家族を守るためにというのはおかしいのだ。横山が平野瑞穂を主人公とした『顔』を書かなければならなかった理由もここにあるはずだ。

黒川博行『悪果』

警察物はたくさん書かれているが[*73]、最後に黒川博行『悪果』(二〇〇七年)をあげておきたい。この問題と関係するからである。一九四九年生まれの黒川はこれまで取り上げてきた作家たちより少し上の世代になる。

『悪果』は、大阪府警の今里署暴犯係の巡査部長堀内が犯罪を暴くが依願退職せざるを得なくなり、犯罪者を強請《ゆす》って一億円を手にし、退職する話である。

堀内は飲食のサービスだけでなく、総合都市経済新報という月刊のタブロイド誌をやっている坂辺と組んで、賭博で逮捕された企業の幹部から広告料を出させ、その儲けをもらうことをしていたから、いわば悪徳警官にあたる。しかし暴犯係の刑事は暴力団と関係を持っていなければやっていけず、自分は「モノホンの刑事」だといっており、社会貢献はともかく、法律で裁けない犯罪を暴いている。

『悪果』の筋は、堀内はネタ元から大がかりな賭博開帳の情報を得て、組員全員を逮捕するが、逮捕したなかで北大阪デザイン造形専門学校の理事森本を強請って広告料を出させる対象として坂辺に告げる。坂辺は殺され、自分も警察手帖を奪われ、坂辺から預かったものと交換するといわれる。同僚の伊達と森本を調べていくなかで、森本が買収した広大な敷地が学校という施設があるために遊興施設として開発することを制限する買い取りの際の契約書によることがわかってくる。坂辺はその契約書によって森本を

(73)久間十義『刑事たちの夏』(一九九八)、今野敏『隠蔽捜作』シリーズ(二〇〇五~九)なども読ませる。

強請って殺され、堀内がその契約書を持っていると疑われたのである。堀内は契約書を見つけ、森本と取引しようとするが、失敗し、揉めたことから、警察に暴力沙汰を知られて、依願退職を迫られる。堀内は森本を直接脅し、一億円出させる。伊達には五千万出させたといい、半分を渡し、退職する。

もう少し筋は複雑なのだが、推理小説としてもなかなかうまくできている。

この話では警察が解決する事件としては賭博の取り締まりだけで、森本に関わる殺人は二件あるがいずれも事故とされる。結局堀内が事件を解いていくわけで、警察が解決に力を発揮するが、組織としての警察ではないのだ。組織として書かれているのは、若い頃、偽の領収書を書かされ、それが上の者たちの懐に入るということだけだといっていい。そして事件の解決、手柄は昇進に関係なく、昇進は試験によって行われると書かれる。つまり真面目に警察官としての義務を果たそうとしていると組織の中で損することになる。堀内がシノギをするのは当然だということになる。警察小説に必ずといっていいキャリアを出さないで、こういうことを語っているところもなかなかだ。

そして正義感はどこにも語られていない。いわば暴力団の抗争とあまり違いなく、堀内にしろ伊達にしろ実際そういうように書かれている。しかし堀内も伊達も憎めない。それは与えられた位置でそれなりに誠実に生きようとしているさまが書かれているからである。誰だってこの世に生きていくには誰かを押し退けたり、損をさせたり、傷つけたりしなければ生きていけない。刑事であることによって特殊だが、彼らはわれわれと大差ないのだ。

横山が組織のなかの事件を書くことによって他の組織と大差ない警察を書いたことを受け、さらに平野瑞穂の正義感によって警察を支える個人を書いたのを受け、**黒川**は刑事をさらにわれわれに近づけたのである。そのとき、伊達は家族をそれなりにたいせつにしており、堀内の妻はマルチ商法にうつつを抜かしているというように書かれているが、堀内は退職金をそっくり妻に渡して去り、伊達はつき合っていたホステスの男に刺され、家庭は崩壊する。かれらの生き方はそういう危うさをもつものだった。しかしわれわれだって何時そうなるか分からない。黒川はそういう現代の生を書いたのである。

佐々木の『**警官の血**』は戦後史を踏まえながら展開していく。戦後の住宅難などの生活の苦しさ、民主警察がつくられ、復員した者たちに収入をもたらすことになったこと、国鉄組合員殺人事件も党派活動における犯罪として捜査されたこと、警察は民主主義を掲げながらアカ（共産党）、組合を嫌うことなど、そして昭和四十年代の新左翼運動など、歴史とかかわらせながら展開している。その意味で警官の側から戦後史を語ろうとしている。

お巡りさん

しかしそれでは権力の側から語ることと大差なくなってしまう。そこに駐在という「地域に生きる警官」という設定がある。駐在は夫婦喧嘩の仲裁、親子関係の修復、グレそうな子を立ち直させるなど、地域の庶民生活に関わってあったことが書かれている。かつて「お巡りさん」と親しんでいう言い方があった。私はいまだに交番の警官にはそういう感じを抱いている。だから道も尋ねられる。先日も指定された雀荘が分からず、街の人に訊いてもダメで交番に行ってお巡りさんに尋ねたら調べてくれた。大学ノートに街の商店の在処《ありか》がボールペンでぎっしり書き込んである。商店はしばしば変わるわけで、それを訂正して書き加えている。手書きのノートだからこそ役立つ。傷んだこのノートは駐在所に受け継がれていることを語っている。

戦後史を振り返る

この『**警官の血**』は二〇〇八年度「このミステリーがすごい！」の第一位に選ばれた。ということはこの三代の警官の物語というテーマが今の社会の関心を集めたことを示している。先にあげた鳴沢了の『**雪虫**』を重ねれば確実にそういっていいと思われる。

これは歴史離れ的な状況と矛盾しているようにみえる。全体の風潮としてはそうでも、どこかおかしいという想いが心のどこかにあったのである。そういうひっかかりが『雪虫』や『警官の血』によって引き出された。

小説は無意識にある心の深部を引き出してくれることがある。そうできる作家が読者を獲得する。そしてそれが文学の力である。文学はそういう意味でも必要なのだ。

共通の基盤

この戦後史を振り返ることの必要性は、現代自体をどう捉えていいのか分からなくなっている状況から必然的だと思う。高度成長が見込めることなどありえない社会になりつつあるなかで、どのように未来を思い描いていいのか、誰もが分からなくなっている。そして価値の多様化のなかで、そういうことを考えること自体の共通の基盤がなくなっている。その共通の基盤は日本が体験してきた戦後史を振り返ることによってしかできないだろう。

堂場瞬一の「刑事・鳴沢了」シリーズは三作目からは現代そのものを書いていく。三作目の『熱欲』（二〇〇三年）はＤＶ、悪得商法の詐欺とバブル崩壊以降の社会を騒がせる犯罪を扱う。だが了が祖父、父から引き継いだものが何だったのか、堂場が戦後史を振り返ることで掴んだものが何だったのかはわからない。いわゆるトラウマ的に匂わせるだけで、鳴沢の祖父を自殺に追い込み、父に罪を抱え込ませた過去をもつ暗い内面は書かれない。むしろ恋人が登場し、明るく書かれている。恋人に語る程度で癒され、恋人のＤＶと離婚体験という二つの過去と釣り合う程度とされているようにみえる。いや釣り合うことはあるのだが、それなら恋人のそういう体験による内面を書かねばならない。その明るさは恋人が了のアメリカ留学時代の友人の妹であることに示されているように、アメリカの推理小説の軽い書き方と通じている。こういう文体は内面を書くことができないのだ。一作目の『雪虫』の重い主題が突き詰められず、通俗小説*74になってしまった。

通俗小説

『警官の血』も、二代目民雄がスパイしていることから精神的に病んでいく過程が書かれていない。警察物では書けないということではないように思える。しかしこの精神的な傷が個人のレベルではなく、三代目の和也に「相対的」な正義に立つほかなくなる過程を書いているということはできる。そうみれば、戦後史が「相対的な」正義に立たざるをえなくなった過程を書いたといえる。大きい悪を暴くには小さい悪を犯してもしかたないという論理である。日本の繁栄には個人の犠牲はやむを得ないという論理に横滑りさせてみているのかもしれない。

相対的な正義

こういう論理が現代を象徴すると思う。マルクス主義が正しいかどうかは別にして、

（74）乱歩『人間椅子』で述べたように、書かれ方によって浮き上ってくるテーマが突きつめられず、一般に通用する観念に解消してしまう小説を通俗小説といっている。

いわゆる資本主義に対し、別の主張を明確に出せる論理があった。社会主義国の崩壊以降、中国も資本主義と大差なくなり、世界中が一つの思想で覆われるようになり、異なる思想からの論理がなくなったのである。唯一イスラムが抵抗しているが、現代社会に別の論理を対置できても、それが資本主義に対抗することはできない。どの分野でも似たり寄ったりの意見が語られるだけで、議論といいうるものはなくなり、あるとすれば対症療法的に具体的にどうすればいいか的なものだけになる*75。いうならば原則から考えて発言する者がいなくなってきている。いやいるに違いないのだが、ジャーナリズムもそういう者を出さないようになった。少なくとも異なる思想があれば、両方を客観的に見ることができる。そういうなかで批評する基準ができていく。

方法の必要性

四年前からいくつかの大学の院生とわれわれ世代とで日本文学の研究会を作っている。日本文学研究が停滞している状況があるからだ。こういう時は若手に活気がない。これまでとは異なる方法を模索することがないのだ。私の意図は彼らが彼らなりの方法をもつことである。そうなることで知の世界は活性化していく。ところが研究会をやっているうちに、方法ということを考えたこともないらしいとわかってきた。方法の時代ではないと自覚した研究者が大学教員となって、教育するなかで研究が些末なものになり、若手は研究をそういうものと思い込むようになっていったのである。

こういう事態をもたらしたのが一つの思想しかない状況である。思考の枠組みを変えてみることができないどころか、そういうことを考えてみることもできないのだと思う。

現代の小説も難しい状況にある。自分の心が外から擦り込まれて形成されたものなら

(75) 大学の教授会が二〇〇〇年前後からそういう議論しかしなくなった。どの大学も同じと思う。その頃、私は講義の最初の十分を「今日の大学」として大学の問題点を話すことを始めた。その効果か学生は何かあると、「先生ならどう考えるか」と考えるようになったという噂を聞いた。

ば、自分の感じるもの、考えるものもリアルに感じられないだろう。ならばリアルに場面を書くことはできない。そうなると、いかにおもしろい物語、つまり筋、展開などで読ませるものを作るかが小説の中心になる。読み手も人生、人間、社会などを考える小説などを読んでもおもしろくなく、小説を読み捨て、消費している。推理小説、時代小説、冒険小説などのいわゆるエンターテイメントの小説が隆盛だが、最初に書いた通りで携帯文化に押され、ゲームに押されているようだ。

翻訳物

かんたんに海外のミステリーにも少しだけふれておこう。たぶん外国のもののほうを多く読んでいる。特にイギリスの推理小説は質が高い。スウェーデンのものもおもしろい。

推理小説の元祖のようにいわれる**エドガー・アラン・ポー**がアメリカのように、翻訳物は第二次世界大戦後、アメリカが中心だった時代があった。ハードボイルドと呼ばれる、ニヒルな探偵を主人公にした物語が盛んに書かれ、世界中に影響を与えた。**ダシール・ハメット**、**レイモンド・チャンドラー**[*76]、**ロス・マクドナルド**[*77]らが活躍した。チャンドラーの**『プレイバック』**（一九五八年）は、一九七〇年代に**山口百恵**の歌う歌詞「プレイバックPart2」のカバーにとりこまれるなど、影響は広い。マクドナルドは心理学や精神分析を取り入りた方法で、犯罪に至る心理を書いた。しかし、ハードボイルドの文体は固定化するとわざとらしい。

(76) **レイモンド・チャンドラー**（一八八八〜一九五九）。チャンドラーの遺作、**『プレイバック』**が典拠。「男は優しくなければ生きていく資格はない」。

(77) **ロス・マクドナルド** 一九一五〜一九八三。精神分析を使った方法で個人の内面を書こうとした。私立探偵リュー・アーチャー物の**『ウィチャリー家の女』**（一九六二年）など。

アメリカの推理小説のつまらない理由

私は一九九〇年代以降、アメリカのものはほとんど斜め読みになり、途中で投げ出すものも多くなったので、読まなくなった。アメリカの推理小説を斜め読みしてもいいのは、セックスや暴力を必ずといっていいほど盛り込んである[78]が、それらはほとんど筋とは関係ないから、飛ばしてもかまわない。ほんとうは物語は筋だけではなく、場面がリアリティを作っていくのだが、それが登場人物を活き活きさせるわけではないから飛ばしてもいい。書き手がそれらを読者が求めるものと決めているのである。そして質の低いジョーク、それも読者が求めていると考えているのだと思う。読むのに肥えている読者には読むに耐えない。しかしこのような作品も売れるから書かれているわけで、アメリカの読者たちはそのようなものを求めているから成り立っているのであり、日本の読者もそういうものを求めるから翻訳がされてきたのだろう。

推理小説のマニュアル化

小説のマニュアル化であり、あらゆるものにマニュアルが作られていく時代を象徴している。

しかしどうもこういうものはあきられる。翻訳物の売り上げがそうとう落ち込んでいるようだ。日本の推理小説の老舗といっていいのは創元推理文庫だと思う。

ハヤカワポケットミステリー

ハヤカワポケットミステリーが続く。これは新書版で、いずれハヤカワ文庫が出るようになった。

創元推理文庫

この推理小説の二大文庫は、現代、アメリカ中心のハヤカワ文庫、ヨーロッパ中心の創元文庫という傾向をもっている。おかげで、私の書棚は創元推理文庫ばかりが増えている。創元推理文庫は最近北欧のものを次々に翻訳している。この文庫はイギリス黄金時代のものも[79]、他の文庫から写したり、新たに翻訳し直したりしている。**D・M・ディバイン**[80]のものなど安定した世界のゆとりがあっておもしろい。北欧物はスウェーデ

(78) たいてい食べている間は集中して食べていて会話もないという書き方で、身体性の強調である。それゆえ、次のセックスに繋がりやすい。結局、作家が場面を書くことに憑かれていなければ読者もおもしろくない。

(79) **ドロシー・セイヤーズ**（一八九三～一九五七）が有名。『**ナイン・テイラーズ**』（一九三四年）は教会の鐘の鳴鐘術の話で、一読の価値のある傑作。

(80) **D・M・ディバイン**（一九二〇～八〇）。代表作『**兄の殺人者**』（一九六一年）。

ンのものがレベルが高くおもしろいことがあり、フィンランドに射程が延びた。スウェーデンは一九六〇年代に、マイ・シューヴァルとペール・ヴァールー*夫婦の刑事「マルティン・ベックシリーズ」が一年一冊のペースで全十冊出されたが、たとえば七〇年代近くになるとデモに対して借り出される刑事が語られるなど、年代記的に歴史を語る質の高いものだった。その質が後の**ヘニング・マンケル**の「ヴァランダー刑事物」[81]に受け継がれ、移民問題、南アフリカの**ネルソン・マンデラ**など、やはり世界的なレベルで時代を表現するものを生んでいった。犯罪小説は社会を書くことにならざるをえない面があるのだが、その時、偏った立場に立たず書ける語り手の位置が獲得されているのである。

*二二七頁参照

(81) **ヘニング・マンケル**（一九四八〜）。ヴァランダー物は一九九一年『**殺人者の顔**』以来一年一冊のペースで続いている。

イギリスの推理小説のレベルの高さ

イギリスの推理小説もレベルが高い。**コナン・ドイル**に始まるが、英文学者の**佐野晃***氏によると、シャックロック・ホームズの中短編は郊外からロンドンへの鉄道の通勤で読み終えるのに適当な長さという。まさに近代社会が要求した小説なのである。

以降イギリスの推理小説は、**アガサ・クリスティー**など二〇世紀前半の黄金時代を経て、**P・D・ジェイムズ**、そして**アン・グリーブス**と続く女流の作家たちが一つの特徴だろう。P・D・ジェイムズは哲学的な思索をする刑事でありながら詩人であるダルグリッシュを主人公にすることで、推理小説を読み捨てるものではなく、人間を考えさせるところまでもっていった。最近ではアン・グリーブスがシェトランド諸島を舞台にして、事件を通して風土、地方の伝統的な生活を書いていっている。

このイギリスの推理小説のレベルの高さ[82]は、いわやる純文学の作品はそれほど多

*一八六頁参照

(82) **コリン・デクスター**のモース警部物（一九七五年『**ウッドストック行最終便**』から一九九九年『**悔恨の日**』まで十三作）はバッハを好むなど素養の高さを特徴とする。**イアン・ランキン**（一九七〇〜）のスコットランドのエジンバラを舞台にしたリバース警部物も、レベルが高い。代表作は『**黒と青**』（一九九七）。

くないことと対応しているように思える。たぶんヨーロッパ大陸に対して、豊かではないイギリスは常に実質的な価値観をもつことで独立を保ってきたのではないか。議会制、産業革命など、近代における世界史的なできごとがしばしばイギリスから始まるのは、大航海時代に大陸の他の国々と対抗できる国力を蓄え、さらに先進的に近代に向かうことによってしか、イギリスの位置を保持し得なかったからに違いない。イギリスは現実的な思考をする文化を作ってきたのだと思う。そして必然的に、しかも先進的に近代化していったため、伝統的な社会との葛藤が比較的少なくてすんでいる。

そういう社会、文化をもつ国だから、近代そして現代において、いわゆる芸術的な価値に向かう小説より、推理小説のジャンルで、物語のおもしろさを追求することが逆に人間や社会を書くことになっているのである。

本書の「文学はなぜ必要か」というテーマからいえば、おもしろさは通勤通学の時間の暇つぶしになる。そしておもしろく読みながら、人間や社会について考える素材を提供していることになる。

取り上げなかった推理小説はたくさんある。ある流れによって語っているからで、しかたない。推理小説論を書いているわけでもない。

取り上げてもよかったものとして、殺人を一種のゲームになっていることを書いた**宮部みゆき『模倣犯』**（二〇〇一年）、推理小説の系統ではないが、一貫して反国家、反権力から冒険小説を書き続けた**船戸与一**（一九四四〜二〇一五）の一種の歴史小説『**満州**

国演義』（全九巻、二〇〇七年〜二〇一五）[83]などある。船戸は『満州国演義』を書き進めていく途中に戊辰戦争を東北諸藩の側からみた『新・雨月』（二〇一〇年）を書いており、近代日本の見直しをしていると思う。こういう試みも、堂場や佐々木の章で書いたことと一致している。

そしてこういう本は従来の文芸批評ではほとんど取り上げられないだろう。本書を書けたことの意味として、私の文学史をみる一つの柱である「時代の関心」をみるという視点があるからと自負してはいるが、それができたのはエンターテイメント小説を据えたためである。改めて文学史の方法の重要性を感じる。

（83）船戸与一はこの『満州国演義』で日本推理小説大賞を受賞した後、死亡した。

二　現代とはどういう社会か

ここからは現代とするが、それほど厳密に考えたわけではない。一九七〇年は戦後社会の転換点であるように思える。戦後の運動を支えてきたマルクス主義が後退していき、構造主義の見方が覆っていく。そして社会と個人という考え方より、自分が属する組織と個人というような具体的な思考になっていく。推理小説もいろいろ問題を抱えた警察小説が多くなっていったのである。

1　管理される知

労働

近代社会は農業も含め、地域を超えた世界規模で生活に必要な物を大量生産するいわゆる第一次産業を中心とする社会だった。いうならば人間が生きていくために必要な物を生産するという意味で、労働に価値が与えられ*1、そういう産業で働く人々にも価値が与えられ、産業を作り、経営する資本家と労働者のいわば二大対立を立てることで、社会を説明することができたし、誰もが経済的にも平等という未来社会もイメージできた。

現代社会は、第一次産業より、交通、流通や販売などのサービス業の就業者が上回る、いわゆる消費社会である。私の勤めていた大学でいえば、教授会で学部長が学生は

（1）先日教員をやっている卒業生と話していて驚いたのは、働くことが労働として自覚されていないことだった。教員は確かに別の価値が与えられているのは確かだが、部活で休日も一日つき合わされるのも当然と考えられている。制度上はその分代休をとれるのだが、授業を休みにしなければならないから取れない。という実情を誰も問題にしないようなのだ。

大学もサービス産業

お客さまであると発言したのに驚きを感じたのが一九九〇年代の最初の頃だった。大学もサービス産業になり、消費社会に巻き込まれたわけだ。学生に社会変革や自己変革に至ることのない程度の知的な満足感を与え、いわゆるいい就職を世話できることが大学の評価として前面に出てくる。そのため授業評価が学生によって行われ、わかりやすいか、板書はきれいかなど、知的な興奮以外のことが問題になっていく。むしろ知的な興奮で学生を巻き込むことが嫌われ出したのである。

私の演習

　私の演習は世間では問題にならない、あるいは通行しているような考え方、感じ方とはかかわりなく、作品に対して抱いた疑問、わからないところ、興味を抱いたところ、ちょっとおもしろいと思える場面など、何でも感じたことを参加者全員が話すことから始まる。自分が感じたこと、考えたこと、普段問題にならないようなことにも価値を与えたいのである。そしてそれを問題にするための手続き、調べごと、論理的な構成などを身につけさせていく。さらにいいたいことを人にわかるようにきちんと話す、つまり客観的に表現することをさせていく。そのためたくさんの資料を集め、それを整理し、組み立てる作業が必要で、この演習はたいへんだという評判が立ち*2、履修者は多くはなかったが、そのため一人の発表者が二、三時間報告する余裕ができ、毎時間にぎやかだった。

　私より一つ上の中世の歴史学の教員も常識を疑い、自分で資料によって確認させていくことをさせていたが、こういう演習の履修者は確実に減っていった。自分で感じ考えるよりも、与えられたものを身につけていくことが学ぶことになったのである。

(2)私の演習は武蔵大でもっとももものを考えさせるという噂があったこともいっておこう。

　ついでに講義の始めの十分には「今日の武蔵」という題で、教授会で議題になっていること、大学で起こっていることなど、話すことにしていた。

　これらのことの成果といっていいだろう、何かあると、「古橋先生ならどう考えるか」と考える学生が何人もいたようだ。自慢話である。

現代のアート

現代はたいていのことはインターネットで調べれば、だいたいのようすは分かる。しかしそこに書かれていることが確かなものかは分からない。そこに集められた情報はさまざまである。知の蓄積に立っているものか、一般的に通用しているだけのものか、など見た者が判断しなければならない。そして知の蓄積を実感するには自身がそういう体験をしていなければならない。知はインターネットで検索すれば分かる程度のもの、まさに消費するものになった。

この問題はアートと呼ばれる造形作品も同じである。ちょっとおもしろいという物が好まれ、それほどの価格ではないので購入される。商品として成り立つのである。そういう需要に応える作家がいる。もちろん飽きられれば捨てられ、別のアートを購入できる。つまりアートも消費の対象になっている。

企業の現代美術を育てる意図で造られた美術館に連れて行かれたことがある。私は最初こそ作品ごとに少しは立ち止まって観ていたが、訴えてくる感じがなくてただ見て回っていった。そしていくつか廻って次の展示室に入ったとたん引き寄せられる絵があった。**ヴェラスケス***3の肖像画だった。人が心をもって確かに生きていると感じさせる。技術だけでも格段に違う気がした。私だけがそう感じたのではない。そこだけは立ち止まる人が多い。

ルオーの暗い版画「ミセレーレ」

ルオー*4の版画に『**ミセレーレ**』という作品がある。全点所蔵している友人の**佐藤吉重**さんが、一昨年東日本大震災を機に仙台の宮城県立美術館に寄贈した。平成二十五年三月、そのセレモニーに誘われて、展示された全点を観ることができた。人間の悲し

（3）十七世紀前半のスペインの画家。

（4）**ジョルジュ・ルオー**（一八七一〜一九五八）。フランスの画家。『**ミセレーレ**』は第一次世界大戦後に創作された版画。全五十八点。

みや苦しみが深く漂ってくる。こういう作品は個人の家に飾っておくのは憂鬱かもしれない。佐藤さんは最初広島の美術館に寄託していたが、ほとんど展示されなくなった。問い合わせたところ、暗い絵は好まれなくなったのでという答えだったという。佐藤さんは長崎とともに世界でたった二つの原爆被災地の一つである広島だからこそ寄託したのだった。それで東日本大震災の被災地にとなった。励まし元気が出ると称する催しばかりが報道されるが、それらはその時その場では楽しいかもしれないが、すぐ忘れられる。この展示を観にきて自分の悲しみの先に世界や現代、そして人間をじっと見つめることになった人々もいると地元紙の記者に聞いた。

民主主義社会の弱点

そういう眼差しこそが誰でもの深部に抱えられているものから湧いてくるやさしさやあたたかさ、そして自己だけの利害を超えた公平な見方をもつことを可能にするだろう。

要するに、現代社会において、知も消費されるものとして管理され、ある範囲を出ることができない。それは誰かがそうしようとしているのではなく、いつの間にかみんなが無意識にそう思っているのである。だから社会科学も人文科学もつまらなくなっている。いわゆる民主主義社会の平等という発想の弱点と思う。

2　伊藤計劃の語る近未来

一応書き上げた後で、その佐藤吉重さんから、話題になっているSF小説ですが、読みましたかということで、**伊藤計劃**（一九七四～二〇〇九）『**虐殺器官**』（二〇〇七年）

をいただいた。

『虐殺器官』は横文字やＨＡＬＯ（高高度降下低高度開傘）というような略称など、そして私がかろうじて知っている機動戦士ガンダムのモビルスーツのような兵器などがふんだんに登場し、なかなか頭に入ってこず、ＳＦであって、推理小説ではないからと、とりあげるつもりはなかったが、やはりゲーム世代の考えていることが気になって、『メタルギア ソリッド ガンズ オブ ザ パトリオット』（二〇〇八年）、『ハーモニー』（二〇〇八年）と、伊藤の残した長篇三作全てを読んで、伊藤が書いているのは、今が抱えている問題を未来に典型化し、そこでいわば人間回復のために戦うという物語であることがわかってきた。しかも『ハーモニー』はまさに現代社会が抱えている問題を正確に押さえているといっていい。

『ハーモニー』は二〇〇九年に、第三十回日本ＳＦ大賞、第四十回星雲賞日本長篇部門を受賞したが、その時には伊藤は長い癌との闘病生活を終えて他界していた。

健康

『ハーモニー』は二〇七〇年代が舞台で、二十一世紀前半の〈大災禍〉＊5によって政府をもつ国家は解体し、医療合意共同体である「生府」が世界を統治している。この社会は大人になるとWatchmeを体内に入れ、生府が健康管理を行い、病で死ぬことがなくなっている。もちろん酒も煙草も禁止されている。それだけでなく、人を思い遣り、傷つけない、不快にさせないなど病のきっかけになる心因もなくしている社会である。少子化以降、人体は個人のものではなく、共同体のものという考え方に基づいて、健康第一の社会となったわけだ。しかし個人のものではない身体を傷つけることは犯罪になる、

（5）世界各地にテロ集団が出現して、原爆まで使用された状況。

自殺は増えているという。

物語としては、さらに次の段階である脳を統御し、悩みや他人との軋轢をもたらす意志や意識を必要としなくてもいい社会へ向かっていくことを推進しようとするかつての友人を、主人公が父ともう一人の友人を殺された復讐のため殺すという展開になる。その殺人は復讐というまったく私的なものでしかなく、結局は現代は完成したハーモニーの世界になっている。

やさしさ

他の二作品と違って、こちらには戦いはほとんどなく、むしろ平和という状態の怖さを語っている。特に東日本大震災以降、思い遣り、やさしさ、そして心を一つなどが叫ばれ、日本全国やさしさに溢れているかのような状態の先を語っている。やさしさは一方で自己を曖昧にし、関係も曖昧にする。若い頃やさしさ*6とは何かなどと悩んだことがあった。パレスチナ、南米のインディオなど、不条理に殺されていく人々の報道を見たり読んだりする度に私は胸を締めつけられる悲しみを覚えていた。結局、殺されていく人々を悲しむ気持ちと、現実に目の前にいる人に対するやさしさは繋がっているはずなのに、目の前のことしか見えないのは知に関わる者としては失格だと思うようになった。文学は具体的にしか語れないが、目の前の悲しみを誰でものものとして書くことで、あらゆる悲しみと通じているもののはずなのだ。

この『ハーモニー』の書く人間が到達するユートピアは健康を基本にして、意識や意志のない世界である。健康にとって心の問題が大きいから、現代の過度の健康志向はまさにこういう世界を幻想させる。

（6）私は気が弱かったから、人の考えていること、感じていることが気になった。するとやさしいといわれる。自意識も強かったから、たんに自分をよくみせようとしているだけではないかなどと考え、誰に対してでもやさしくあるには、などと考えていって、結局、人間に対して、さらには生き物に対してやさしくあるべきだと思った。そういうことも私の基本的な感じ方、考え方を形成していると思う。

この健康志向が社会的に前面に出るようになったのは禁煙問題からだったと記憶している。たぶん個人の嗜好が禁止されるという方向であらわれてきたことで、私にとって印象深かったのである。一九八〇年代までは会議には灰皿がつき物だった。いまだに忘れられない体験の一つは、講義が終わって教授室に戻り、灰皿のある場所で煙草に火をつけたとたん、そこにいた教員がここは自分が前から座っており、自分は煙草が嫌いだから止めろといわれたことである。灰皿はそことあと一カ所にしかなくなっており、私は灰皿のある場所だから喫煙しようとした。嫌いならそういう場所に座らなければいいのに、そうしないで、自分が先にいたからというのは自分勝手でしかない。こういえるのは「正義」に支えられていると考えているからだろう。こういうことにしばしば遭遇するようになった*7。煙草は悪で禁煙を主張するのは正義なわけだ。自動車の排気ガスのほうが体に悪いことはみんな知っているが、車は役立つからいいということが公然といわれた。知にかかわる者がこういうことをいうのに驚いた*8。

『ハーモニー』にあるように、禁煙はナチから始まる。健康志向自体がナチから始まった。ユダヤ人を虐殺することになる血の純血という発想は健康志向と繋がっていると、本書はいっている。

禁煙は健康志向が共同性をもつようになることで社会的な問題となったのである。ヘヴィースモーカーである私は七十過ぎても大病にもならず生きている。腰が悪くなって十分近く歩くのが辛くなった私にとっては机に向かうのが最大の不健康なのだ。そして五十年近く一緒に暮らし副流煙を吸い続けている女房も健在だ。

（7）しかし、喫煙を理由に教授会や会議を抜け出せるという負の利ができた。

（8）佐々木譲『警官の血』で述べた「正義」は相対的なものにすぎなくなったことが思い合わせられる。

この禁煙問題は教員の例をあげたように、自己を考えること、つまり自意識が不明瞭になっている状態を象徴している。そしてその先を『ハーモニー』は示したのである。

伊藤は健康志向を中心に据えることで、心の問題も抱えられ、現代を批評することに成功した。東日本大震災のような災害があると、すぐ心理のケアがいわれ、医者が派遣される。心も身体と同じに健康である状態がなんとなくイメージされるようになったわけだ。その果てがストレスをもたらす悩むことの最大の要因である意識や意志の消滅である。

伊藤は『虐殺器官』『メタルギア ソリッド ガンズ オブ ザ パトリオット』においては、筋肉の延長にイメージされた兵器などがふんだんに登場する戦いを書いている。特に二冊目は、ゲームデザインがあってそれを物語として書いたものらしい。これらは二〇〇一年のニューヨーク貿易センタービルへのテロ以降アフガン侵攻、湾岸戦争に始まる世界と直接的に繋がる近未来である。政治体制としては国家を超える影の会議が世界を動かし、戦争も企業が請け負い、体内に埋め込んだ個人を認定するもの、兵士の恐怖感などを統御し、傷を診断し治療するものによって人間が管理されている状態など、『ハーモニー』に書かれる以前の世界を書いている。

具体的な場面の叙述は敵陣に潜入する際、背景に溶け込んで敵には見えない、瀕死の重傷を負うが再生するなど、ゲームの世界のものだろう。ゲームで育った世代の様式に満ちていると思う。

3　ゲーム世代の原風景

それにしてもなぜ伊藤は『虐殺器官』のように虐殺だらけの世界を書かねばならなかったのだろうか。『虐殺器官』は、人間には遺伝子として虐殺をもたらすものが組み込まれており、平和で豊かな社会を作ろうとし始めている盛り上がりの時、ある言葉によって敵対する者を殺す方向に向かわせることができることに気づき実行した男の物語である。伊藤はこういう状況にどのような言葉を与えれば虐殺に動くかは語っていない。

しかしある理念の元に共同体をなしたときに、その社会は必ず虐殺をなすと言い換えてみると状況はわかりやすい。フランス革命、ロシア革命、そしてナチ政権が思い浮かぶ。伊藤の育った時代は、社会主義国の崩壊、そして新しい秩序への過程における、ボスニア・ヘルツェゴビナ、チェチェンなどの虐殺、テロ、そして九・一一以降続くイスラムのテロと、国家間のものというより、地域の特殊性と、宗教を背景にもつ紛争の時代である。しかも何が正義かも曖昧のまま死者だけが増えていく。『虐殺器官』は、

泥に深く穿たれたトラックの轍に、ちいさな女の子が顔を突っこんでいるのが見えた。

まるでアリスのように、轍のなかに広がる不思議の国へ入っていこうとしている

ようにも見えたけれど、その後頭部はぱっくりと紅く花ひらいて、頭蓋の中身を空に曝している。

そこから十フィートと離れていないところに、こんどは少年が横たわっていた。背中から入った弾丸は、少年の体内でさんざん跳ね回ったあと、へその近くから出ていこうと決めたようだった。ぱっくりひらいた腹からはみ出した腸が、二時間前まで降っていた雨に洗われて、ピンク色にてらてらと光っている。かすかに開いたくちびるから、すこしつき出た可愛らしい前歯がのぞいていた。まるでなにか言い残したことがあるとでもいうように。


と書き出される。母親に手をひかれて死者たちの列に加わっていく前に、少年が見た、しばらく前に虐殺された村へ続く道の光景である。この少年が『虐殺器官』の語り手であり、また伊藤であるといっていい。つまりこの光景は伊藤の原風景なのだ。

伊藤は実際にこんな光景を見ているはずがない。たぶんインターネットで連想させる映像を見、そして鋭敏に時代を受感したことがこういう光景を幻想させた。戦争から遙かに遠いこの日本で、こういう光景を見るには倒錯があるはずだ。自分が実際に見てる現実と、報道の画面で見る幻想とが等価であり、さらにそちらのほうがリアルだという倒錯である。

伊藤は『**メタルギア ソリッド**』でゲームから物語を書いている。ゲームがリアルな世界だった。ということは、このような倒錯はゲーム世代に起こっていることだと思う。

ゲーム世代のリアリティ

なぜこのようなことが起こるのだろうか。

二十世紀後半は構造主義が浸透し、あらゆる思想が相対化されて、極端にいえば、自分の考えること、感じることさえも、いつの間にか外から自分に擦り込まれたものにすぎないという考え方、感じ方が広がった。そうなると、あらゆるものが自分にとってリアルではなくなる。そういうなかで、ゲームに夢中になればゲームの世界こそがリアルなものになるだろう。たぶん伊藤たちの世代はゲームによって育っていったと思われる。

しばしばゲーム世代への批判がいわれるが、この伊藤の近未来小説は現代の抱えている問題を抉《えぐ》ってみせている。その意味で現代に対する批評になりえている。ゲーム自体物語なのだから、大いにありうることだった。

しかし言語表現の美としての文学という点からはレベルが高いとはいえない。虐殺とともに語られる少女の陵辱は繰り返し語られるが、とても図式的だ。そういうものだと決めて書いているようにみえる。『ハーモニー』の復讐のため殺される女も少女の頃兵士たちに陵辱されていたという。そう書けば悲惨さは共感されると決めているのである。ゲームにはそういう場面はないだろう。虐殺と陵辱はセットで、物語には書かれないが物語を構成する重要な要素になっているようだ。

これはマニュアル化と同じである。したがって通俗小説と大差ない。やはり文学として文体を造っていって欲しいと思う。

終章　文学はなぜ必要か

前々章、前章で、推理小説が時代の関心を引き出していることを述べてきた。特に昭和二十年の敗戦以降が現代に繋がっていることが語られていた。

第一の答え

文学すべてとはいえないが、すぐれた作品はその時代が潜在的に抱えている関心を引き出すので、今何が問題かが分かる。これを文学はなぜ必要かの第一の答えとしておこう。

国境　**尖閣諸島問題**　**政治**

ただし、たとえば**誉田哲也『国境事変』**（二〇〇七年）は、国境における有事に対する予防とでもいうことを語るものだが、ちょうどいわゆる国際関係でそういうことが強く言われ出した頃で、国家の考えることを推理小説が宣伝するとはと思った。北朝鮮のミサイル発射に対する過剰の反応、現在の尖閣諸島問題など、周辺が騒がしくなっていったことを考えると、ある意味で社会の関心を掘り起こしているといえるが、潜在的ではなく、政治的課題*1である。したがってこれは政治の宣伝になってしまう。つまり一つの立場それも政治的立場から世の中をみていることとなり、誰でも何処でも何時でもという普遍性から社会や人間をみることをしていない。**フレデリック・フォーサイス***2のスパイ物が今ではおもしろくなくなっているのと同じだ。

（1）私は政治は嫌いだ。政治とは利害関係による動き方をいっている。

（2）**フレデリック・フォーサイス**（一九三八〜）。イギリスの作家。一九六〇年代のソ連・アメリカの冷戦を背景にしたスパイ物で人気をえた。代表作『**ジャッカルの日**』（一九七一年）

批評の目を育てる

すぐれた作品を見出すにはたくさん読んで自分なりの批評の目を育てること以外ない。

戦後から現代が繋がっていると認識することは、過去を振り返ることだが、現代はむしろ振り返ることはいけないように感じられている社会だと思う。いわゆる「前向き」という態度が過剰にいわれる。たとえば事故で子を亡くした親は一生忘れないといったりする。つまり子にとらわれていることになる。死者に対する挨拶の言葉と思えばいいが、そんなことをいえば子に対する愛情が足りないようにいわれるだろう。「前向き」とこの過去にとらわれるとは矛盾ではないか。

「前向き」と「忘れない」

この矛盾は「前向き」も「忘れない」もどちらかに過剰になっていて、気づかれないのだと思う。

「忘れない」についていえば、民俗社会では三回忌、七回忌、というように思い出す時間を決めて法事を行い、しだいに忘れてゆき、四十回忌*3で霊は先祖さまの仲間入りをするから、個人ではなくなる。つまり忘れるのである。こういう観念が共同性をもっているから、忘れることに後ろめたさを感じないですむ。死者との関係が過剰にならないように社会が共同の観念を作り出しているのである。

実際は人はいろいろのことをいっぺんに考えたりしているから気は紛れるし、時間の経過とともに忘れている場合が多くなる。それを自然に受け容れればいいと思う。そうできない人もいる。しかしそれを自分の愛情が足りなかったかのように思うとすれば、

（3）笙野頼子（一九五六～）に『二百回忌』（一九九四年）という先祖の霊たちが集まる作品がある。

今の社会がそう思うことを強いているからである。

むしろ問題は「前向き」である。人は振り返ることで思索し、さまざまなものを生み出してきた。また振り返って未来への対応を考えてきた。振り返るのは災害ばかりではない。自分自身のことも振り返ることによって、自分自身を知ることができる。

過去を振り返る意味

そのとき、自分自身が他人の影響を受けていたり、家族や友人、地域や学園、職場などが自分に深くかかわっていることにも気づく。自分が何かに対応する場合も、自分の体験でなく、家族の体験、大きくは人類の体験が役立つことがある。そうすると、過去を振り返ることに意味があることに気づくだろう。

何でもマニュアル化されていく状況があるが、マニュアルは過去の経験の集約といってもいい。しかし現実はマニュアルをはみ出す場合が多い。したがって自分で過去を振り返って考えていく習慣を身につけておいたほうが役立つ場合が多い。

小説も疑似体験

そう考えてくると、自分の人生における体験は少なくても、小説に書かれている登場人物の人生も疑似体験としうる。文学の虚構の力で、自分を主人公に転移させることができることもある。これを文学はなぜ必要かの第二の答えとしておこう。

これもいいかげんな作品から学べるわけではないが。

文学はおもしろい

私が一番いいたいのは、文学はおもしろいということである。すぐれた物語、小説は筋や場面の作り方がリアルで、夢中になることができる。中学校の頃、母と出かけて電車のなかで本を読んでいておもしろくて、うながされて降りても止められず読んで歩き続け、母の悲鳴で顔を上げると電車が目の前に来ていたことがあった。そのゾッとした感覚を今でもよく覚えている。

これは筋のおもしろさだが、文学のおもしろさについては「序」で書いたからこれ以上繰り返さない。

実をいえば、「文学はなぜ必要か」という問は功利的、つまり役立つかどうかという観点からのものである。私が学生の頃、「飢えた子の前で文学は何ができるか」（一九六四年）という発言がジャン・ポール・サルトル*4によってなされている。サルトルは文学で平和を実現できるわけではないという当たり前のことしかいわなかったと記憶しているが、そういう問いが深刻に受け止められる時代があった。

その頃は文学は人間の精神の自立的な行為によって生まれるものであり、現実に役立つものではないとこの問い自体に反撥しつつ、そう問うことにどこか共感する想いがあった。実際に「飢えた子」を救うことはできないが、最も深いところの悲しみを表現することで人々を動かし、社会が動くことが可能だなどと考えていた。

今はそんな甘いことは考えていない。しかし精神の自立を求めることは変わらない。みんなが自立的な精神を持てば確実に世の中は変わる。そして暮らしやすくなる。

それは読書によって近づけることは確かだ。書物を読むことは考えることだからである。おもしろくて夢中になることと、考えることは違うようにみえるかもしれない。しかし読みながらどうなるか考えているし、読み終わった後にあそこはおかしいなどと考えることもあれば、違う展開を考えたりもする。そういうようにして、考える習慣が身

（4）**ジャン・ポール・サルトル**（一九〇五〜一九八〇）。フランスの実存主義哲学者。『嘔吐』（一九三八年）という小説もある。

についてくると、さらになぜこの作者はこういうことを語ろうとするのかなど、考えるようになる。それを繰り返していくと、さまざまな書き手がさまざまにいうことの違いが分かり、それらを見渡せるようになる。そうして始めて自分の見方が身についていく。

批評の立場

これは批評の立場に近づくことでもある。

私の戦後史断簡

——古橋信孝

①

私は荒川区町屋で生まれ、世田谷の千歳烏山に転居したらしい。戦争中のことである。空襲の度に母に負ぶわれ、防空壕に隠れたそうだ。戦後、一時祖父の住む千葉県の横芝に暮らした。その頃から少し記憶がある。父が兄と私を自転車に乗せて九十九里の海岸に連れて行ってくれたこと。背の高い葦原を抜けると、目の前に広がる明るい海があった。初めて海を見たのだ。海は輝いていた。

小学校に上がる少し前に埼玉県の小室に転居した。父が勤めていた今のKDDIの前身KDDのさらに前身である国際無線の研究所があった。外国からの無線の受信所で、駐留軍がジープで訪れることがあった。MPのヘルメットを被っていた。子どもたちは見に集まったが、私はなんだか悔しくて、近づかなかった。無線所は空気がよくなくてはいけないということで、田圃の真ん中の台地にあった。母は農家に行って着物を食べ物に換えてもらったといっていたが、受信所は周囲とはまったく異なる世界だった。社宅の中心にはテニスコートがあり、センターの建物ではたまにだが、ディズニーのミッキーマウスなどの映画が観られた。社宅の子どもたちは丘を下りて川で魚採りをしたりもしたが、テニスコートの辺りで遊ぶことが多く、またそこに毎朝集まって集団で学校に行った。

小学校二年の時に、父の仕事の関係で三鷹に転居した。そこは改築前の一時的な集合住宅で、空き部屋がたくさんあり、遊び場となった。二年の時だったと思うが、同級生とその姉の三人でその空き部屋で遊んでいて、二人にズボンを脱がされ、姉にいじくりまわされたことがあった。恥ずかしく、いけないことをされている気がしたが、感じたことのない密やかな感覚が起こった。いわば初めての性的な体験である。しばらく後その建物は火災で焼けた。私たち一家も焼け出された。

三鷹での体験で触れておきたいことがもう一つある。住んでいたのは井の頭公園の近くで、道路の向こうは駐留軍の保養施設があった。フェンスで囲まれたなかは芝生が敷き詰められて明るく、白人の少女が眩しかった。その通りを天皇が通るということで、三鷹第四小学校の全校生徒が道の両側に並ばされた。天皇を見ると目が潰れるという噂で、みんな下を向いたが、私は後だったので天皇の乗る黒い車を見ていた。天皇は見えなかった。私の背はそのフェンスだった。前は天皇、後は駐留軍、なんかおかしいと思った。

兄が猩紅熱に罹り、父が入院した兄のために『世界童話大系第十巻印度篇』(世界童話大系刊行会、大正十四年〈一九二五〉)を買ってきた。退院後私がもらい、むさぼり読んだ。バラモン、クシャトリアなどエキゾティックな言葉を覚えた。今でも本棚に置いてある。

推理小説を読むようになったのは、夏休みなどに祖父母の家に泊まりに行かされ、貸本屋で、子ども向けの怪盗ルパンを借りては読んでいったことから始まる。たぶん全巻読んだと思う。小学六年の頃には文庫でシャーロック・ホームズを買って読んだ。しかし最初に買って読んだ文庫本は**坪田譲治『子供の四季』**である。先生が雨の降る体操の時間、読んでくれた。待ち遠しくて、自分で買って読んだのだった。文庫本を自分で買うことは大人になった気がした。大人の感覚はやはり内容から**コナン・ドイル**だった。新潮文庫の全冊も今でも書棚にある。というわけで、大人の読書は推理小説から始まった。

②

三鷹時代、小学校の行事として映画に連れて行かれた。ディズニーの**『白雪姫』**も覚えているが、何よりも原爆映画**『ひろしま』**が大きい。

被災した人々が皮膚を垂らしながら幽霊のように歩いている映像を、子供たちは悲鳴をあげ、手で顔を覆いながらも手の隙間から見ざるをえなかった。その恐怖感は今でも消えることがない。だから私は広島の原爆記念館には絶対行かない。

ラストシーンは、焼けっ原に浮浪児たちが群れ、ジープで通りかった米兵に、手を差し出して、それぞれが大声で、アイ・アム・ハングリーと叫ぶ場面だった。私の最初に覚えた英語はこのアイ・アム・ハングリーだった。

残酷な映像は見せないようになっているが、むしろ見せたほうがこんなことは絶対許せないと思えるかもしれない。

③

昭和二十六年、父の勤める電気通信研究所の社宅に転居した。その社宅は一番南に幹部の広い庭のある一戸建て住宅があり、次に若い家族の少ない普通所員の住む集合住宅が三、四棟、次に家族の多い者、技術関係の者などの住む、庭付きの二軒長屋が東西に四、五棟、南北に四、五棟並ぶという構成になっていた。ここから千川上水を挿んでしばらくいった所に研究所があったが、全体が中島飛行機製作所の跡地だった。防空壕、爆撃の深い穴、骨組みだけになった建物などがあり、子供たちの冒険遊びをする場所となっていた。

この中島飛行機製作所跡については**小沼丹『更紗の絵』**(一九七二)が書いている。

母がPTA活動などを始めたのはここに移ってからである。この研究所の住宅に住む者たちが背景になっていたと思う。母はアイディアが豊富で、比較的爆撃の被害の少なかった廃墟を手入れさせて、集会所を作り、四谷の有名なカソリック教会に交渉して、神父を派遣してもらい、日曜学校を開いた。集会所は大人も子供も集まり、いっぱいになった。この日曜学校はクリスマスのお祝い会で子供によるキリスト生誕の劇などあったが、一年くらいで終わった。おかげで私は礼拝、賛美歌などを体験し、キリスト教の知識をえた。

このようにキリスト教の知識が広まることがあった。しばらく後になるが、近くに教会が建ち、日曜の礼拝以外、英語教室を開くなどしていた。

④

小学校の高学年から中学校の二年にかけて、私は太平洋戦争の帰還兵たちの体験譚をやたらに読んでいる。それは本を買えるくらいの小遣いをもらうようになったからである。小遣いの大部分を費やして、軍艦の配備などまで詳しく示している『日本の軍艦』（「わが造艦技術と艦艇の発達」という副題がついている。**福井静夫著**。昭和三十一年—書棚から引き出して確認した）という本を買ったこともある。模型ブームがあったこととも関係していると思う。戦艦大和など作っただけでなく、後甲板は平らにし、航空戦艦にしたりした。

戦争が好きなのではない。敗戦後の傷痍軍人、浮浪児などを見たこと、そして小室時代、無線所にMPの腕章をつけた米兵がジープでやってくると、子供たちが群がってガムなどをもらうのが卑屈で嫌だった。そういう体験が戦争に負けた悔しさとしてあったのである。といって戦前の日本がいいとは思っていなかった。戦記物を読むたびに、特攻や玉砕がたまらなく辛かった。自分がこういう状況に置かれたらどうできるだろうかということもよく考えた。

こういう思考の体験は、過去のものを現代から批判するのはおかしいという感じ方に繋がる。自分が生活していない社会を批判するのも同じだ。

戦争に対するこういう感じ方は私前後の年の世代に共通するようだ。もう少し上は空襲などを知っており、軍国主義教育まではいわないまでも、そういう雰囲気を知っており、もう少し下は朝鮮戦争特需による急速な復興以降のなかで物心ついている。われわれの世代は軍国主義を知らず、敗戦直後の生々しい現実を知っており、そして朝鮮戦争特需の急速な復興も感じてきている。さらに特攻帰りのような教師がいて、水筒にはいつも酒が入っているという噂があった。私も理不尽に殴られたことがあったが、哀れに思えていた。内部に抱えているものを思ったのである。だからこういう教師もいると思ったのだった。

⑤

父と母のことを述べておきたい。戦後の社会は存在したすべての人が造ってきたのだが、ある典型として父と母がいると思うからだ。

昭和二十七年頃から母がPTA活動、日曜学校などを始めたことを書いたが、以降もずっといわば社会活動をしている。しかしこれらは基本的に自分の息子、特に二つ上の兄の成長にともなう教育に関係しているところが大きかった。日曜学校にしろ、そこに参加させることで教育していくことを考えていたようなのだ。兄が成人式を迎えると、集まった新成人に呼びかけて若杉会という青年会をつくった。当時は地方から働きに出てきている若者が多く、彼らの居場所にもなった。ハイキングに行ったり、月一のバドミントン、フォークダンスの行事があり、私が成人になった時には読書会も始まり、私も手伝わされた。母は区の青少年教育と良好な関係をつくっていたのである。

そういうなかで、区の青少年委員にされ、池袋などで補導までやっていたらしい。

そういう母だったから、息子たちにこうしなさいなどと口出しすることはあまりなかった。おかげで基本的に自分で考え行動することを身につけていくことになった。

⑥

父は町工場の経営者の長男として育ち、中学には行かず工業学校に行っている。そこには、本を読んでくれたりするいい教師がいたらしい。歌も教えてくれたというから、訊いてみると口ずさんだのを聞いて驚いた。フォークダンスで聞いたことのあるトロイカだった。ロシア民謡で、一九六〇年代から七〇年代にかけて流行った歌声喫茶でもうたわれた歌だ。つまり左翼運動があった頃、その中心だったのがソヴィエト連邦で、ロシア民謡がうたわれた。大正四年（一九一五）生まれの父だから、労働運動、マルクス主義の弾圧が盛んになった頃のことである。その先生は別の学校に移り、自殺したと聞いていたから、たぶんマルクス主義的な考え方をもっており、特高に取り調べをうけたのではないか。父にそういうことを尋ねたが、わからないということだった。

父は大川周明の影響を受けており、その時代の人たちには普通だったのだろうが、今からいえば右翼だった。父は昭和十年、東京工業大学に入って、座禅の同好会に入部した。この頃座禅が流行したらしい。精神主義と座禅は結びつくと納得した。この頃、国家政策として技術者は優遇された。おかげで父は兵隊にとられていない。戦争中も逓信省の無線関係の研究施設に勤めていた。

戦後は、その研究機関の組織が変わるにつれて、今のKDDIの前身KDDに勤め、重役になっている。小学校の頃夜中に目が覚めると、父はちゃぶ台に本や書類を並べ仕事をしており、眠れないか、ならここにきて本でも読めといったものだった。仕事一途な人だったと思う。博士号をとったが、その研究は部下たちを尊重して、論文は連名で発表していたと母から聞いた。そういう父だったから、あまり話したこともなく、また一家団欒などなかった。しかしそういう父を尊敬していたと思う。こういう父母を見て育ったことの影響は大きかった。

私が大学生になった頃からは、父は社会活動をする母に協力して、洗濯などやっていた。

⑦

一九七〇年代の古代文学研究の研究者運動にふれておきたい。

東大闘争の終焉後、学の自立を考えていた流れで、近代文学の山田有策を中心に、古代の私、中世の松村雄二、近世の林達也の四人で『文学史研究』（全五号、一九七三〜八年）という同人誌を始めた。

その雑誌を読んで、興味を抱いた冬樹社の伊藤秋夫さんから連絡があり、結局初めての本『古代歌謡論』（一九八二年）を出すことになった。その後勤めていた電気通信大学の同僚の西尾幹二さんがその本に目を止め、NHKブックスの辻一三さんに紹介されて、『万葉集を読みなおす』（一九八五年）を出せたというような幸運に恵まれた。

この『文学史研究』第一号を中西進さんに送ったところ、中西進さんの弟子の三浦佑之さんに伝わり、三浦さんから若手でやっている研究会で読みたいからと連絡があった。さらに中西さんに三浦さんが発表するから聴きに来ないかと古代文学会に誘われた。それが私が学会に入った最初である。三浦さんの発表後、その研究会のメンバーの近藤信義さん、高野正美さん、そして森朝男さんらに誘われて、食事をしながら話していくなかで、新たに研究会をやることになった。その研究会が私の以降の研究の核になった。入会した古代文学会が始めていた企画物の『シリーズ古代の文学』を、新しい研究にということで、その研究会のメンバーが引き受けることになり、しばしば研究会の後に相談したりした。

古代文学会が毎年行っていた二泊三日の夏期セミナーと『シリーズ古代の文学』を結びつけ、毎年発生、様式、伝承などテーマを立て、数人の発表者を決めてそれぞれが方法としてそこから古代文学を考えて発表し、原稿化したものをセミナー委員が読み、テーマの観点からコメントをつけて書き直してもらうというようにして「セミナー運動」は展開していった。

古代後期の平安文学研究においても、藤井貞和、三谷邦明、長谷川政春氏らを中心として若手研究者が「物語文学研究会」を結成し、研究者運動が始まっていた。物語文学研究会は当時世界的な規模で展開していた、特にレヴィ・ストロースの構造人類学を取り入れるなど、新しい物語文学研究を始めた。

古代前期の奈良朝以前の文学研究にも、構造主義は持ち込まれた。私自身についていえば、村落に歌い継がれてきた歌謡を伝えてきた共同体のなかで生きた姿で感じたいという欲求から、沖縄の先島に通い、村々の祭祀を見てまわったが、当時沖縄のいわゆる復帰にともなう調査の報告、研究などの刊行物を入手しては読んでいくなかで、文化人類学を通じて構造主義的な考え方も身につけることになった。

⑧

私の古代文学研究がどのように形成されたかを述べておきたい。

私は日本文学の流れが知りたくて、詩の発生から考え始めたのだが、すぐに万葉集で立ち止まってしまった。類歌だらけなのにも、われわれの表現との違いにもとまどい、どうしたらこれが文学として読めるようになれるかと考えさせられたのである。というのは、注釈書も研究書も、われわれのもっている文学観で読めるものを取りだして評価しており、異なるものについてはレベルの低いものとみなしている。それで万葉集を読めているといえるのだろうか。私は読めない歌を読むことができるようになれば、読めると思っている歌も違って読めるのではないかと考えるようになった。つまりまず読めないというところから考えてみるべきだと考えたのである。

そして詩の発生を考えるなかで、岩波書店に勤めた最初の仕事が思想大系の『おもろさうし』だった増井元さんが、詩の発生を考えるならと『宮古島の神歌』の手ほどきしてくれた。また少し後に、バイト組織で知り合った、農学部の院生で植物民俗学をやっていた玉置和夫さんが自分がフィールドにしている八重山新城の上地島におもしろい祭があるからと繰り返し誘ってくれ、『宮古島の神歌』の狩俣に行きたかったこともあり、狩俣を訪ね、新城に行くことになった。狩俣は数年前NHKのカメラが入り、祖神（ウヤガン、ウヤーン）の冬祭を撮影した祟りで、位の最も高い神女アブンマが立て続けに亡くなったということで、外から人が入るのを嫌っており、教育委員会の人に、元公民館長上地太郎さんを訪ねるくらいにしてくれといわれた。その上地さんと話していた時の、神話は実際に歌われており、われわれが神話と呼んでいるものは説明の話にすぎないと気づいたことの衝撃は今でもよく覚えている。

このようなことに気づくのには、作品は自立していると考えていたことがあった。この衝撃は作者、歌い手、観念などを表現と分離する方法を明確にさせてくれた。そして古代の言語表現の自立度は高くないから、表現が何によって支えられているのかを考察することになった。そして神話の場合、言語表現は歌で、その神話をもち伝えている共同体がその表現を支えていると考えるようになった。そこで歌われている神話を「神謡」と呼ぶことにした。神謡は歌のような形をもち、内容は神話であるからいわば物語である。したがって、歌と語りの未分化の表現ということになる。この表現は神々の事績や言葉を語るものだから、形を整え、美しく厳かなものだろう。したがって文学はこの神謡から発生したと考えることができる。この神謡は共同体の想像力による表現である。

そしてその歌を支える共同体を知る必要が起こり、民俗誌、村史、研究書など何でも次々読むようになるなかで文化人類学、社会人類学に出会うことになり、構造主義的な見方も身につけることになる。一つだけあげれば、兄妹を始祖とする神話、オナリ神（オナリは男からみた姉妹の意。女からみた男の兄弟ビキリと対）信仰を知り、万葉集で恋人を意味するイモ（本来姉妹を意味する妹のこと）を、兄妹は家族であり結婚は禁忌なのに、なぜ恋愛、結婚で相手を呼ぶ言い方になるかを世界レベルの普遍性のなかで解くことができた（「兄妹婚の伝承」『神話・物語の文芸史』）。私は鑑賞と一体となっていた古典研究を研究として自立させることを求めていたのである。

しかし研究の普遍性のレベルだけでは文学は読めない。私は八重山や宮古で、霊的な存在に触れているなかで、言葉の霊的な働きを強く意識するようになった。神謡が神の行動や言葉を表現するものなら、その表現を成り立たせている言葉も霊的なものではないか。そこで言葉、歌、文学の「呪性」という概念を立てて考えるようになった。

そうなると、私は折口信夫に近いといわれるようになったが、私は折口のようなエリート意識もないし、神の発生も共同体の側から説明している。それゆえ神を表現の分析にかかわらせられるようになった。

もう一つ触れておきたいのは、三十代の頃、古典類を時代を超えて次々読んでいったことである。特に新潮社の日本古典集成『説経集』が共同性をもたらす語り表現を考えさせた。そのようにして、古典の表現の方法が分かっていったのだった。

後書き

文部科学省の下村博文大臣が、国立大学の一部の大学以外、文学部、大学院の人文科学系を廃止する方向を打ち出した。いわゆる研究は一部有名大学に独占させ、他の大学は即戦力となる労働者を出すところとしようということだろう。

日本がアジアの小国でありながら、いわゆる「発展」してきたのは文化の幅と深さをもっているからである。町人も大きな位置をしめた江戸期の文化が欧米の文化を容易に受け容れ、急速な近代化を可能にしたことは本書で述べている。理工系、というより経済系、工学系の実効性が優先の社会とはいえ、そういう日本の歴史を無視して、現実対応だけを考えてしまう者が文科省のトップだということには驚きを禁じ得ない。

しかし、それは下村大臣、自民党のせいにしてばかりはいられない。こういう考えを国の指導者が発言するには、社会に相当数の支持がなければならない。そういう社会の動向はすでに二十世紀末から感じられていた。私の演習が調べごとが多いなどでたいへんだという評判が立ち、履修者が激減した。学生が自分で調べ考えるよりも、与えられたものを受け容れることに重点が置かれ出したのである。かれらは中堅どころのサラリーマンになっていくだろう。武蔵大学はそういう労働力を生む大学に向かっていた。当時少子化にともなう大学の再編が行われつつあり、研究し研究者を作る大学と労働力を作る大学に分けられていくということをいって、定員確保を最重要課題にした入試改革に反対してきたが、誰も耳を貸そうともせず、「また古橋節が始まった」と無視された。私は教授会に出なくなった。

それでも私の演習を履修する学生は数人はいた。かれらはみないい論文を書き、満足して卒業していった。それだけが私が大学に存在している価値だった。

そして定年で大学を辞めて、一年経ち、私はこの本を書き出したのだった。それほど明瞭に構想があったわけではない。ただ文学を語ることがさまざまなものと繋がってあることを書きたいという想いがあっただけだった。

この本を書き始めたのが二年半前、一応書き上げて原稿を入れたのが一年以上前である。それからが長かった。初校のゲラが出て見ていると書き足したくなる。特に推理小説は抜けている作品を思い出し、読み返して書き足し、ゲラをみているとまた別のものを思い出すという感じで、書き足した。それを繰り返し、八校になった。いつもこれが最後と思っているのだが、やはり書き足したくなる。このわがままを許してくれたのは笠間書院の橋本孝さんである。

橋本さんとの出会いは二十年以上前になる。その出会いが扉裏に書いた石切神社であった。それ以来、時々会うと必ず文学の話になった。古井由吉の作品をすべて読んでいるのに、読んでいなかった最新刊を話題にされ、悔しい想いをしたこともある。そういうなかで本を書かないかと誘われてきたが、ようやく果たせることになる。橋本さんは編集長で多忙であるにもかかわらず、この本は自分がやると宣言し、いろいろ意見をいっていただいた。どのくらい応えられたか自信はないが、少なくとも私の想いはこめたつもりだ。

書いていて近代がおもしろかった。推理小説でいこうと考えたのは芭蕉を書き終えてからだった。時代、社会の関心で読むという、私の文学史の見方で思い返すと、これまでにない推理小説史になりそうに思えた。そこで構想を立てて読み返していった。特に戦後は以前読んだ時には気づかなかったこともみえてきて、考えていた通りに書いていくことができた。おかげで自分の文学史の見方に自信がもてた。

そして近代文学は大衆文学を抱えて考えることが新たな文学史や作品の歴史社会への位置づけをもたらすだろうし、また古典文学についても、神聖視しないで、大衆文学的にみてみることで新たな見方が出てくるに違いないと思えた。挑戦したい気もする。

推理小説はたくさんのおもしろい作品をとりあげきれていない。推理小説史を一冊書きたくなったが、読み返す活力がない。三十代の頃、推理小説のノートを作ろうかと思ったことがあったが、書くことはないだろうと、サボってしまったことを後悔している。巻末の「私の戦後史断簡」は、本論で展開した内容を自分自身に引きつけることで少しでもリアルにしようと考えて、埋めくさ的に脚注の余白に書継いでいったものである。しかし量が多くなって、かつ、不連続なので最後にまとめた方がということになった。

平成二十七年九月十日

古橋信孝

古橋信孝（ふるはし　のぶよし）
1943年東京生まれ。東京大学大学院博士課程修了。博士（文学）。
武蔵大学名誉教授。
『古代和歌の発生』（東京大学出版会、1988年）、『神話・物語の文芸史』（ぺりかん社、1992年）、『古代都市の文芸生活』（大修館書店、1994年）『和文学の成立　奈良平安初期文学史論』（若草書房、1998年）、『平安京の都市生活と郊外』（歴史文化ライブラリー、吉川弘文館、1998年）、『物語文学の誕生　万葉集からの文学史』（角川叢書、2000年）、『誤読された万葉集』（新潮新書、2004年）、『日本文学の流れ』（岩波書店、2010年）、『柿本人麿』（ミネルヴァ書房、2015年）ほか。

文学はなぜ必要か　日本文学＆ミステリー案内

2015年（平成27）11月30日　初版第1刷発行
2016年（平成28）1月31日　第2刷発行

著者　古橋信孝
装幀　笠間書院装幀室
発行者　池田圭子
発行所　有限会社　笠間書院
〒101-0064　東京都千代田区猿楽町2-2-3
☎03-3295-1331　FAX03-3294-0996
NDC分類：910.2　振替00110-1-56002

ISBN978-4-305-70784-0　富士リプロ㈱

落丁・乱丁本はお取りかえいたします。　（本文用紙：中性紙使用）
出版目録は上記住所までご請求下さい。
http://kasamashoin.jp

索引

（人名・書名・雑誌名）

但し、雑誌は時代の世相を反映すると覚しきものに限った（学術雑誌は採らなかった）。

常用漢字を原則としたが、旧漢字も必要に応じてつかった。

あ　行

か 行

さ　行

た　行

な　行

は 行

ま　行

や　行

わ　行

和歌・俳諧索引

キーワード索引

本文上欄に示した重要語句を対象とした。

あ 行

か 行

さ　行

た　行

な　行

は　行

ま　行

や　行

ら　行

わ　行

『文学はなぜ必要か』構成順　キーワード細目